Ο Οδυσσέας δεν ταξιδεύει πιά

Ένα αιγαιοπελαγίτικο παραμύθι

ΑΡΤΕΜΗΣ ΑΡΤΕΜΙΑΔΗΣ

Copyright

ΑΦΙΕΡΩΜΕΝΟ

Σε αυτούς που -ανεξαρτήτως εθνικότητας-
αγαπούν και υπερασπίζονται το Αιγαίο.

ΠΕΡΙΕΧΟΜΕΝΑ

Πρόλογος 7

ΜΕΡΟΣ ΠΡΩΤΟ
ΟΙ ΑΠΑΡΑΙΤΗΤΕΣ ΣΥΣΤΑΣΕΙΣ 8

1. ΣΥΛΛΟΓΙΣΜΟΙ ΕΝΟΣ ΑΠΟΚΛΗΡΟΥ ΤΗΣ ΖΩΗΣ 9

2. Ο ΟΔΥΣΣΕΑΣ ΕΠΑΝΑΣΤΑΤΕΙ ΦΥΓΗ ΚΑΙ ΚΡΙΣΗ ΑΥΤΟΓΝΩΣΙΑΣ 12

3. ΟΔΥΣΣΕΑΣ – ΑΝΤΙΜΕΤΩΠΟΣ ΜΕ ΤΟ ΠΑΡΕΛΘΟΝ ΤΟΥ 15

4. ΑΧΙΛΛΕΑΣ ΠΕΤΡΟΥ – Η ΕΝΔΟΞΗ ΙΣΤΟΡΙΑ ΤΟΥ 18

5. ΟΔΥΣΣΕΑΣ – ΜΕΛΑΓΧΟΛΙΑ ΣΤΟΝ ΠΑΡΑΔΕΙΣΟ 21

6. ΟΔΥΣΣΕΑΣ – ΣΕ ΣΤΙΓΜΕΣ ΕΥΤΥΧΙΑΣ 24

7. ΝΑΤΑΣΑ – ΑΝΤΙΜΕΤΩΠΗ ΜΕ ΤΟΝ ΠΕΙΡΑΣΜΟ 29

8. ΝΑΤΑΣΑ – Ο ΔΡΟΜΟΣ ΤΟΥ ΜΑΡΤΥΡΙΟΥ 34

9. ΝΑΤΑΣΑ – ΑΓΑΠΕΣ ΚΑΙ ΛΟΥΛΟΥΔΙΑ 39

10. ΑΧΙΛΛΕΑΣ – ΣΤΟ ΔΡΟΜΟ ΠΟΥ ΤΟΝ ΕΤΑΞΕ Ο ΔΕΣΠΟΤΗΣ 43

11. ΜΙΑ ΑΠΡΟΣΔΟΚΗΤΗ ΕΠΙΣΚΕΨΗ 46

12. Η ΚΡΙΣΗ ΚΑΛΠΑΖΕΙ ΟΙ ΟΙΚΟΓΕΝΕΙΕΣ ΔΙΑΛΥΟΝΤΑΙ 48

13. ΑΡΗΣ – ΕΝΑ ΚΑΛΟΔΕΧΟΥΜΕΝΟ ΝΕΟ ΜΕΛΟΣ 52

14. ΟΔΥΣΣΕΑΣ – «ΜΟΥ ΑΠΟΜΕΝΕΙ ΕΝΑ ΤΕΛΕΥΤΑΙΟ ΤΑΞΙΔΙ» 55

15. ΑΧΙΛΛΕΑΣ – ΟΙ ΠΕΡΙΠΕΤΕΙΕΣ ΕΝΟΣ ΛΑΟΥ
ΠΟΥ ΔΕΝ ΕΧΟΥΝ ΤΕΛΟΣ 58

16. ΑΡΗΣ – ΤΑΝΙΑ ΤΟ ΠΡΟΣΚΥΝΗΜΑ ΣΤΙΣ ΧΑΜΕΝΕΣ ΠΑΤΡΙΔΕΣ 61

17. ΑΧΜΕΤ – ΞΕΝΑΓΗΣΗ ΣΤΗ ΣΜΥΡΝΗ ΚΑΙ ΠΡΩΤΕΣ ΔΙΑΦΩΝΙΕΣ 65

18 - ΑΧΙΛΛΕΑΣ - ΜΙΑ ΔΥΣΑΡΕΣΤΗ ΣΥΝΑΝΤΗΣΗ
ΚΑΙ ΕΝΑ ΕΥΧΑΡΙΣΤΟ ΔΙΑΛΕΙΜΜΑ 69

19. ΑΧΙΛΛΕΑΣ – ΠΙΣΩ ΣΤΗΝ ΚΟΛΑΣΗ ΤΟ ΤΡΑΓΙΚΟ ΤΕΛΟΣ 72

20. ΑΡΗΣ ΚΑΙ ΑΧΜΕΤ ΑΝΤΙΘΕΤΕΣ ΑΠΟΨΕΙΣ! 73

21. Ο ΣΥΝΔΕΣΜΟΣ ΕΛΛΗΝΟΤΟΥΡΚΙΚΗΣ ΦΙΛΙΑΣ 75

22. ΠΡΟΣΚΥΝΗΜΑ ΣΤΗ ΣΠΑΡΤΗ ΠΙΣΙΔΙΑΣ Η ΠΡΩΤΗ ΕΚΠΟΜΠΗ 76

ΜΕΡΟΣ ΔΕΥΤΕΡΟ

ΟΙ ΝΕΟΦΑΣΙΣΤΕΣ ΚΑΙ ΤΟ ΟΛΙΣΘΗΜΑ ΤΗΣ ΝΑΤΑΣΑΣ 78

23. ΣΤΡΑΤΟΣ - ΒΙΟΣ ΚΑΙ ΠΟΛΙΤΕΙΑ 79

24. Η ΝΑΤΑΣΑ ΚΑΙ... Ο ΔΙΑΒΟΛΟΣ 81

25. ΝΑΤΑΣΑ – ΑΝΤΙΜΕΤΩΠΗ ΜΕ ΤΟΥΣ ΝΕΟΦΑΣΙΣΤΕΣ 83

26. Η ΣΩΤΗΡΙΑ ΤΗΣ ΝΑΤΑΣΑΣ ΤΟ ΤΕΛΟΣ ΤΟΥ ΣΤΡΑΤΟΥ 86

27. Ο ΑΓΩΝΑΣ ΣΥΝΕΧΙΖΕΤΑΙ 88

28. ΠΕΡΙΗΓΗΣΗ ΣΤΙΣ ΟΜΟΡΦΙΕΣ ΤΟΥ ΝΗΣΙΟΥ 90

ΜΕΡΟΣ ΤΡΙΤΟ

ΣΤΙΣ ΙΝΤΡΙΚΕΣ ΤΗΣ ΔΙΠΛΩΜΑΤΙΑΣ 95

29. Ο ΑΡΗΣ ΣΕ ΡΟΛΟ ΕΥΘΥΝΗΣ 96

30. ΟΙ ΔΙΑΠΡΑΓΜΑΤΕΥΣΕΙΣ ΜΕ ΤΟ ΙΣΡΑΗΛ 102

31. ΜΙΑ ΒΙΑΣΤΙΚΗ ΜΑΤΙΑ ΣΤΟΥΣ ΙΕΡΟΥΣ ΤΟΠΟΥΣ 106

32. ΦΙΛΟΦΡΟΝΗΣΕΙΣ ΠΑΖΑΡΙΑ ΚΑΙ ΣΥΜΦΩΝΙΑ 108

33. Η ΤΙΜΙΑ ΕΞΗΓΗΣΗ ΤΟΥ ΑΡΗ 111

34. ΑΡΗΣ – ΑΠΟΛΑΜΒΑΝΟΝΤΑΣ ΜΙΑ ΠΡΟΣΚΑΙΡΗ ΕΥΤΥΧΙΑ 113

35. ΟΙ ΤΟΥΡΚΟΙ ΑΝΑΔΙΠΛΩΝΟΝΤΑΙ 117

36. Η ΕΛΛΗΝΙΚΗ ΑΝΤΙΔΡΑΣΗ 119

37. ΑΝΤΙΠΑΛΟΙ ΣΤΟΝ ΑΚΗΡΥΚΤΟ ΠΟΛΕΜΟ 123

38. ΤΑ ΠΛΩΤΑ ΓΕΩΤΡΥΠΑΝΑ ΜΟΛΥΝΟΥΝ ΤΟ ΑΙΓΑΙΟ 125

39. ΤΟ ΤΡΑΓΙΚΟ ΤΕΛΟΣ ΤΗΣ ΤΖΕΜΙΛΕ 128

40. Η ΑΜΗΧΑΝΙΑ ΤΟΥ ΑΡΗ 130

41. Η ΑΝΑΤΡΟΠΗ 133

42. ΑΡΗΣ, ΤΑΝΙΑ – ΕΠΕΙΓΟΥΣΑ ΕΠΙΣΤΡΟΦΗ 138

43. ΟΔΥΣΣΕΑΣ – ΤΟ ΤΑΞΙΔΙ ΧΩΡΙΣ ΕΠΙΣΤΡΟΦΗ 141

~ ~

Πρόλογος

Ένας Οδυσσέας της εποχής μας επιστρέφει στο παρελθόν του. Ανακαλύπτει τα τεφτέρια των προγόνων του και «ταξιδεύει» μαζί τους στις αγωνίες και τους αγώνες της πατρίδας. Σχεδιάζει να τα καταγράψει όλα αυτά και να εκδώσει ένα καινούργιο βιβλίο.

Η Μικρασιατική Καταστροφή, ο όλεθρος της μικρασιατικής εκστρατείας, το ολοκαύτωμα της Σμύρνης, η αναγέννηση του έθνους είναι μερικές ιστορίες που τον εμπνέουν.

Η Νατάσα και η κόρη της, θλιβερά θύματα της λαθρομετανάστευσης, βρίσκουν, ύστερα από πολλές τραγικές περιπέτειες, καταφύγιο στη «φωλιά» του Οδυσσέα. Καταδιώκονται από τους Νεοφασίστες και με το ζόρι γλιτώνει η Νατάσα από τα νύχια τους.

Η οικονομική κρίση στην Ελλάδα διαλύει την οικογένεια του γιού του Οδυσσέα. Εκείνος μεταναστεύει στη Γερμανία και παίρνει μια καλή γεύση της γερμανικής αλληλεγγύης.

Ο Άρης, εγγονός του Οδυσσέα, βρίσκει φιλοξενία στην αγκαλιά του και αρχίζει να διαπρέπει. Έρχεται σε επαφή με κάποιους καλούς γείτονες από τις ακτές απέναντι και σχεδιάζουν όλοι μαζί την αναγέννηση της Ελληνοτουρκικής Φιλίας.

Συνεργάζονται όλοι μαζί και ιδρύουν ελληνοτουρκικό ραδιοφωνικό σταθμό που προπαγανδίζει τις ομορφιές του τόπου τους και προάγει τον τουρισμό και τη φιλία των δύο λαών.

Ο Άρης αναλαμβάνει ανώτατο διπλωματικό ρόλο και αφιερώνεται στις διεθνείς διαπραγματεύσεις για την άντληση των πετρελαίων του Αιγαίου. Αντιμετωπίζει τις τουρκικές πονηριές, αλλά και τα παζάρια των Ισραηλινών.

Την τελευταία στιγμή αποφεύγεται η οικολογική καταστροφή του Αιγαίου και ο Οδυσσέας εγκαταλείπει το μάταιο τούτο κόσμο ευτυχής και εφησυχασμένος.

~ ~

ΜΕΡΟΣ ΠΡΩΤΟ

ΟΙ ΑΠΑΡΑΙΤΗΤΕΣ ΣΥΣΤΑΣΕΙΣ

1. ΣΥΛΛΟΓΙΣΜΟΙ ΕΝΟΣ ΑΠΟΚΛΗΡΟΥ ΤΗΣ ΖΩΗΣ

Έπιασε να φυσά ένας δυνατός Νοτιάς και ο τόπος πλημμύρισε από της μυρωδιές του φθινοπώρου που είχε μπει για τα καλά. Ούρλιαζε σαν τον λύκο όταν αντικρίζει την πανσέληνο, ένα ουρλιαχτό που έσπαγε τα νεύρα και γέμιζε με άγχος τους νευρωτικούς. Όμως εκείνος – άνθρωπος της χαλασιάς και της αντάρας – τον έμπαζε στα πλεμόνια του με απίστευτη ηδονή απολαμβάνοντας τη μυρωδιά της βρεγμένης γης και την αλμύρα της θάλασσας που έφτανε από μακριά. Παρατηρούσε τα πεσμένα φύλλα των δέντρων που απογειώθηκαν σε ένα τρελό χορό. Ένιωθε μια απίστευτη ηδονή ακούγοντας τα μπουμπουνητά που αντηχούσαν απειλητικά στον ορίζοντα, τα πρώτα μπουμπουνητά της καταιγίδας που πλησίαζε. Οι κορφές των δέντρων ταρακουνιόντουσαν καθώς τα υποχρέωνε να υποκλίνονται στη μανία του. Ήτανε ένας αέρας παλαβός που άλλοτε δυνάμωνε βουίζοντας λυσσασμένα και άλλοτε μπουνατσάριζε ξεγελώντας την πλάση ότι τάχα πέρασε το κακό.

Τα πεσμένα φύλλα των δέντρων απογειώθηκαν σε ένα τρελό χορό. Από μακριά αντήχησαν απειλητικά τα πρώτα μπουμπουνητά της καταιγίδας που πλησίαζε.

Ο Οδυσσέας πήρε βαθιές ανάσες, οι πρώτες στάλες της βροχής γέμισαν με το άρωμα της βρεγμένης γης τα πλεμόνια του. Παρακολουθούσε τα βουνά που ήτανε γκρίζα και μουντά έτσι που τα κουκουλώνανε τα σύννεφα, ενώ κάποιες ηλιαχτίδες ξεκλέβανε το δρόμο τους μέσα από καμία χαραμάδα και λούζανε την πλάση με το χρυσό τους φως. Μέσα του κυριαρχούσε τώρα ένα απροσδιόριστο συναίσθημα κάτι σαν ταραχή ανάμεικτη με μια ανεξήγητη χαρά. Να' τανε, άραγε, η διψασμένη μέχρι τότε γη που μοσχοβολούσε, να' τανε οι βρυχηθμοί του ουρανού, να' τανε ο Νοτιάς που ούρλιαζε μπαινοβγαίνοντας γεμάτη αναίδεια μέσα από τα κουφώματα των παραθύρων, μην ήτανε ακόμα τα ξεραμένα φύλλα που τώρα παρασυρμένα από τον τρελονοτιά μαστιγώνανε τον Οδυσσέα στο κορμί και το πρόσωπο ή, μήπως, ήτανε όλα μαζί αυτά τα σημάδια που μαρτυρούσανε το τέλος του καλοκαιριού και την αρχή του χειμώνα που δεν θα αργούσε να έρθει.

«Λες να είναι αυτός ο τελευταίος μου χειμώνας;», αναρωτήθηκε ατάραχος.

Είχε ξεπεράσει το άγχος του θανάτου εδώ και καιρό. Έβλεπε φίλους και γνωστούς στην ηλικία του ή ακόμα και νεώτερους να «αναχωρούν» κάθε λίγο και να υπενθυμίζουν ότι μοιραία πλησίαζε και η δική του σειρά. Γνώριζε ότι ο θάνατος μπορεί να ξεγελούσε ορισμένους δίνοντάς τους την ψευδαίσθηση ότι ειδικά αυτούς τους είχε λησμονήσει.«Όμως ο θάνατος σε κανέναν δεν κάνει το χατίρι, ο θάνατος κανέναν ποτέ του δεν ξέχασε,» αναλογίστηκε με σιγουριά Το μόνο σχετικό που τον τυραννούσε ήτανε οι συνεχείς και επίμονοι εφιάλτες που κυριαρχούσαν στον ύπνο του τον τελευταίο καιρό. «Έβλεπε» το τέλος του, το πώς και κυρίως το πότε του θανάτου του. Ένας εφιάλτης που συνεχιζότανε για πολλά βράδια τώρα και όταν πετιόταν από τον ύπνο του τον γέμιζε πανικό. Το άγνωστο μέλλον μας είναι που μάς διατηρεί στη ζωή, σκεφτότανε. Θα ήτανε αβάσταχτο βάρος να γνωρίζει κανείς ποιο θα είναι το τέλος του, το πότε θα έρθει ο θάνατος, ποιες αρρώστιες θα αντιμετωπίσει, ποιους δικούς του ανθρώπους θα δει να χάνονται προτού έρθει η σειρά του, συνέχιζε. Ευτυχώς που οι μακάβριες σκέψεις δεν κρατάγανε για πολύ.

Τις απόδιωχνε γρήγορα, και με ανακούφιση παραδινότανε στην καθημερινή του ρουτίνα θρονιασμένος στη γνώριμη πολυθρόνα του μπροστά στο χαζοκούτι που έβλεπε χωρίς να το παρακολουθεί, στη θέα του δρόμου από το μπαλκόνι του, στους γνώριμους ήχους από τους θορυβώδεις γείτονες που τραγουδούσανε ή κάνανε έρωτα ή καυγαδίζανε, στα παιδιά που χαυριάζανε στις αυλές κυνηγώντας αυτό που περιφρονητικά αποκαλούσε «το φουσκωμένο πετσί». Χόρτασε πια τη ζωή με τα μεγάλα της σκαμπανεβάσματα, με τις χαρές και τις λύπες της, τις επιτυχίες και τις αποτυχίες της και, κυρίως, με τη μονοτονία των γηρατειών και το συναίσθημα ότι είχε μπει πια στο περιθώριο χωρίς να μπορεί να κάνει σχέδια για το μέλλον, χωρίς καν να συμμετέχει στο ταραγμένο παρόν. Τώρα περνούσε τις μέρες του χωρίς να του συμβαίνει τίποτα το συνταρακτικό, αποκλειστικά ανασκαλεύοντας τις αναμνήσεις του από τα περασμένα.

«Δεν με προβληματίζει το μέλλον, μια και δεν πρόκειται να το ζήσω, σχεδόν αδιαφορώ για το παρόν, που δεν μού δίνει πια καμία ευχαρίστηση. Μόνο το παρελθόν μού απέμεινε να το αναπολώ με τις αναμνήσεις μου», συλλογιότανε μελαγχολικά.

Τον είχαν κουράσει η καθημερινή ρουτίνα και οι ατέλειωτες χωρίς νόημα συζητήσεις του καφενείου με τους συνομήλικους του, από τους οποίους οι περισσότεροι, ξεμωραμένοι πια, προθυμοποιούνταν να λύσουν τα προβλήματα του τόπου επαναλαμβάνοντας το κλασικό «Αν ήμουνα πρωθυπουργός θα τους έδειχνα εγώ» ή, μη χάνοντας ευκαιρία, να σαλιαρίζουν με τα κοριτσάκια που είχανε εφέτος ξεσαλώσει και περιφέρονταν καμαρωτά έχοντας καλυμμένο ένα ελάχιστο τμήμα από τα νεανικά τους κορμάκια ή πάλι φιλοσοφώντας τάχα απειλητικά.

«Αχ και να ήμουνα... εξηντάρης θα σού' δειχνα εγώ, μανούλι μου».

Οι κοπελίτσες ρίχνανε περιφρονητικά βλέμματα ή χαμογελούσαν συγκαταβατικά, πράγμα που κάποιοι ξεμωραμένοι το έπαιρναν σαν... ανταπόκριση στα πειράγματά τους!

«Για κοίτα τες τις τσούπρες που μάς κουνιούνται, λέγανε με ικανοποίηση. Εμ, βέβαια, αφού τα αγοράκια γουστάρουν πια να πηδιούνται μεταξύ τους ή να συζητάνε ώρες ατέλειωτες για ποδόσφαιρα, στρατιωτικό ή το αβέβαιο μέλλον τους».

«Σιγά τους γόηδες, τους προσγείωνε ο Οδυσσέας. Σε εσάς χαμογελάνε βρε γερόντια ή λιμπίζονται το πορτοφόλι σας!».

Κάπως έτσι με αυτές τις ανούσιες παρέες πέρναγε το πρωινό του ο Οδυσσέας, και όταν μεσημέριαζε κινούσε με βήμα σερνόμενο για το σπίτι να αντικρίσει το απηυδισμένο ύφος της νύφης του, η οποία μόνο χάρις στη σύνταξή του ανεχότανε την παρουσία του, και το αδιάφορο βλέμμα των εγγονιών του που απομονωμένα στον κόσμο τους με τα ακουστικά στα αυτιά να βομβαρδίζουν τον εγκέφαλό τους με τους βάρβαρους ήχους της μοντέρνας μουσικής, απολαμβάνοντας έτσι τα φρούτα της νέας τεχνολογίας. Τέλος, παρατηρούσε ανήσυχος το γιο του που, με την αγωνία και την κούραση της καθημερινότητας ζωγραφισμένη στο πρόσωπό του, καθότανε αμίλητος στο τραπέζι ύστερα από ατέλειωτες ώρες σκληρής δουλειάς. Τα απογεύματα, μέχρις αργά το βράδυ, τον κολλούσανε απέναντι στο χαζοκούτι να... απολαμβάνει τα ηλίθια σήριαλ, τις εκνευριστικές διαφημίσεις για σαμπουάν, πάνες και απορρυπαντικά μέχρις ότου απηυδισμένος έπεφτε στο κρεβάτι.

~ ~

2 . Ο ΟΔΥΣΣΕΑΣ ΕΠΑΝΑΣΤΑΤΕΙ
ΦΥΓΗ ΚΑΙ ΚΡΙΣΗ ΑΥΤΟΓΝΩΣΙΑΣ

Οι ώρες του ύπνου, όταν δεν τον τυραννούσαν οι στιγμές που ονειρευότανε, ήτανε ίσως οι καλύτερες στιγμές της ζωής του. Έβλεπε όνειρα, ταξίδευε, έκανε επιχειρήσεις, «ζούσε» επιτέλους και εκείνος μια ζωή όπως και οι άλλοι. Στο σπίτι σπάνια τού μιλούσε κανείς. Οι «μεγάλοι» σιγοψιθύριζαν μεταξύ τους τα προβλήματά τους χωρίς να ζητάνε ποτέ τη γνώμη του. Οι μικροί, βυθισμένοι στα επιτεύγματα της τεχνολογίας, αγνοούσαν εντελώς την ύπαρξή του. Αν κάποια φορά η νύφη του καλούσε μερικούς φίλους, φροντίζανε να τον περιορίσουνε στο δωματιάκι του να μην τους ενοχλεί με την παρουσία του.

Αυτή ήτανε με λίγα λόγια η ζωή του Οδυσσέα μέχρις εκείνο το βράδυ. Ταξίδευε για άλλη μία φορά ονειρευόμενος τα παλιά, όταν στο όνειρό του παρουσιάσθηκε η μορφή του πατέρα του. Τον συμβούλευε καλοσυνάτα.

«Γύρνα Οδυσσέα στο σπιτάκι μας στο νησί. Δεν σού αξίζουν τέτοια γεράματα. Προσπάθησε να αλλάξεις ζωή. Θα σε υποδεχτούμε με στοργή εμείς, τα πνεύματα των προγόνων σου, θα σε καλωσορίσουν τα πεύκα, το κυπαρίσσι οι ελιές, ο κήπος όπου είχαμε φυτέψει με τα χέρια μας. Θυμάσαι; Η ζωή είναι ωραία ακόμα και σε αυτή την τελευταία της φάση, αρκεί να ξέρουμε να απολαμβάνουμε ό,τι έχει να μάς προσφέρει».

Δε δίστασε να υπακούσει στη συμβουλή του πατέρα του. Κανείς δεν έδειξε να έχει αντίρρηση, όταν ανακοίνωσε την απόφασή του. Μάντεψε ότι τη δέχτηκαν με ανακούφιση. Ο μόνος τους δισταγμός ήτανε που δεν θα τρυγούσανε πια την πενιχρή του σύνταξη.

Μάζεψε βιαστικά τα μπογαλάκια του. Δύο φθαρμένες από τα χρόνια βαλιτσούλες, θλιβερά απομεινάρια από τα ταξίδια που έκανε παλιά, τα ρούχα του, τα βιβλία του, τις σημειώσεις του από την εποχή των συγγραφικών του αναζητήσεων, τα λίγα βιβλία του που είχανε την τύχη να εκδοθούν και είχανε γνωρίσει μια κάποια επιτυχία, τα αναμνηστικά της μανούλας του, τα κάποια οικογενειακά του κειμήλια, τα παράσημα με τα οποία είχε τιμηθεί ο πατέρας του στα πεδία της μάχης. Τα μάζεψε όλα βιαστικά, αποχαιρέτησε χωρίς πολλές συγκινήσεις τους «δικούς» του και κίνησε για το καράβι όλος χαρά. Είχε πολύ καιρό να νιώσει τέτοια χαρά και ανακούφιση. Σα να γλίτωνε από μια φυλακή, σα να πέταγε προς την ελευθερία. Η μοναχική ζωή,που ήξερε ότι τον περιμένει, σήμαινε γι' αυτόν ελευθερία. Μοναξιά ίσον ελευθερία, ανεξαρτησία από τις κοινωνικές προσταγές, από τις κατά συνθήκη συναναστροφές, από την υποταγή στις θελήσεις των άλλων. Και αυτή η ιδέα της ελευθερίας ήτανε που τον μεθούσε. Δεν θα ανεχότανε πια να τον δεσμεύει κανένας νόμος, κανένας από τους κανόνες που υποδουλώνουν τους ανθρώπους. Πίστευε ότι είχε πετύχει αυτό που πολλοί συνάνθρωποί του ποθούσαν βαθιά μέσα τους και που ελάχιστοι είχαν το κουράγιο να πραγματοποιήσουν. Δεν θα τον απασχολούσαν άλλο οι ψυχοφθόρες ειδήσεις, η οικονομική κρίση, οι νέοι φόροι που έπεφταν με μορφή καταιγίδας, οι συμβουλές των γιατρών να παρακολουθεί το ζάχαρο του αίματος, την πίεση και τα τριγλυκερίδια. Ούτε που θα είχε κανένα άγχος για δουλειά, για γυναικείες κατακτήσεις, για το κυνήγι του, παρά για επαγγελματικές επιτυχίες, για κοινωνική αναγνώριση. Θα γινότανε τώρα ένας καινούργιος άνθρωπος διαφορετικός από τους άλλους. Έδιωξε από το μυαλό του κάθε ανάμνηση της ζωής στην πόλη, της οικογένειας με τα καθημερινά της προβλήματα, της γεροντικής απραξίας, που τον οδηγούσε στην κατάθλιψη και την άνοια. Ωστόσο, η κατάσταση νιρβάνας, στην οποία βρέθηκε, δεν κράτησε για πολύ. Ήτανε φορές όμως που το άγχος νικούσε την αμεριμνησία.

«Είσαι ένας δειλός, ένας δειλός φυγάδας», αναλογιζότανε. «Νόμισες ότι η φυγή είναι η λύση για να γλιτώσεις από τη σκληρή πραγματικότητα, να λησμονήσεις αυτά που προσπάθησες, αλλά δεν κατόρθωσες να πραγματοποιήσεις όταν μπορούσες. Έφθασες στο σημείο να μετατρέψεις τη συζυγική σου ζωή σε μια ψυχρή σχέση. Ζήσατε με τη γυναίκα σου τόσα χρόνια όχι σα σύζυγοι, αλλά σαν δύο απλοί συγκάτοικοι, σα δύο ξένοι. Έκανες έρωτα στη γυναίκα σου σα να έκανες αγγαρεία, σα να ήτανε μια ακόμα υποχρέωση, ένα «συζυγικό καθήκον», όπως συχνά το αποκαλούν οι όμοιοί σου. Δεν πόθησες πραγματικά ποτέ τη γυναίκα σου, δεν ένοιωσες ποτέ πραγματικό πόθο για τη σάρκα της. Σα να μην ήξερες ότι οι γυναίκες διαθέτουν τη λεγόμενη έκτη αίσθηση και αντιλαμβάνονται τί κρύβεται πίσω από κάθε λέξη μας, από κάθε χειρονομία μας, από κάθε πράξη μας.

Κατάφερες να καταστρέψεις τη συζυγική σου σχέση. Την έσπρωξες με το φέρσιμό σου τη γυναίκα σου να βρει παρηγοριά στην αγκαλιά του καλύτερου φίλου σου. Όμως και πάλι αδιαφόρησες, όταν το ανακάλυψες. Δεν αντέδρασες. Δεν επέτρεψες στον εαυτό σου να θυμώσει, να κάνει κάποιο επεισόδιο,τόσο εγωιστής που είσαι. Προτίμησες να ανεχτείς μια τέτοια κατάσταση παρά να εκτεθείς στα μάτια των άλλων φανερώνοντάς τους ότι το γνωρίζεις και αντιδράς. Το μόνο που σε ενδιέφερε ήτανε το πώς σε βλέπουν οι άλλοι. Σε όλη σου τη ζωή υπήρξες ένας μηδενιστής, αρνήθηκες τη φιλία των κοντινών σου, αρνήθηκες και περιγέλασες τη θρησκεία και την πίστη σε ιδανικά, κρύφτηκες πίσω από τη μάσκα του ανεξάρτητου, του «υπεράνω» του αδέσμευτου «πνευματικού» τάχα ανθρώπου. Δεν υπήρξες καν αριστερός, όπως συμβαίνει στους περισσότερους νέους στην αρχή του κοινωνικού τους προβληματισμού. Προσπάθησες κάποτε να προσχωρήσεις σε μια αριστερή οργάνωση, αλλά σύντομα ένιωσες απατημένος. Ψεύτικα συνθήματα, μεγάλα λόγια. Όλα αυτά σύντομα τα μπούχτισες. Πορείες, διαδηλώσεις, μάχες με τα όργανα της τάξης. Έζησες μια κοσμοχαλασιά που τελικά σε άφησε ασυγκίνητο. Δεν σε αδικώ. Ήτανε επιλογή σου. Όμως τώρα πρόσεχε. Η ζωή σού δίνει μια τελευταία ευκαιρία. Πάρε τις αποφάσεις σου να αποβάλεις τον παλιό σου εαυτό. Καλλιέργησε τα όποια καλά σου χαρακτηριστικά, προσπάθησε να είσαι τίμιος και αυστηρός με τον εαυτό σου, να γίνεις ένας άλλος, πιο σωστός, άνθρωπος. Μην καταφύγεις σε ψυχοφάρμακα. Τη λύση στα προβλήματά μας θα βρεις μόνος σου, όταν ομολογήσεις στον εαυτό σου τα σφάλματά σου».

~ ~

3. ΟΔΥΣΣΕΑΣ – ΑΝΤΙΜΕΤΩΠΟΣ ΜΕ ΤΟ ΠΑΡΕΛΘΟΝ ΤΟΥ

Δεν μπόρεσε να συγκρατήσει τα δάκρυά του ο Οδυσσέας εκείνο το δειλινό, όταν αντίκρισε συγκινημένος τη σιδερένια αυλόπορτα του σπιτιού, την οποία έσφιγγε στην αγκαλιά του ένας κισσός που μισοέκρυβε την αυλή και το σπίτι. Μόνο το πανύψηλο κυπαρίσσι διακρινότανε αγέρωχο να συναγωνίζεται σε ύψος το γειτονικό του φοίνικα, τον οποίον , μικρό δεντράκι τότε, είχε το κουράγιο να κουβαλήσει ο πατέρας του όταν πήρανε το δρόμο της εξορίας από την Αλεξάνδρεια, όπου είχανε το αρχοντικό τους. Στο νου του ήρθε η πολυαγαπημένη μορφή της μανούλας του, με την προτροπή της οποίας βαφτίζανε τα δέντρα του κήπου με ανθρώπινα ονόματα, στην προσπάθειά της να τον κάνει να τα αγαπήσει. «Αποστολάκη» βαφτίσανε το κυπαρίσσι «Μωχάμετ» τον φοίνικα, λόγω αιγυπτιακής καταγωγής του, «Ελενίτσα και Μαρίκα» τα δίδυμα πανύψηλα πεύκα, «Μυρσινούλα» τη γαζία, «Μαρίνα» την μουσμουλιά τους, «Κατίγκω, «Αφρούλα» και «Γιαννούλα» τις νεοφυτεμένες εκείνο τον καιρό ελιές. Ονόματα που έφερναν στο νου τα τρυφερά νεανικά του χρόνια.

Η αυλόπορτα τον υποδέχτηκε τρίζοντας με διαμαρτυρία, μια και είχε παραβιαστεί η μόνιμη απραξία της. Έκανε τα πρώτα δειλά βήματα μέσα σε ένα κήπο πνιγμένο στα αγριόχορτα και στάθηκε δακρυσμένος να παρατηρεί το θέαμα του εγκαταλειμμένου σπιτιού.

«Τα σπίτια θυμώνουνε, μάς εκδικούνται, όταν τα εγκαταλείπουμε», ήρθαν παραφρασμένα στο νου του τα λόγια του αγαπημένου του ποιητή. Σηκώθηκε πάλι Νοτιάς και άρχισε να ουρλιάζει. Ο Οδυσσέας ταράχτηκε. Τον τρόμαξε το σφύριγμα του ανέμου και η σιωπή της μοναξιάς. Ξάφνου ένιωσε μια παρουσία δίπλα του. Ένας κοπρίτηςσκυλάκος μπερδεύτηκε στα πόδια του κουνώντας χαρούμενα την ουρά του. «Άργος», τον φώναξε ασυναίσθητα, και με έκπληξή του τον είδε να πηδάει χαρούμενος επάνω του. «Δεν το πιστεύω», συλλογίστηκε. Θα είσαι απόγονος του παλιού μας Άργου. Να που αναγνώρισες και το όνομά σου. Και ο σκυλάκος, σα να καταλάβαινε τα λόγια του, χοροπηδούσε γύρω του κλαψουρίζοντας χαρούμενα. Μπήκε στο σπίτι και τον άφησε να τον ακολουθήσει. «Έλα μέσα φιλαράκο. Θα είσαι ο σύντροφος της μοναξιάς μου», είπε, και ο σκύλος έδειξε να αντιλαμβάνεται τα λόγια του. Από εκείνη τη στιγμή γίνανε αχώριστοι. Ο Άργος εξελίχθηκε σε πολύτιμο σύντροφο. Τον ακολουθούσε παντού ρίχνοντας του βλέμματα γεμάτα ευγνωμοσύνη. Μια σταγόνα ευτυχίας ήρθε σα βάλσαμο να ανακουφίσει τη μελαγχολική διάθεση του Οδυσσέα. Είχε πια νυχτώσει για καλά, όταν έπεσε για ύπνο συντροφιά με τον καινούργιο του φίλο. Η νύχτα της εξοχής αντηχούσε από τα νυχτοπούλια που τη χαιρετούσαν με τις μονότονες κραυγές τους. Πρώτη και καλλίτερη η κουκουβάγια διαλαλούσε τους καημούς της. Δεν άργησαν να τη συντροφεύσουν ο γκιώνης (το «χακ» των παιδικών του αναμνήσεων), για να ακολουθήσει μονότονα η δεκαοχτούρα που επαναλάμβανε συνέχεια το μελαγχολικό της σκοπό. Νύχτα μαγική γεμάτη όνειρα. Και να που ο πατέρας του εμφανίστηκε και πάλι χαμογελαστός.

«Καλώς όρισες στο σπιτικό μας, Οδυσσέα. Βλέπεις, ότι η ζωή είναι ένας ατέρμων κύκλος. Ξαναρχίζει μόλις νομίσουμε ότι φτάσαμε στο τέλος της. Ήρθε η εποχή να ξαναζήσουμε μαζί τα παλιά. Απαθανάτισε στο χαρτί την ιστορία μας, μια και η φύση σε έχει προικίσει με το ταλέντο του συγγραφέα. Ψάξε το σεντούκι μου και θα βρεις το ημερολόγιό μου με όλα τα σπουδαία γεγονότα της ζωής μου. Ας είναι αυτά μια πηγή έμπνευσης για το βιβλίο σου. Είμαστε μια οικογένεια που πάλεψε τίμια για τα ιδανικά μας. Το παράδειγμά μας αξίζει να το ακολουθήσουν οι νεότεροι της γενιάς μας. Διπλό το καθήκον σου, να απαθανατίσεις – κάτι σαν μνημόσυνο - τη ζωή μας, αλλά και να προτρέψεις παιδιά και εγγόνια να ακολουθήσουν το δρόμο μας».

Ο Οδυσσέας ξύπνησε πλημμυρισμένος από ένα συναίσθημα ευτυχίας.

«Ευχαριστώ, πατέρα. Σε ευγνωμονώ που με γλίτωσες με τις συμβουλές σου από ένα παρακμιακό τέλος, που έδωσες νέο νόημα στην υπόλοιπη ζωή μου. Στο υπόσχομαι, θα το γράψω το βιβλίο που μού παρήγγειλες. Θα γίνει έργο ζωής για μένα, παρόλο που στην εποχή που ζούμε είναι σχεδόν μάταιο να γράφει κανείς βιβλία. Ο κόσμος είναι βυθισμένος σε ένα τέλμα από την κρίση, κάνει οικονομίες ακόμα και στην αγορά ενός βιβλίου. Προτιμά να βυθίζεται στη αποχαύνωση χαζεύοντας τις σαπουνόπερες που τού προσφέρει το χαζοκούτι, παρά να προβληματίζεται διαβάζοντας βιβλία. Ακόμα και αυτοί οι λίγοι που διαβάζουν προτιμούν κάποια χαζά ρομαντζάκια για να περνά ανώδυνα η ώρα τους. Εμείς οι ελάχιστοι που απομείναμε να γράφουμε το κάνουμε από μια εσωτερική παρόρμηση, από μια ανάγκη να αποτυπώσουμε στο χαρτί τα συναισθήματα και τους προβληματισμούς μας. Δεν επιζητούμε την αναγνώριση ενός, έτσι κι αλλιώς, ανύπαρκτου κοινού, ούτε φυσικά τρέφουμε ψευδαισθήσεις ότι ένα μυθιστόρημα θα βοηθήσει τα άθλια οικονομικά μας. Είμαστε κάτι σαν Δον Κιχώτες των συγγραφέων. Παρόλα αυτά, παρόλη την πεποίθηση ότι τα γραφτά μου δεν θα βρουν τη θέση τους σε καμία βιβλιοθήκη, παρόλο που δεν θα αξιωθώ να δω το έργο μου τυπωμένο σε βιβλίο, εγώ δεν θα παραβώ την υπόσχεση που σού δίνω. Ξεκινάω αμέσως την έρευνα από το ημερολόγιό σου, από το οποίο θα αντλήσω το αναγκαίο πολύτιμο υλικό».

Δεν άργησε να βρει στο παλιό μπαούλο το κιτρινισμένο από το χρόνο ημερολόγιο του πατέρα του αντάμα με το βιβλιαράκι, όπου η μανούλα του έγραφε τις πολύτιμες συνταγές της. «Το τσουρέκι της θείας Αγλαΐας», «Η γεμιστή όρνιθα της εξαδέλφης Μαρίας», «Τα πασχαλινά κουλουράκια της φίλης μου Κατίγκως», «Τα γιαπρακάκια της Αφρούλας της γειτόνισσας», «Τα μεθυσμένα κουλουράκια της κυρά Λόπας», μαζί με εκατοντάδες άλλες συνταγές. Φύλαξε ευλαβικά με νοσταλγία τα κιτρινισμένα από το χρόνο φύλλα από το συνταγολόγιο της μητέρας και στη συνέχεια άρχισε να μελετά συγκινημένος τις σελίδες του πατρικού ημερολογίου.

~ ~

4. ΑΧΙΛΛΕΑΣ ΠΕΤΡΟΥ – Η ΕΝΔΟΞΗ ΙΣΤΟΡΙΑ ΤΟΥ

Από εδώ και εμπρός κάθε αυγή, την ώρα που ο ήλιος ξεμύτιζε από τα βουνά της Ανατολής, ο Οδυσσέας, με τη μόνιμη πια παρέα του Άργου, γύριζε με το νου του στα παλιά και έγραφε ασταμάτητα διαβάζοντας με συγκίνηση το παλιό φθαρμένο από το χρόνο χειρόγραφο του πατέρα του.

«Είμαι θαμμένος μέσα στο χαράκωμα εδώ στην Πικρή έρημο στον Σαγγάριο και περιμένω στωικά το τέλος μου. Πάνω από το κεφάλι μου σφυρίζουν ακατάπαυστα τα βόλια του εχθρού. Αναρωτιέμαι με παράπονο: «Να είναι άραγε αυτό το τέλος της γεμάτης αγώνες ζωής μου; Ωστόσο,δε νιώθω καμία αγωνία.Είναι τόσο μεγάλη η εξάντλησή μου, η απογοήτευσή μου, το πεσμένο μου ηθικό, ώστε σχεδόν ανυπόμονα περιμένω το βόλι που θα σημάνει το τέλος μου. Ξάφνου μία εχθρική οβίδα έσκασε με πάταγο πάνω από το κεφάλι μου. Ταυτόχρονα ένιωσα κάτι βαρύ να πέφτει πάνω από το σώμα μου. Ήτανε το άψυχο κουφάρι του συντρόφου μου, του Γιάννη, που τον είχε πετύχει το εχθρικό βόλι. Ένας στρατιώτης του εχθρού έδωσε τη χαριστική βολή και εξαφανίστηκε τρέχοντας. Εγώ τα έχασα, παρέμεινα για λίγο ακίνητος, σκεπασμένος από το πτώμα του Γιάννη μέχρι που συνήλθα κάπως, απαλλάχτηκα από τη μακάβρια ασπίδα μου και άρχισα πανικόβλητος να τρέχω χωρίς να γνωρίζω πού πάω. Μια αγριοφωνάρα με σταμάτησε ύστερα από κάμποσο. «Αχιλλέα που πας, τρελάθηκες; Ο λοχίας μου με μία δυνατή σπρωξιά με προσγείωσε μέσα στο χαράκωμα. Έτσι γλίτωσα άλλη μία φορά το τομάρι μου χωρίς πάντως να νιώθω ούτε λύπη ούτε χαρά.

Ακολούθησα τους συντρόφους μου στην τραγική πορεία της οπισθοχώρησης. Με φρίκη παρακολουθούσα να λεηλατούν και να καίνε τα χωριά του εχθρού, να βιάζουνε ανυπεράσπιστες γυναίκες, να εκδικούνται το χαμό των συντρόφων τους. Μέσα τους είχε ξυπνήσει το κτήνος της εκδίκησης. Εγώ, αμέτοχος στις κτηνωδίες, ακολουθούσα με σκυμμένο το κεφάλι. Βαδίζαμε προς τη Σμύρνη καταδιωκόμενοι από τον εχθρό, με την ελπίδα της σωτηρίας. Φτάσαμε κάποτε κατάκοποι και κουρελήδες στην τρομοκρατημένη πόλη. Παντού επικρατούσε ερημιά και μια απειλητική σιωπή. Οι γρίλιες των σπιτιών ήτανε ερμητικά κλειστές, ενώ πίσω τους μαντεύαμε τα τρομοκρατημένα βλέμματα του κόσμου. Τα καφενεία της παραλίας, τα οποία άλλοτε έσφυζαν από ζωή, ήτανε τώρα έρημα. Κάποιοι διαβάτες βάδιζαν βιαστικά να κρυφτούν και αυτοί στα σπίτια τους μήπως και αποφύγουν τη λαίλαπα του εχθρού, ο οποίος, σύμφωνα με τις φήμες, πλησίαζε ακάθεκτος. Ο κόλπος είχε γεμίσει από δεκάδες συμμαχικά πλοία που επιβίβαζαν τους υπηκόους τους για να τους σώσουν από τη μανία των Τούρκων. Εγώ παράτησα το αποδεκατισμένο τάγμα μου και κατευθύνθηκα προς το σπίτι του αδελφού μου. Με υποδέχθηκαν με ανείπωτη χαρά, σα να έβγαινα από τον τάφο. Στα μάτια της οικογένειας διάβασα το φόβο και την αγωνία. Ο αδελφός μου, με σκυμμένο το κεφάλι, άκουγε τώρα τις διηγήσεις από τις τραγικές στιγμές του μετώπου. Όταν τελείωσα τη διήγησή μου βρέθηκε – μια και εκείνος υπηρετούσε στο γραφείο του κυβερνήτη - αντιμέτωπος με τα αμείλικτα ερωτήματά μου.

«Γιατί μάς προδώσανε οι δικοί μας, αδελφέ μου; Ποιοι μάς ρίξανε στο στόμα του λύκου;».

Με κοίταξε σιωπηλός και αμήχανος ο αδελφός μου.

«Τελικά, αδελφέ Αχιλλέα, οι Έλληνες ανήκουμε σε δύο κατηγορίες. Τους αγνούς και φιλότιμους υπερασπιστές της πατρίδας και τους μωροφιλόδοξους και αρχομανείς που βλέπουνε μόνο το προσωπικό τους συμφέρον αδιαφορώντας για τις συνέπειες. Πατριώτες και προδότες, συμφεροντολόγοι και ιδεολόγοι, επιπόλαιοι κυβερνήτες, μισότρελοι στρατηγοί με γυάλινα πόδια, ανόητοι βασιλιάδες, αλλά και ηρωικοί αρχιερείς και γενναίοι αξιωματικοί και φαντάροι. Αυτοί είμαστε οι Έλληνες και όλοι βράζουμε σε ένα καζάνι».

Τη συζήτησή μας διέκοψαν φωνές πανικού και αγωνίας από το δρόμο. «Πλάκωσαν οι τσέτες, αλλοίμονο μας. Πήραμε και εμείς τους δρόμους, δε μας χώραγε ο τόπος. Πανικόβλητοι οι Σμυρνιοί έψαχναν να βρουν σωτηρία. Μια λαοθάλασσα κατευθυνόταν προς τη Μητρόπολη να τους ορμηνέψει ο αρχιεπίσκοπος. Τον ανταμώσαμε στην Αρχιεπισκοπή να στέκει γαλήνιος και ψύχραιμος, να εμψυχώνει το πλήθος. Ο αδελφός μου τον πήρε κατά μέρος.

«Άγιε πατέρα, σε περιμένουν στο ελληνικό πλοίο να φύγεις για την πατρίδα. Τρέξε!». Ο αρχιεπίσκοπος έριξε ένα επικριτικό βλέμμα γεμάτο έκπληξη.

«Εσύ, τέκνον Αχιλλέα, να με προτρέπεις να το σκάσω σα λαγός; Θέλεις, λοιπόν, να εγκαταλείψω τις χιλιάδες του κόσμου που ψάχνει στήριγμα σε εμένα; Το καθήκον μου είναι να μείνω εδώ!».

«Άγιε πατέρα, εδώ χάθηκε κάθε ελπίδα σωτηρίας. Γύρνα στη μητέρα πατρίδα. Εκεί σε περιμένει τεράστιο έργο να φροντίσεις για την αποκατάσταση των χιλιάδων προσφύγων που καταφεύγουν εκεί, να εξασφαλίσεις στέγη και τροφή, να οργανώσεις την καινούργια τους ζωή».

«Αχιλλέα, το καθήκον μου είναι εδώ και μην προσπαθείς να με πείσεις. Θα θυσιαστώ για το ποίμνιόν μου. Το έχω πάρει απόφαση να μην εγκαταλείψω στο δράμα τους τόσες χιλιάδες ψυχές. Δεν φοβάμαι να υποστώ όλα τα μαρτύρια του κόσμου, αρκεί να με νιώθουν ότι συμπάσχω κοντά τους».

Ένα μειλίχιο, γεμάτο γαλήνη, χαμόγελο στόλιζε τα ευγενικά χαρακτηριστικά του.

«Αχιλλέα, σε αποχαιρετώ», ήτανε τα τελευταία λόγια του σε μένα. Να παίξεις εσύ το ρόλο για τον οποίο με προόριζες εκεί πίσω στην πατρίδα. Πρόσεξε όμως πολύ. Μπορεί οι θυσίες μας να προδοθήκανε, μπορεί η καταστροφή μας να είναι αποτέλεσμα της ευπιστίας και της επιπολαιότητας ενός κουρασμένου από τους πολέμους λαού που παρασύρθηκε από ανάξιους ηγέτες, ωστόσο δεν ωφελεί να αναλωθείτε σε εμφύλιες διαμάχες και εκδικήσεις. Βοήθησε να ξεχαστεί το παρελθόν, φροντίστε να μονοιάσετε και να χτίσετε όλοι μαζί το μέλλον. Το έμψυχο υλικό που κατέφυγε στην πατρίδα αποτελείται από θαυμάσιους ανθρώπους, φιλότιμους, εργατικούς και μορφωμένους. Αυτοί θα είναι η μαγιά για την αναγέννηση του έθνους μας. Να συνδράμεις στην αξιοποίησή τους και στην αποκατάστασή τους. Έχε την ευχή μου, Αχιλλέα».

Με αυτά τα λόγια ο Άγιος της Σμύρνης με αποχαιρέτησε και γαλήνιος παραδόθηκε στους λυσσασμένους από εκδίκηση εχθρούς. Δεν άντεξα να παρακολουθήσω το μαρτύριό του. Με σκυμμένο το κεφάλι έφυγα τρέχοντας όχι για να σώσω το τομάρι μου, αλλά για να εφαρμόσω τις σοφές εντολές του.

~ ~

5. ΟΔΥΣΣΕΑΣ – ΜΕΛΑΓΧΟΛΙΑ ΣΤΟΝ ΠΑΡΑΔΕΙΣΟ

Σουρούπωσε για τα καλά, όταν ο Οδυσσέας με δάκρυα στα μάτια σταμάτησε να διαβάζει το πολύτιμο ημερολόγιο. Βυθίστηκε σε χίλιες δυο σκέψεις, ενώ χάιδευε απαλά το κεφαλάκι του αχώριστου συντρόφου του, του Άργου. Έβαλε να ακούσει μουσική να συντροφέψει τη μελαγχολική του διάθεση. Βγήκε στον κήπο που αντηχούσε από τη Δεύτερη Συμφωνία του Σιμπέλιους. Έκλεισε τα μάτια και βυθίστηκε στη μαγεία της μελωδίας. Δεν άργησε να αποδιώξει από το μυαλό του την κάθε σκέψη. Πόσο δίκιο είχε ο Επίκουρος που δίδασκε ότι η απόλυτη ευτυχία βρίσκεται μακριά από το άγχος, βρίσκεται στη γαλήνη, στο απόλυτο μηδέν.

«Εδώ είναι ο μικρός μου παράδεισος», μονολογούσε ατενίζοντας το κόκκινο φεγγάρι που πρόβαλλε αργά - αργά από τα βουνά της Ανατολής. Βυθισμένος τώρα σε ένα γλυκό λήθαργο άρχισε και πάλι να επικοινωνεί με τον πατέρα του. Συνέχισε το μονόλογό του.

«Πατερούλη, για άλλη μία φορά σε ευγνωμονώ που μού βρήκες ένα προορισμό και απέκτησε πάλι ένα νόημα η ζωή μου. Πολλοί νομίζουν ότι, όταν ο άνθρωπος φτάσει στην Τρίτη ηλικία και πάψει να εργάζεται, περνά τα τελευταία χρόνια του αμέριμνος και εφησυχασμένος. Λάθος μεγάλο! Δεν υπάρχει χειρότερο πράγμα από την απραξία για κάποιον που πέρασε μια ζωή γεμάτη δραστηριότητα και δημιουργία. Η αίσθηση ότι δεν τού απέμεινε πια καμία απασχόληση τον παραλύει. Δεν σκέπτεται τίποτε άλλο εκτός από τον επερχόμενο θάνατο. Και αυτό τον γεμίζει μελαγχολία. Οι ώρες περνάνε χωρίς νόημα, κενές και μονότονες, μια και δεν περιμένει πια τίποτα το συνταρακτικό να συμβεί. Ο αργός θάνατος είναι χειρότερος από ένα ξαφνικό λυτρωτικό τέλος. Αυτά σκεφτόμουνα μέχρι σήμερα έως ότου ήρθες να με συντροφέψεις στα όνειρά μου. Διαβάζοντας ένα μικρό μέρος από το ημερολόγιό σου ξαναθυμήθηκα τις διηγήσεις σου που τις άκουγα σαν παραμύθι όταν ήμουνα μικρός. Τώρα με τη σειρά μου θα τις ζωντανέψω, θα τις ξανακάνω μυθιστόρημα να μαθαίνουν τα Ελληνόπουλα τα κατορθώματα, αλλά και τις ντροπές των προγόνων τους. Αλλοίμονο, καταντήσαμε τώρα πια να είμαστε ένας λαός ντροπιασμένος και εξαθλιωμένος. Από αυτή την άποψη χαίρομαι που δεν ζεις να βλέπεις την κατάντια της ράτσας μας. Είμαστε και πάλι οι ηττημένοι σε έναν ακήρυκτο πόλεμο. Παρασυρθήκαμε από απληστία και επιπολαιότητα στην παγίδα μιας πλαστής ευημερίας με αποτέλεσμα να βυθιστούμε στα χρέη, να χάσουμε την ανεξαρτησία μας και να είμαστε υποχρεωμένοι να υπακούμε σε δόλια αφεντικά, τους δανειστές μας που μας οδηγούν στον όλεθρο. Δεν υπάρχουν πια ήρωες, ούτε ηρωικές πράξεις σε αυτό τον πόλεμο. Οι συμπατριώτες μας δεν πέφτουν σαν ήρωες στα παιδία της μάχης, αλλά απλώς αυτοκτονούν απελπισμένοι και εξαθλιωμένοι οικονομικά. Τί ντροπή, τί τραγικό τέλος ενός παρακμασμένου λαού με τόσο ένδοξη καταγωγή από ηρωικούς προγόνους. Πού είναι οι παλιοί αριστεροί που θυσιάζανε τη ζωή τους για μιαν ιδέα, για «μια καλύτερη πατρίδα». Κατάντησαν και αυτοί να προσπαθούν να εξαπατήσουν τους εξαθλιωμένους συμπατριώτες τάζοντάς τους παραδείσους για να κατορθώσουν να υποκλέψουν την ψήφο τους και να τους κυβερνήσουν, ώστε να γλύψουν όποιο κόκκαλο έχει πια απομείνει στον έρημο τόπο. Πού είναι ακόμα και εκείνοι οι τίμιοι δεξιοί αγωνιστές και αυτοί οι ηρωικοί άντρες της αντίστασης κατά των Γερμανών κατακτητών. Τώρα κατάντησαν και αυτοί υμνητές και οπαδοί των ναζιστικών τεράτων που με παραπλανητικά συνθήματα και κάποιες ψευτοπαροχές άρχισαν, δυστυχώς, να αποκτούν όλο και περισσότερους οπαδούς αντλώντας τους από τη δεξαμενή των απελπισμένων. Απέμειναν αυτοί που μας κυβερνούν, θλιβεροί επαίτες και υπάκουοι υπηρέτες του διεθνούς κεφαλαίου, καπετάνιοι σε ένα ακυβέρνητο σκάφος που σπεύδει ολοταχώς προς τα βράχια. Ο κίνδυνος ενός νέου εμφυλίου άρχισε να ελλοχεύει. Κάτω από αυτές τις συνθήκες, τι θα μπορούσα να κάνω εγώ ένας ανήμπορος γέρος που πλησιάζει στο τέλος του. Αλλοίμονο, τίποτα περισσότερο από το να καταγράφω με τη φτωχή γραφίδα μου τις δόξες τις δικές μας, τις πρωτινές, μπας και παραδειγματιστούν οι νέοι, μπας και αρχίσει ένα καινούργιο ξεκίνημα. Εξακολουθώ να ελπίζω μια και η ζωή δεν είναι παρά ένας κύκλος που δεν σταματά ποτέ, ένα ατελείωτο παιχνίδι ανάμεσα στην ακμή και την παρακμή. Εξαπλώνεται με ραγδαίο ρυθμό αυτή η παρακμή όχι μόνο σε εμάς, αλλά και στις γειτονικές μας χώρες. Οι λαοί στενάζουν και διαμαρτύρονται στους δρόμους καταπιεζόμενοι κάτω από τη μπότα των Γερμανών, παρακολουθώντας, ανήμποροι, να αναβιώνει ο Ναζισμός στη μοντέρνα, αλλά την εξίσου κτηνώδη του μορφή. Λαθρομετανάστες, διωγμένοι από την κατεστραμμένη οικονομία των πατρίδων τους, εγκαταλείπουν τις χώρες τους κατά χιλιάδες παρασυρμένοι από φρούδες ελπίδες για μια υποφερτή ζωή στις χώρες που διατηρούν ακόμα κάποια ίχνη ευημερίας. Και τους περιμένει μια μεγάλη απογοήτευση. Καταντούν ζητιάνοι, κλέφτες, ακόμα και εγκληματίες, για να κρατηθούν στη ζωή. Ορισμένοι «αγνοί πατριώτες», έμποροι της δυστυχίας, ενώ τους εκμεταλλεύονται δίνοντάς τους δουλειά με μισθούς πείνας, τους αντιμετωπίζουν με περιφρόνηση, αν όχι και με μίσος. Στην αρχή πλημμύρισαν οι δρόμοι από ζητιανάκια, από «τα παιδιά των φαναριών». Ξάφνου εξαφανίστηκαν και αυτά. Τα οδήγησαν σε κάποια κέντρα περίθαλψης. Τώρα και τα κέντρα αυτά αδειάσανε, τα προσφυγόπουλα εξαφανίστηκαν ως δια μαγείας και κανείς δεν γνωρίζει ποια είναι η τύχη τους. Τώρα οι ντόπιοι Νεοναζί επωφελούνται για να αναλάβουν δράση με τις γνωστές μεθόδους τους. Αισθάνομαι μίσος και ντροπή για την ύπαρξή τους, αλλά και για τους οπαδούς τους που συνεχώς πολλαπλασιάζονται. Δεν το κρύβω ότι μού προκαλούν οίκτο και λύπηση αυτοί οι απελπισμένοι της ζωής, αλλά από την άλλη διαβλέπω ότι είναι η απαρχή ενός τεράστιου και άλυτου προβλήματος που θα σημάνει την καταστροφή για τα αδύναμα κράτη. Το παρομοιάζω με ένα πλοιάριο που συλλέγει συνέχεια ναυαγούς μέχρι που, μη αντέχοντας το βάρος από το τόσο πλήθος, βουλιάζει παρασέρνοντας στον πνιγμό επιβάτες και λαθρεπιβάτες αντάμα. Δεν ξέρει κανείς τίνος μέρος να πάρει, των ψευτοαριστερών που τάχατες συμπονούν όλους αυτούς τους άμοιρους, των κυβερνητών που λαμβάνουν ημίμετρα επιτείνοντας το πρόβλημα ή των Νεοναζί που με την κτηνώδη συμπεριφορά τους προσπαθούν να τους εξολοθρεύσουν πιστοί στα πρότυπα της Αρίας φυλής που λατρεύουν. Αυτές μου τις σκέψεις αποφάσισα να συμπεριλάβω στο βιβλίο μου, να τις αντιπαραθέσω με τις ηρωικές πράξεις της δικής σου ζωής».

~ ~

6. ΟΔΥΣΣΕΑΣ – ΣΕ ΣΤΙΓΜΕΣ ΕΥΤΥΧΙΑΣ

Μπορεί να ένιωθε κάποια στίγματα ευτυχίας στο μοναχικό του καταφύγιο ο Οδυσσέας, ωστόσο η μοναξιά ώρες - ώρες έφερνε μια γεροντική ατονία και μια αναβλητικότητα. Μια μοναξιά που άρχισε να τού προκαλεί βαθειά μελαγχολία.. Έπρεπε να αφήσει για λίγο το «μικρό του παράδεισο», τα γραφτά του και τις σκέψεις του, και να κινήσει για τη χώρα για να κάνει ορισμένες απαραίτητες δουλειές. Κάποια στιγμή το πήρε απόφαση μια και δεν σήκωνε άλλη αναβολή. Τα χρήματά του τελειώνανε και έπρεπε να εισπράξει τη σύνταξή του. Το ψυγείο είχε αδειάσει και είχε ανάγκη, χρειαζότανε να πάρει τρόφιμα. Αγγαρείες που δεν μπορούσε να αναβάλει.

Το γερασμένο, από τις ατέλειωτες διαδρομές που έκανε χρόνια, λεωφορείο τώρα ακούστηκε να αγκομαχά στην ανηφόρα. Ο Οδυσσέας πετάχτηκε από την αυλή και με το ζόρι το σταμάτησε στη στάση. Γέροι φορτωμένοι με καλάθια, γεμάτα με την πραμάτεια του κήπου τους, κατέβαιναν να τα πουλήσουν στην αγορά. Γυναικούλες μαυροφορούσες πήγαιναν και αυτές να κάνουν τα ψώνια της εβδομάδας. Χωρικοί με συλλογισμένο ύφος και απλανές βλέμμα πηγαίνανε να εξασφαλίσουν κάποιο μεροκάματο. Ανάμεσά τους έλαμπε με το παρουσιαστικό της μια πανέμορφη γυναίκα κρατώντας από το χέρι ένα κοριτσάκι. Ήτανε και οι δύο φτωχοντυμένες με ύφος γεμάτο απελπισία. Σιωπούσαν. Ο Οδυσσέας θαμπωμένος από την ομορφιά της γυναίκας, από τη στητή και περήφανη κορμοστασιά της, από τα τέλεια χαρακτηριστικά του προσώπου της, από εκείνα τα μεγάλα και λαμπερά μάτια της, δεν μπορούσε να ξεκολλήσει το βλέμμα του από πάνω της. Το κοριτσάκι τον πρόσεξε και του χαμογέλασε με όλο το θάρρος της ηλικίας της.

«Παππού», την άκουσε να τού λέει, μια προσφώνηση που καθόλου δεν ευχαρίστησε τον Οδυσσέα. «Παππού», επέμενε η μικρή. «Έχεις καμία καραμέλα να μου δώσεις;». Ο Οδυσσέας ανταπέδωσε το χαμόγελό της.

«Μόλις φτάσουμε στο τέρμα και τελειώσω μια δουλειά μου, θα σού αγοράσω από το περίπτερο όσες καραμέλες θέλεις, φτάνει να μού πεις το όνομά σου».

«Με λένε Τάνια», απάντησε θαρρετά, δείχνοντας τον ενθουσιασμό της, ενώ η μητέρα της τη μάλωσε σε μια ξένη γλώσσα ζητώντας συγχρόνως συγγνώμη από τον Οδυσσέα.

«Μην τη μαλώνετε την ομορφούλα. Είναι τόσο γλυκό πλασματάκι.Επιτρέψτε μου να της δώσω λίγη χαρά».

Κάτι σκίρτησε στην καρδιά του απευθύνοντας αυτά τα λόγια στη μητέρα της.

«Σας ευχαριστώ, είστε πολύ καλός», την άκουσε να τού λέει και το πρόσωπό της φωτίστηκε από ένα χαμόγελο.

«Σκατόγερε, μάλωσε τον εαυτό του ο Οδυσσέας. Ώρες είναι να τής την πέσεις της κυρίας.Αναλογίσου τα χάλια σου».

Δεν αντάλλαξαν άλλη κουβέντα μέχρις ότου το λεωφορείο έφτασε στο τέρμα και κατέβασε τους επιβάτες.

Ο Οδυσσέας έσπευσε στην Τράπεζα. Ντρεπότανε γιατί στην τσέπη του δεν είχε περισσέψει ούτε δεκάρα για να ικανοποιήσει την επιθυμία της μικρής.

«Περίμενέ με έρχομαι σε λίγο», της είπε καλοσυνάτα.

Ο ταμίας τον υποδέχτηκε σαν παλιό γνώριμο. Τον είχε συμπαθήσει για την ευγένειά του και τους καλούς του τρόπους.

«Θα εισπράξετε μόνο τη σύνταξή σας ή χρειάζεστε περισσότερα χρήματα», ρώτησε.. «Ο λογαριασμός σας έχει πιστωθεί με εκατό χιλιάδες ευρώ». Συγχρόνως τού έδωσε έναν κλειστό φάκελο.

«Αυτό είναι για εσάς».

Άνοιξε με τρεμάμενα χέρια το φάκελο, παρόλο που πίστευε ότι θα είχε γίνει κάποιο λάθος. Και όμως υπήρχε ένα γράμμα που απευθυνότανε σε εκείνον. Κοίταξε την υπογραφή. Τον έστελνε ο αγαπημένος του θείος, ο αδελφός του Αχιλλέα. Το διάβασε με περιέργεια ανάμεικτη με ανυπομονησία. Τα μάτια του θολώνανε κάθε λίγο από τη συγκίνηση.

Αγαπημένε μου ανιψιέ,

Όταν θα διαβάζεις αυτό το γράμμα εγώ δεν θα ζω πια. Σού απευθύνω τις τελευταίες μου επιθυμίες και τα συμπεράσματά μου από τη ζωή που πέρασα.

Όπως θα ξέρεις, ζήσαμε αντάμα με το λατρευτό μου αδελφό, τον Αχιλλέα, μια πολυτάραχη ζωή παίρνοντας μέρος στους περισσότερους πολέμους για την υπεράσπιση της πατρίδας. Ζήσαμε την απελευθέρωση της Θεσσαλονίκης μας κατά τους Βαλκανικούς Πολέμους, ακολουθήσαμε το μεγάλο ηγέτη μας, τον Βενιζέλο, στον αγώνα του έθνους στη Μικρά Ασία, κλάψαμε αντάμα παρακολουθώντας την καταστροφή της αγαπημένης μας Σμύρνης, υπερασπιστήκαμε τα δικαιώματα των προσφύγων που κατέφθασαν στην πατρίδα, μέχρι που παλέψαμε ακόμα και στον καταστροφικό εμφύλιο. Μια ζωή γεμάτη αγώνες, πίκρα και προδοσίες. Συχνά διερωτώμαι τί έχει απομείνει από τους τόσους αγώνες, εκτός από μιαν απέραντη απογοήτευση.

Παρακολουθώ τα σημερινά νιάτα να καίνε τις σημαίες μας, τα σύμβολα που εμείς σεβαστήκαμε και προσκυνήσαμε μια ζωή. Παρακολουθώ την πατρίδα μας να έχει υποδουλωθεί και να λοιδορείται από τους τάχατες φίλους μα, τους νικητές ενός ιδιότυπου πολέμου, όπου ο κόσμος δεν πέφτει ηρωικά στα πεδία της μάχης, αλλά αυτοκτονεί απελπισμένος βλέποντας να καταρρέει το έργο μιας ζωής.

Και λέω «φτάνει πια». Δεν αντέχω πια να ζω σε μια τέτοια εποχή παρακμής, να βλέπω τους ξένους δυνάστες να μπαινοβγαίνουν με ύφος στα υπουργεία και να απεργάζονται την εξαθλίωση του φτωχού κόσμου.

Προξενεί απέραντη οδύνη η τραγική ανεργία των χωρίς μέλλον νέων, η απελπιστική κατάσταση των γέρων συνταξιούχων που πεινάνε, το δράμα των νοικοκυραίων που βλέπουν να, με όση αξιοπρέπεια έχει απομείνει. Δεν νιώθω σα λιποτάκτης. Είμαι γέρων και ανήμπορος. Δεν μπορώ να προσφέρω τίποτα πια για να εμποδίσω τον κατήφορο που έχει πάρει η πατρίδα μου. Κατέθεσα στο λογαριασμό σου στην Τράπεζα τις τελευταίες οικονομίες μου για να συμβάλουν στην αξιοπρεπή σου διαβίωση, μια και εσύ πια ανήκεις στους απόμαχους της ζωής. Να μάς μνημονεύεις, τον πατέρα σου και εμένα, μια και οι άνθρωποι πεθαίνουν δύο φορές. Τη μία από φυσικό θάνατο, τη δεύτερη, όταν κανείς δεν τους θυμάται πια. Εσύ, που με χαρά έμαθα ότι εξελίχθηκες σε συγγραφέα, θα μάς κρατήσεις με τα γραπτά σου ακόμα για λίγο στη ζωή.

Θα σε ευγνωμονούμε για πάντα.

Ο θειος σου που σε λάτρεψε».

Δίπλωσε το γράμμα ο Οδυσσέας και με δάκρυα στα μάτια το φύλαξε δίπλα στην καρδιά του. Έφυγε από την Τράπεζα με βιαστικά βήματα σαν κυνηγημένος, σα να ήτανε αυτός ένοχος για το χάλι της πατρίδας και των συμπατριωτών του. Δεν περίμενε να ξανασυναντηθεί με την Τάνια και τη μητέρα της, ωστόσο με έκπληξη τις είδε να τον περιμένουν καθισμένες σε ένα παγκάκι. Πήρε την Τάνια από το χέρι και μπήκανε στο διπλανό ζαχαροπλαστείο. Όταν βγήκανε, το προσωπάκι της Τάνιας έλαμπε από χαρά. Κρατούσε μία σακούλα γεμάτη καραμέλες. Από το άλλο της χεράκι κρατούσε σφιχτά τον Οδυσσέα. Εκείνος χωρίς να ρωτήσει, τις έβαλε να καθίσουν σε ένα διπλανό ταβερνάκι. Η Νατάσα έριξε ένα βλέμμα γεμάτο ευγνωμοσύνη.

«Ντρέπομαι που κάνω κατάχρηση της καλοσύνης σας, αλλά είμαι υποχρεωμένη, έχουμε να φάμε εδώ και δύο μέρες», είπε.

Το γκαρσόνι δεν προλάβαινε να εκτελεί παραγγελίες. Η Νατάσα και η Τάνια έτρωγαν με απίστευτη βουλιμία. Δεν ρώτησε πολλά τη Νατάσα. Είχε μαντέψει την τραγική τους κατάσταση. Σύντομα πήρε την απόφαση.

«Μένω μόνος μου, εγώ και ο σκύλος μου, σε ένα μεγάλο σπίτι. Ελάτε να συγκατοικήσουμε για όσο καιρό θέλετε. Έτσι κι αλλιώς δεν την αντέχω τη μοναξιά».

Η Νατάσα δέχτηκε με ενθουσιασμό και ευγνωμοσύνη, αφού ο γεράκος τής είχε δημιουργήσει ένα αίσθημα εμπιστοσύνης. Το ταξί τους έφερε γρήγορα στο σπίτι. Μπήκανε με βήματα διστακτικά, ενώ ο Άργος τις υποδέχτηκε κουνώντας χαρούμενα την ουρά του. Η έκτη αίσθηση των ζώων...

Πέρασε κάμποσος χρόνος αμέριμνα και ευτυχισμένα. Η Νατάσα είχε αναλάβει από δική της πρωτοβουλία το ρόλο της νοικοκυράς. Ένας ρόλος που τής πήγαινεγάντι. Το σπίτι άστραφτε τώρα από καθαριότητα. Τα μεσημέρια η κουζίνα μοσχοβολούσε από ορεκτικά φαγητά. Ο κήπος είχε συμμορφωθεί. Εξαφανίστηκαν τα αγριόχορτα, κλαδεύτηκαν τα δέντρα. Δε-κάδες γλάστρες στόλιζαν τον κήπο με πολύχρωμα λουλούδια. Στο μικρό λαχανόκηπο μεγάλωναν ντοματιές, μελιτζάνες και άλλα ζαρζαβατικά. Οι μυρωδιές του βασιλικού, του δυόσμου, της λουίζας, σε μεθούσαν με την πρωινή δροσιά. Μέσα σε αυτό τον παράδεισο ο Οδυσσέας απολάμβανε την τόση ομορφιά και συνέχιζε ασταμάτητα να συμβουλεύεται το πατρικό ημερολόγιο και να συγγράφει το μυθιστόρημά του.

~ ~

7. ΝΑΤΑΣΑ – ΑΝΤΙΜΕΤΩΠΗ ΜΕ ΤΟΝ ΠΕΙΡΑΣΜΟ

«Νατάσα, θέλω να μού διηγηθείς την ιστορία σου», είπε ένα δειλινό ο Οδυσσέας. «Ένας θεός ξέρει πόσες ταλαιπωρίες τράβηξες μέχρι να βρεθείς εδώ. Σκέφτομαι να συμπεριλάβω τις περιπέτειές σου στο μυθιστόρημά μου».

Η Νατάσα διστακτική άρχισε να διηγείται τις πρώτες της περιπέτειες.

«Ο χειμώνας, σαν όλους τους χειμώνες, είχε πλακώσει ακάθεκτος και φέτος στη Βόρια χώρα, όπου κατοικούσαμε. Το χιόνι, που έπεφτε ασταμάτητα, είχε αποκλείσει τους κατοίκους στα φτωχικά τους σπίτια, όπου έμπαινε από τις χαραμάδες ένας αλύπητος βοριάς να εξαφανίζει κάθε ίχνος ζεστασιάς που πάλευαν μάταια να δημιουργήσουν οι λυμφατικές ξυλόσομπες. Οι καμινάδες έφραζαν κάθε λίγο από το χιόνι και τότε ο καπνός – μη έχοντας άλλη διέξοδο – έπνιγε τα δωμάτια δημιουργώντας συνθήκες ασφυξίας. Έπρεπε τότε οι άντρες του σπιτιού να βγουν μέσα στην παγωνιά, να σκαρφαλώσουν στις στέγες για να διώξουν το χιόνι, ώστε να πάρουν μιαν ανάσα τα γυναικόπαιδα. Όμως στο φτωχικό μας δεν υπήρχαν άντρες. Έμενα μόνη με την κορούλα μου, την Τάνια, και μοιραία είχα αναλάβει τα ανδρικά και γυναικεία καθήκοντα. Ο πατέρας της Τάνιας, το αρσενικό κτήνος που με βίασε ένα βράδυ που επέστρεφα από το φτωχικό μεροκάματο στα χωράφια, είχε φροντίσει να εξαφανιστεί μόλις αντιλήφθηκε τις συνέπειες της πράξης του. Εγώ αντιμετώπισα με αξιοπρέπεια την εγκυμοσύνη και τα περιφρονητικά βλέμματα των συγχωριανών μου. Στις υποανάπτυκτες κοινωνίες, σαν αυτή του χωριού, ο βιασμός αποτελούσε θανάσιμο αμάρτημα για τη γυναίκα που τον είχε υποστεί, ενώ οι βιαστές κρυφοκαμάρωναν στις παρέες τους για τα κατορθώματά τους.

Οι μέρες κυλούσαν αργόσυρτα με μια τυραννική μονοτονία, θαρρείς και ο αμείλικτος χειμώνας θα διαρκούσε παντοτινά μέσα στις ψυχές των ανθρώπων. Να, όμως, που με τα πρώτα σημάδια της άνοιξης συνέβησαν συνταρακτικά πράγματα σε εκείνη την ξεχασμένη από θεούς και ανθρώπους γωνιά της γης. Η ιστορία άρχισε με τη φωνή του ντελάλη, που εμφανίστηκε ξάφνου ένα κυριακάτικο πρωινό στην πλατεία του χωριού να αναγγέλλει με ύφος θριαμβευτικό.

«Ακούστε συγχωριανοί, σε λίγες μέρες θα φτάσουν στο χωριό κάποιοι πλούσιοι Αμερικάνοι που θέλουν να παντρευτούν τα όμορφα κορίτσια της πατρίδας μας. Οι τυχερές που θα διαλέξουν θα ζήσουν ζωή χαρισάμενη στην Αμερική μέσα στον πλούτο και τις ανέσεις. Όσες κοπέλες επιθυμούν μια τέτοια ευτυχισμένη ζωή, να παρουσιαστούν την άλλη Κυριακή εδώ στην πλατεία για να γνωριστούν με τους υποψήφιους γαμπρούς».

Τα νέα διαδόθηκαν με ταχύτητα αστραπής. Επικράτησε μεγάλη αναστάτωση. Άναψαν καυγάδες στα φτωχά νοικοκυριά ανάμεσα στα ξεσηκωμένα κορίτσια και τους φιλύποπτους πατεράδες, τις μανάδες που κλαίγανε αναποφάσιστες, τα αδέλφια που παίζανε το ρόλο του προστάτη της τιμής της οικογένειας. Αρραβώνες διαλύθηκαν αστραπιαία, ενώ πολλοί αρραβωνιαστικοί απειλούσαν με εκδίκηση όσες θα ξεμυαλίζονταν και θα τους εγκατέλειπαν στα κρύα του λουτρού. Πολλά κοριτσόπουλα έφαγαν το ξύλο της χρονιάς τους εκείνη την εβδομάδα και παρέμειναν κλειδωμένες στα σπίτια τους μέχρις ότου περάσει ο κίνδυνος.

Η κρίσιμη μέρα έφτασε επιτέλους. Από την παραμονή ο πράκτορας που έφερνε το γκρουπ φρόντισε όλες τις λεπτομέρειες. Στολίστηκε η πλατεία και οι καφενέδες ετοιμάστηκαν σφαχτάρια για τις σούβλες, κλείστηκαν όλα τα δωμάτια στους ταπεινούς ξενώνες. Οι κοπέλες, όσες κατάφεραν να πάρουν την άδεια να είναι υποψήφιες, εδώ και μέρες στολιζόντουσαν και βαφόντουσαν, προβάρανε ό,τι καλλίτερο φόρεμα διαθέτανε και περνούσανε ατέλειωτες ώρες μπροστά στους καθρέφτες κρυφοκαμαρώνοντας την ομορφιά τους. Οι περισσότερες κοπέλες ήτανε πανέμορφες, ψηλές και ξανθιές με δέρμα διάφανο σαν πορσελάνη, με μάτια μεγάλα και εκφραστικά, πραγματικές καλλονές. Άλλωστε η περιοχή τους φημιζότανε για τα ωραία της κορίτσια, πράγμα που γνώριζαν καλά οι διάφοροι οργανωτές. Κάνανε χρυσές δουλειές πλασάροντας τα όμορφα κορίτσια της περιοχής αυτοί οι «πράκτορες».

Η αμοιβή τους ήτανε παραπάνω από ικανοποιητική για όσα συνοικέσια έπαιρναν ευτυχισμένο τέλος, ενώ για όσα κορίτσια περίσσευαν είχανε έτοιμη τη λύση. Θα τις δελέαζαν με ψεύτικες υποσχέσεις για λαμπρό μέλλον σαν παρουσιάστριες σε τηλεοράσεις ή τραγουδίστριες ή κάθε είδους «αρτίστες» σε μπαλέτα για να τις απαγάγουν και να καταλήξουν θύματα σωματεμπόρων σε ύποπτα στέκια. Όσες αφελείς παρασύρονταν με τέτοιες προτάσεις συνήθως δεν είχαν καλό τέλος. Γίνονταν πόρνες, σκλάβες σωματεμπόρων που τις κρατούσαν σχεδόν φυλακισμένες μέχρις ότου εξελιχθούν σε υπάκουα όργανα των αφεντικών τους.

Εγώ κάτι το ύποπτο είχα μυριστεί γι' αυτό και αποφάσισα να μην πάρω μέρος στη θλιβερή «παράσταση». Όμως, η φήμη για την αστραφτερή ομορφιά μου δεν άφηνε αδιάφορο τον «πράκτορα». Από μέρες με περιτριγύριζε τάζοντάς λαγούς με πετραχήλια, φτάνοντας μάλιστα στο σημείο να μου δείξει και βίντεο από την πολυτελή βίλα του υποψήφιου «γαμπρού», την πισίνα, τις αστραφτερές του λιμουζίνες, το τεράστιο κότερό του, τη χλιδάτη ζωή που θα με περίμενε. Δεν με εντυπωσίασαν όλα αυτά, όσο η υπόσχεση ότι ο γαμπρός θα υιοθετούσε και την Τάνια, την κορούλα μου, θα φρόντιζε να την σπουδάσει στα καλύτερα πανεπιστήμια και στη συνέχεια να την καλοπαντρέψει.

«Οι ευκαιρίες στη ζωή εμφανίζονται σπάνια», επέμενε ο πράκτορας. «Αν δεν τις αρπάξουμε από τα μαλλιά θα τις χάσουμε για πάντα. Βάλε λίγο νερό στο κρασί σου, Νατάσα. Μην περιμένεις εδώ στην κόλαση, όπου μένεις, να βρεις το πριγκιπόπουλο του παραμυθιού. Στο κάτω – κάτω, έχεις καθήκον να φροντίσεις για το μέλλον της Τάνιας. Ο γεράκος που θα παντρευτείς δεν είναι για πολύ στη ζωή. Σύντομα θα σάς αφήσει χρόνους μαζί με μια τεράστια περιουσία. Και τότε όλος ο κόσμος θα γίνει δικός σου και της Τάνιας. Στο κάτω - κάτω, δεν είναι κανένα τέρας, ένας συμπαθέστατος και πολιτισμένος γεράκος είναι που είχε την ατυχία να χάσει τη γυναίκα του».

Δεν ήθελα και πολύ για να πειστώ. Το μέλλον της κορούλας μου ήτανε αυτό που συνέβαλε στην απόφασή μου.

Συναντηθήκαμε σχεδόν κρυφά στο φτωχικό σαλόνι του ξενοδοχείου του χωριού. Κοιταζόμασταν αμίλητοι στα μάτια, ενώ ο πράκτορας προσπαθούσε να σπάσει τον πάγο με ακατάσχετη φλυαρία και διάφορα αστειάκια. Ύστερα μάς άφησε μόνους να «τα βρούμε» οι δυο μας. Ο γαμπρός φάνηκε συμπαθητικός και πολιτισμένος. Βέβαια, από εμφάνιση «άστα να πάνε», συλλογίστηκα. Όχι, βέβαια, ότι περίμενα κάτι καλύτερο. Τώρα μού χαμογελούσε μέσα από την αστραφτερή και κάτασπρη μασέλα του και δειλά

- δειλά μού έπιασε το χέρι. Ανατρίχιασα και ανατριχιασμένη τον ακολού-θησα στο δωμάτιο για «να γνωριστούμε καλύτερα». Κατέφυγα στην του-αλέτα για να ξεντυθώ και εμφανίστηκα τυλιγμένη σε ένα μπουρνούζι στο μισοσκότεινο δωμάτιο. Δεν δίσταζα πια, δεν ντρεπόμουν. Το είχα πάρει απόφαση. Μέσα μου κυριαρχούσε η οπτασία της Τάνιας να συμμετέχει χαρούμενη στην τελετή της αποφοίτησης από το Πανεπιστήμιο. Και με την παρηγοριά αυτής της εικόνας έκλεισα τα μάτια μου, πείρα μια βαθειά ανάσα, πέταξα το μπουρνούζι αποκαλύπτοντας το ολόγυμνο κορμί μου και έπεσα εις τας αγκάλας του γηραλέου παρτενέρ μου. Εκείνος είχε ήδη λαχανιάσει, ενώ άρχισε να με χαϊδεύει. Με φιλούσε και με έγλυφε παντού αφήνοντας ελαφρά ηδονικά μουγκρητά. Ύστερα προσπάθησε να ανέβει επάνω μου δυστυχώς χωρίς να το καταφέρει. Τότε εγώ, στην προσπάθειά μου να συντομεύσω την αηδιαστική δοκιμασία, ανέλαβα πρωτοβουλία. Τον έβαλα από κάτω και προσπάθησα να ζωντανέψω τη νεκρή του φύση. Εκείνος λαχανιασμένος όλο και περισσότερο έπιασε το κεφάλι μου και άρχισε να το σπρώχνει προς το «επίμαχο σημείο». Με ένα αναστεναγμό άνοιξα το στόμα μου και έκλεισα τα μάτια μου. Το λαχάνιασμα του γέρου και τα μουγκρητά του είχαν γίνει τώρα πιο έντονα διαπερνώντας τους λε-πτούς τοίχους του δωματίου. Παραδίπλα, ο πράκτορας, που είχε στήσει αυτί ανησυχώντας για την εξέλιξη του «συνοικεσίου», έτριβε τα χέρια του με ικανοποίηση. Τα πάντα εξελίσσονταν «κατ' ευχήν».

Ξάφνου, έπεσε μια νεκρική ησυχία στο δωμάτιο «των οργίων». Ο γέρος είχε πάψει να ανασαίνει ύστερα από ένα βαθύ αναστεναγμό. Τον ένιωσα να μένει ακίνητος με ανοιχτό το στόμα και μια παράξενη θαμπάδα στα μάτια. Δεν άργησα να καταλάβω. Με πανικό ανάμεικτο με φρίκη τραβήχτηκα από πάνω του, τυλίχτηκα στο μπουρνούζι και έμεινα να παρατηρώ αμήχανη το άψυχο σώμα. Ακούστηκε κάποιος να χτυπά την πόρτα. Ο πράκτορας, που παρακολουθούσε, έκλεισε τα μάτια του γέρου, τακτοποίησε πρόχειρα το αναστατωμένο δωμάτιο και με αυταρχικό ύφος τον άκουσα να μού λέει.

«Εξαφανίσου, Νατάσα, χωρίς να σε δει κανένας. Πήγαινε σπίτι σου και περίμενέ με εκεί».

Εμφανίστηκε ύστερα από αρκετές ώρες που τον περίμενα γεμάτη αγωνία. Το ύφος του ήτανε θριαμβευτικό.

«Νατάσα, τα κανόνισα όλα και άκουσέ με καλά. Το πτώμα του παππού αναπαύεται θαμμένο στο υπόγειο του ξενώνα. Θα το εξαφανίσουμε το βράδυ. Κανείς δεν θα το ανακαλύψει πια. Συνεννοήθηκα και με το δήμαρχο να σε συμπεριλάβει στη λίστα των παντρεμένων και να δώσει πιστοποιητικό γάμου. Με λίγη τύχη θα γίνεις κληρονόμος της περιουσίας του γέρου. Φεύγω τώρα για την Αμερική να κανονίσω με τους δικηγόρους μου τη μεταγραφή της περιουσίας στο όνομά σου. Μόλις ετοιμαστούν τα χαρτιά θα σε ειδοποιήσω να έρθεις για να κάνεις την αποδοχή της κληρονομίας. Δεν κρύβω ότι όλα αυτά έχουν ένα μεγάλο κόστος που επιβαρύνομαι εγώ και γι' αυτό θα πρέπει να μοιραστούμε την κληρονομιά. Δεν φαντάζομαι να έχεις καμία αντίρρηση.

Συγκατένευσα σιωπηλά, υπέγραψα υπάκουα το συμφωνητικό που μού παρουσίασε και ο πράκτορας ξεκίνησε ενθουσιασμένος για την Αμερική. Δυστυχώς γι' αυτόν, στο αεροδρόμιο της Νέας Υόρκης τον περίμεναν δύο καλοντυμένοι κύριοι. Τον έσπρωξαν με το ζόρι σε μία λιμουζίνα και, αφού του πήρανε την τσάντα με το πιστοποιητικό του ψεύτικου γάμου και όλα τα άλλα έγγραφα, σταμάτησαν σε μια ερημική τοποθεσία στις όχθες του ποταμού. Τον έδεσαν χειροπόδαρα και τον στρίμωξαν σε ένα τσουβάλι γεμάτο πέτρες που το πέταξαν στα ορμητικά νερά. «Καλό ταξίδι εξυπνάκια, «ευχήθηκε» ο ένας. Πήρες το μάθημά σου ότι δεν βάζει κανείς τόσο εύκολα χέρι στην περιουσία της μαφίας.»

«Δεν ξεμπλέξαμε ακόμα, αντέτεινε ο συνεργάτης του. Πρέπει καλού κακού να ξεπαστρέψουμε και τη νύφη. Ξεκινάμε αύριο για εκείνο το κωλομέρος για να ολοκληρώσουμε το έργο μας...»

Η Νατάσα σταμάτησε τη διήγησή της φανερά αναστατωμένη από τις οδυνηρές αναμνήσεις της.

~ ~

8. ΝΑΤΑΣΑ – Ο ΔΡΟΜΟΣ ΤΟΥ ΜΑΡΤΥΡΙΟΥ

Ο Οδυσσέας είχε παρακολουθήσει με θαυμασμό τη διήγηση της Νατάσας. Μιας δυναμικής και αποφασιστικής γυναίκας που δεν είχε ανακαλύψει μέχρι σήμερα. Όμως και εκείνη, ύστερα από αυτά που είχαν εκστομίσει οι παλληκαράδες, ένιωσε την ανάγκη να εξομολογηθεί στον Οδυσσέα και το υπόλοιπο παρελθόν της.

«Καλέ μου Οδυσσέα, αισθάνομαι την ανάγκη να ολοκληρώσω τη διήγηση με τις περιπέτειες της ζωής μου μέχρι να φτάσω ως εδώ. Μόνο ύστερα από μια καθαρή εξήγηση θα είμαι ήσυχη να συνεχίσω να μοιράζομαι τη ζωή μου μαζί σου».

«Νατάσα, δε με νοιάζει τί έκανες μέχρι να σε συναντήσω. Σε έχω αποδεχτεί άσχετα με το παρελθόν σου. Όμως, αν νιώθεις ότι μια εξομολόγηση θα σε ανακουφίσει, εμπρός ξεκίνα, είμαι πρόθυμος να σε ακούσω...»

«Την ιστορία με τους γαμπρούς στην έχω διηγηθεί θα πρέπει να τη θυμάσαι. Αν δεν είχε τέτοιο τραγικό τέλος θα μάς προκαλούσαν γέλιο πολλά της στιγμιότυπα. Όμως, πρέπει να σού αποκαλύψω το τραγικό τέλος, την απληστία του πράκτορα να επωφεληθεί από την περιουσία του θύματος που τον οδήγησε στο βάθος του ποταμού, τη δική μου άθελη ανάμειξη σε όλη αυτή την περιπέτεια, την επιστροφή των μαφιόζων στο χωριό μας, που, όπως έμαθα, ήρθαν να με ξεπαστρέψουν. Μάζεψα μερικά απαραίτητα ρούχα μόλις έμαθα ότι με αναζητούν, πήρα την Τάνια μου από το χέρι και εξαφανιστήκαμε μέσα στη νύχτα.

Την πρώτη βραδιά την περάσαμε σχετικά άνετα στη στάνη του ξαδέλφου μου, αλλά η μεγάλη περιπέτεια άρχισε το επόμενο πρωί, όταν πήραμε χαράδρες και βουνά προσπαθώντας να απομακρυνθούμε όσο πιο μακριά γινότανε από τους διώκτες μας. Δεύτερη νύχτα στο βουνό και καταφύγαμε σε μια σπηλιά να γλιτώσουμε από την καταιγίδα που προανήγγειλε με βροντές και αστραπές τον ερχομό της, αλλά και από τα αγρίμια που διαισθανόμουνα ότι μάς οσφραίνονται και μάς πλησιάζουν απειλητικά. Άναψα μια μεγάλη φωτιά μέσα στη σπηλιά να διώχνει τα ζώα και το κρύο, πήρα αγκαλιά την Τάνια μου και κατάκοπες, όπως είμαστε, χαθήκαμε μέσα στην αγκαλιά ενός λυτρωτικού ύπνου».

Ξημέρωσε μια μουντή, μελαγχολική μέρα, με τα βουνά μισοσκεπασμένα από βαριά σύννεφα που εξακολουθούσαν να βρυχώνται και να κρύβουν τον ήλιο, ανακατωμένα με το θόρυβο των μπουμπουνητών. Η Νατάσα θάρρεψε ότι ξεχώρισε και το αγκομαχητό κάποιου αυτοκινήτου που νόμιζε κανείς ότι πάλευε να τα βγάλει πέρα με την απότομη ανηφόρα και τα κατσάβραχα. Με το άκουσμα αυτό η Νατάσα άρπαξε απότομα την Τάνια από το χέρι και κατηφόρισαν κουτρουβαλώντας από το νυχτερινό τους καταφύγιο μέχρι την δημοσιά. Δεν είχε γελαστεί. Ένα σαραβαλιασμένο φορτηγό φάνηκε στη στροφή να τις πλησιάζει. Με ανακούφιση το είδε να σταματά στο πρώτο της σήμα, ενώ από την καμπίνα του οδηγού κατέβηκε πρόθυμα ο βοηθός του.

«Ε, εσύ κυρά, για πού το έβαλες; Μήπως πας να περάσεις τα σύνορα», φώναξε, ενώ εκείνη τον πλησίασε βιαστικά.

«Πάρε μας μαζί σου, καλέ μου άνθρωπε, και θα σου δώσω ό,τι έχω».

«Δέκα ευρώ το κεφάλι παίρνουμε, κυρά, μέχρι το πρώτο χωριό μετά τα σύνορα. Αν τα έχεις δώστα να μην καθυστερούμε».

Η Νατάσα έλυσε το κομπόδεμά της που το φύλαγε στον κόρφο της και έδωσε πρόθυμα τα είκοσι ευρώ που θα την οδηγούσαν στη σωτηρία. Στο πίσω μέρος του φορτηγού,όπου σκαρφάλωσε σπρωχτή, στριμώχτηκε με δεκάδες άλλες απελπισμένες υπάρξεις που ελπίζανε να σωθούν από τη φτώχια και την άθλια ζωή τους. Όσο πλησιάζανε τα σύνορα άρχισε να επικρατεί ανάμεσά τους μια αγωνιώδης σιωπή. Είχε φτάσει η στιγμή που θα παιζότανε η τύχη τους. Το φορτηγό σταμάτησε, ένας συνοριοφύλακας ανέβηκε βλοσυρός και άρχισε να τις μετρά. Τον σταμάτησε ο οδηγός που άρχισε να τον παζαρεύει. Συνεχίσανε να παζαρεύουνε φωναχτά, ενώ η αγωνία των επιβατών είχε κορυφωθεί. Σιγά - σιγά οι τόνοι κατεβήκανε μόλις ο οδηγός άρχισε να μετρά ένα μάτσο ευρώ. Τελικά, τα παζάρια κατέληξαν σε χαμόγελα και σε φιλικά χτυπήματα στην πλάτη. Οι έμποροι των ψυχών τα είχανε βρει. Η μηχανή του φορτηγού ξανάρχισε το αγκομαχητό της παίρνοντας το δρόμο για την ελευθερία. Από την καρότσα του φορτηγού ακούγονταν τώρα τραγούδια και γέλια ανάκατα με χαρούμενες ομιλίες. Συνέχισαν για κάμποσο το ταξίδι τους μέχρις ότου τα φρένα στρίγκλισαν και πάλι. Κάποιοι αγριάνθρωποι, που εμφανίστηκαν από το πουθενά, τις κατέβασαν με σπρωξιές και αγριοφωνάρες. Η Νατάσα κρατώντας σφιχτά την Τάνια από το χέρι αναγκάστηκε να τους ακολουθήσει, ενώ μέσα της άρχισαν να κυριαρχούν κακά προαισθήματα. Είχανε βρεθεί στην πλατεία ενός ερειπωμένου χωριού. Μπροστά τους πρόβαλε ένα σαραβαλιασμένο κτίριο που έμοιαζε να ήτανε παλιά θέατρο. Οι μπράβοι, που τις είχανε υποδεχτεί, τις έσπρωξαν βάναυσα μέσα και τις στρίμωξαν σε μια αίθουσα στα παρασκήνια. Τώρα εμφανίστηκε ένας καλοντυμένος τύπος, του οποίου, ωστόσο, το παρουσιαστικό του πρόδιδε από μακριά την ιδιότητα του σωματέμπορου και με προσποιητά καλοσυνάτο ύφος άρχισε να εξηγεί στα έκπληκτα κορίτσια τι τις περίμενε.

«Κορίτσια έχει ανοίξει η τύχη σας, τα βάσανά σας τελειώνουν εδώ. Το πρακτορείο μας έχει φροντίσει για την αποκατάστασή σας. Σας περιμένει ένα λαμπρό μέλλον. Έχουμε καλέσει κάποιους διαλεχτούς και πλούσιους κυρίους που θα σας πάρουνε υπό την προστασία τους. Οργανώσαμε μία παράσταση για να σας γνωρίσουν και να διαλέξουν τις καλύτερες από εσάς. Φροντίστε να τους δελεάσετε προβάλλοντας τα προσόντα σας, ώστε να εξασφαλίσετε κοντά τους ζωή χαρισάμενη. Αυτά είχα να σας πω και ελπίζω οι πιο έξυπνες από σας να κατάλαβαν ότι η τύχη τους εξαρτάται από τις ίδιες. Σας εύχομαι καλή επιτυχία!»

Η πλατεία του θεάτρου ήτανε τώρα κατάμεστη από λογιών - λογιών αποβράσματα του υποκόσμου. Καμπαρετζήδες της ελληνικής επαρχίας, σωματέμποροι πολυτελείας, οργανωτές καλλιστείων, θιασάρχες περιφερομένων θιάσων, ιδιοκτήτες καφετεριών, όλα τα ροζ επαγγέλματα θαρρείς και είχανε στείλει τους εκπροσώπους τους. Λίγο παράμερα, απόμεροι και βλοσυροί κάθονταν κάποιοι μελαμψοί τύποι περιτριγυρισμένοι από τους μπράβους τους. Ήτανε η αφρόκρεμα των σωματεμπόρων, αυτοί που προμηθεύανε τα χαρέμια των απανταχού πετρελαιάδων με ό,τι εκλεκτό «εμπόρευμα» κυκλοφορούσε στην ευρωπαϊκή και ιδίως στην πιάτσα των ξεπεσμένων κρατών της άλλοτε ένδοξης Σοβιετικής Ένωσης. Ακούστηκε ένα κουδούνισμα και το ακολούθησε μια βραχνή και παράφωνη μουσική από ελαφρολαϊκά σουξέ της εποχής. Οι ξεβαμμένες και σκοροφαγωμένες κουρτίνες της σκηνής σηκώθηκαν απρόθυμα για να αποκαλύψουν την πρώτη πράξη του θεάματος. Εμφανίστηκαν τέσσερα αμήχανα κορίτσια με βαμμένα τα ολόγυμνα σώματά τους σε χρώματα ζώων της ζούγκλας. Μια άλλη αγαλματένια ύπαρξη με ένα τόξο στο χέρι παρίστανε τον κυνηγό. Τα «θηράματα» άρχισαν να τρέχουν και να παλεύουν μεταξύ τους βγάζοντας μικρές απελπισμένες κραυγές, ο κυνηγός υποτίθεται ότι τις σημάδευε με το τόξο, ενώ ξάφνου η μουσική σταμάτησε και μαζί της κοκάλωσαν και τα κορίτσια.

Ο καλοντυμένος σωματέμπορος με ένα μικρόφωνο στο χέρι ανήγγειλε την έναρξη του πλειστηριασμού.

«Κύριοι, περιμένουμε τις προσφορές σας για τις καλλονές που παρακολουθήσατε».

Δειλά - δειλά οι θεατές άρχισαν να προσφέρουν διάφορα ποσά. Από το βάθος της αίθουσας ακούστηκαν οι φωνές των αβανταδόρων που προσπαθούσαν απεγνωσμένα να ανεβάσουν το τίμημα. Κάποιοι θεατές αγανακτισμένοι έπαψαν να προσφέρουν, ενώ μερικοί που δεν τσιμπήσανε ανέβασαν κι άλλο τις προσφορές τους. Τα κορίτσια κατακυρώθηκαν και απρόθυμα ακολούθησαν τους νέους ιδιοκτήτες τους στα παρασκήνια για μια στενότερη γνωριμία.

Ακολούθησαν κι άλλες σκηνές, νέες προσφορές, νέες κατακυρώσεις, ώσπου το «εμπόρευμα» άρχισε να λιγοστεύει. Οι οργανωτές είχανε φυλάξει τις ομορφότερες για το τέλος ελπίζοντας στις προσφορές των αντιπροσώπων των πετρελαιάδων. Τελικά, διαλέξανε και εκείνοι όσες κοπέλες τους γυάλισαν και έτσι έληξε το πανηγύρι. Η Νατάσα κρυμμένη στο βάθος της σκηνής νόμισε ότι είχε γλιτώσει. Ωστόσο, ο κομψευόμενος σωματέμπορος είχε τα δικά του σχέδια.

«Αφεντικό», έγνεψε το τσιράκι του, «ξέχασες την καλύτερη».

«Αυτή την κρατάω για μένα, βρε μαλάκα», απάντησε εκείνος στην απορία του.

«Είσαι γάτα με πέταλα, αφεντικό. Όμως κάτι ξέχασες. Και καλά η πουτάνα είναι πρώτο πράμα και δεν θα προλαβαίνει να κόβει βίζιτες. Όμως την πιτσιρίκα τί θα την κάνεις; Θα είναι μπελάς αυτό το «ανίψι του εισαγγελέα», είπε το τσιράκι.

«Τόσο καιρό κοντά μου, βρε Ανέστη, και ακόμα δεν μπήκες στο νόημα. Η μικρή είναι θησαυρός. Θα τη νοικιάσω σε ένα γνωστό μου «καθηγητή» για να γυρίζει βιντεοταινίες για παιδική πορνογραφία. Ύστερα θα τη βγάλω στο κλαρί για τίποτα μερακλήδες γεροπαραλυμένους και, τέλος, θα την πουλήσω για υιοθεσία σε κάποιο ζευγάρι ή ακόμα καλύτερα θα την ξαποστείλω στις Ινδίες, στους χειρούργους που πουλάνε ανθρώπινα όργανα για μεταμοσχεύσεις. Το πιάνεις το νόημα Ανέστη;».

«Αφεντικό είσαι γίγαντας, εσύ δεν κωλώνεις πουθενά», τόνισε το τσιράκι.

Η Νατάσα έφριξε ακούγοντας αυτά τα λόγια. Άνοιξε το στιλέτο που κουβαλούσε μαζί της και ετοιμάστηκε να επιτεθεί δίνοντας μιαν απελπισμένη μάχη. Να όμως που εκείνη ακριβώς τη στιγμή ακούστηκαν άγριες κραυγές από το δρόμο.

«Αστυνομία, παραδοθείτε καθάρματα, αλλιώς θα σας φάμε λάχανο».

Ο από μηχανής θεός είχε σώσει για άλλη μία φορά τη δύστυχη Νατάσα. Οι σωματέμποροι εξαφανίστηκαν ως δια μαγείας αφήνοντας ελεύθερα τα κατατρομαγμένα κορίτσια που έτρεχαν με πανικό να μπουν στην κλούβα των αστυνομικών. Τις μετρήσανε και έλειπαν δυο - τρείς. Είχανε ακολουθήσει τους σωματεμπόρους ελπίζοντας στην παραμυθένια ζωή που είχανε τάξει.

«Άστες αυτές, θα το φάνε το κεφάλι τους», μονολόγησε μελαγχολικά ο προϊστάμενος των αστυνόμων.

~ ~

9. ΝΑΤΑΣΑ – ΑΓΑΠΕΣ ΚΑΙ ΛΟΥΛΟΥΔΙΑ

Ο αρχηγός του στρατοπέδου περίθαλψης λαθρομεταναστών τις έβαλε σε παράταξη και επιθεωρούσε μία προς μία. Ψηλός νέος και όμορφος, λεβεντιά σκέτη. Κοίταζε τα κορίτσια προσεχτικά λες και θα διάλεγε κάποια ερωτική σύντροφο.

«Τον πούστη», αναλογιζότανε ο υπαρχηγός, «πάλι την καλύτερη θα διαλέξει ο μονοφαγάς.»

Ωστόσο, το μάτι του αρχηγού είχε κολλήσει στη Νατάσα. Προσπαθούσε να συναντήσει το βλέμμα της, να ανταλλάξουνε κάποιο χαμόγελο. Δεν άργησε να το καταφέρει.

«Εσείς, δεσποινίς, προσλαμβάνεστε στην υπηρεσία μου ως γραμματέας μου. Θέλω ένα έμπιστο πρόσωπο να μιλάει τη γλώσσα των υπολοίπων και να τις παρακολουθεί μην έχουμε τίποτα παρατράγουδα, μην αρχίσουνε να το σκάνε όταν μυριστούν ότι θα κανονίσουμε να τις στείλουμε πίσω από εκεί που ήρθαν μόλις τακτοποιήσουμε τις διατυπώσεις. Μόνον εσείς θα παραμείνετε εδώ κοντά μου σα συνεργάτης μου».

Της Νατάσας της καλάρεσε αυτή η ιδέα. Ο αρχηγός κέρδισε τη συμπάθειά της από την πρώτη στιγμή και άρχισε να έχει κάποιες ελπίδες μπας και επιτέλους της χαμογελάσει η τύχη. Πιμρόλες τις δυστυχίες, τις ταλαιπωρίες και τις τρομερές της περιπέτειες, ήτανε στιγμές που την έπνιγαν και οι σεξουαλικές επιθυμίες. Ως τώρα οι εμπειρίες της ήτανε όλες τραυματικές, ωστόσο οι ορμόνες βράζανε στο νεανικό της κορμί. Τί έχω να χάσω, διερωτότανε ρίχνοντας κλεφτές ματιές στον αρχηγό. Δεν άργησε να έρθει η στιγμή που εκείνος κατάλαβε και χωρίς δισταγμό την κάλεσε στο δωμάτιό του. Εκείνη δέχτηκε, αφού έκανε «για τα μάτια» τα κλασικά γυναικεία νάζια.

Έτσι άρχισε μια θυελλώδης σχέση, γεμάτη σεξουαλικότητα, αλλά και με κάποια ίχνη συναισθηματισμού, τουλάχιστον εκ μέρους της Νατάσας. Τα βράδια την ξεζούμιζε στην αγκαλιά του, ενώ εκείνη δεν μπορούσε να συγκρατήσει τις αλλεπάλληλες γυναικείες κραυγές ηδονής. Η Τάνια, που βρισκότανε πια στην άχαρη ηλικία της εφηβείας, παρακολουθούσε με φρίκη τις μητρικές περιπέτειες. Είχε γίνει ψυχρή και επιθετική, αλλά η Νατάσα ξετρελαμένη από τον έρωτά της την αντιμετώπιζε σχεδόν με αδιαφορία. Μικρή είναι, δεν καταλαβαίνει ότι εγώ φροντίζω και για το δικό της μέλλον, δικαιολογιότανε στον εαυτό της, όταν την τυραννούσαν κάποιες τύψεις. Το ειδύλλιο κράτησε αρκετό καιρό μέχρις ότου η Νατάσα άρχισε να αισθάνεται κάποιες αδιαθεσίες. Ζαλάδες, εμετοί, αδικαιολόγητη λαιμαργία. Δεν χρειαζότανε και πολύ για να καταλάβει. Την ζώσανε τα φίδια πώς να ανακοινώσει στον καλό της τα... ευχάριστα και πώς θα το πάρει εκείνος. Κατά κακή σύμπτωση είχανε μειωθεί και οι νυχτερινές του επιδόσεις. Βιαζότανε να ολοκληρώσει και αμέσως γύριζε πλευρό αδιαφορώντας αν είχε προσφέρει κάποια ικανοποίηση στην παρτενέρ του. Άλλοτε πάλι την απέφευγε εντελώς με διάφορες προφάσεις, όπως πολλή δουλειά, άγχος, κούραση, τα γνωστά επιχειρήματα του κορεσμένου σεξουαλικά άντρα. Με δισταγμό, λοιπόν, κάποια στιγμή πήρε η Νατάσα βαθιά αναπνοή και με ύφος τάχα ενθουσιώδες ενημέρωσε το μελλοντικό... ευτυχή πατέρα. Εκείνος ταράχτηκε για μια στιγμή, όμως γρήγορα ανέκτησε την ψυχραιμία του.

«Ξέρεις, Νατάσα μου, στείλανε μετάθεση για την Αθήνα, με περιμένει εκεί η γυναίκα μου και τα παιδιά μου. Αναγκαστικά πρέπει να χωρίσουμε. Όμως, μη φοβάσai, θα σε φροντίσω, δεν θα σε αφήσω έτσι. Θα φωνάξω μια καλή γυναίκα, μια μαμή που ξέρω για αυτές τις περιπτώσεις. Όταν σε απαλλάξει από αυτό το βάσανο θα σε συστήσω να πας σε έναν καλό μου φίλο στο κοντινό στρατόπεδο να σε αναλάβει. Λυπάμαι που ήρθαν έτσι τα πράγματα, ομολογώ ότι θα μού λείψεις πολύ, αλλά τι να κάνουμε, έτσι τα έφερε η ζωή».

Η Νατάσα όσο τον άκουγε τόσο πιο πολύ νευρίαζε. Τί αφελής που ήμουνα, σκέφτηκε. Όλοι οι άντρες το ίδιο είσαστε.

«Συγχαρητήρια, κύριε αρχηγέ», είπε γεμάτη σύγχυση. «Την είχες έτοιμη τη λύση. Θα με ξαποστείλεις, λοιπόν, να βολέψεις και το φιλαράκο σου με την...πουτάνα σου. Ελπίζω να του δώσεις καλές συστάσεις για τις επιδόσεις μου στο κρεβάτι. Σ' ευχαριστώ..., αλλά δεν θα πάρω. Θα σε απαλλάξω αμέσως από την παρουσία μου και εμένα να ξέρεις δεν θα λείψεις καθόλου. Ετοίμασε τα χαρτιά μου για να φύγω, αφού απαλλαγώ από τον καρπό του... έρωτά μας».

«Νατάσα, μην παίρνεις βιαστικές αποφάσεις. Δεν θα σε αφήσω στο στόμα του λύκου, άσε με να σε φροντίσω», απάντησε.

«Αρκετά με φρόντισες μέχρι σήμερα με το αζημίωτο, βέβαια. Δεν σε έχω ανάγκη. Ξέρω να φροντίζω μόνη μου τον εαυτό μου».

Πράγματι, σε λίγες μέρες, αφού υπέστη και τη μικροεπεμβασούλα και αποκατεστάθη η... προγενεστέρα τάξις, η Νατάσα πήρε πάλι την Τάνια από το χέρι, ζώστηκε τα μπογαλάκια της και πήρε τους δρόμους για το πουθενά. Βραδιαστήκανε σε ένα κοντινό χωριό, ενώ είχε αρχίσει να πέφτει ψιλόβροχο. Μουσκεμένες και κατάκοπες κατέφυγαν στο πρώτο πανδοχείο που συνάντησαν. Ο ξενοδόχος, αφού εξέτασε με έμπειρο μάτι τη Νατάσα από την κορφή μέχρι τα νύχια, έδωσε χαμογελαστός το κλειδί ενός δωματίου, ενώ συγχρόνως την προσκάλεσε να «τσιμπήσουμε κάτι μαζί στην ταβέρνα μας». Δεν μπόρεσε η Νατάσα να αρνηθεί την... ευγενική πρόταση. Πεινούσε και το φτωχό της κομπόδεμα δεν επέτρεπε τέτοιες πολυτέλειες. Μαζί με το δείπνο, άρχισε και η ανάκριση. Ο ξενοδόχος ήτανε περίεργος να μάθει από πού ήρθανε, τι γυρεύανε, που πηγαίνανε. Δεν άργησε να μπει στο ψητό.

«Αν θέλεις, κοπέλα μου, δουλειά, το μαγαζί έχει μια θέση σερβιτόρας για σένα. Θα έχεις τσάμπα δωμάτιο και φαγητό εσύ και η κόρη σου καθώς και ένα καλό χαρτζιλίκι».

Η Νατάσα δέχτηκε πρόθυμα την πρόταση. Τί μπορούσε άλλωστε να κάνει στην κατάσταση που βρισκότανε. Από την επομένη κιόλας έπιασε δουλειά και με ευχάριστη έκπληξη είδε ο μαγαζάτορας τις παραγγελίες του να αυγαταίνουν. Τα Σαββατοκύριακα το μαγαζί μετατρεπότανε σε μπουζουξίδικο. Τα όργανα παιανίζανε μέχρι πρωίας και χάρη στην παρουσία της Νατάσας είχε πλημμυρίσει από πεινασμένους χωριάτες που συναγωνίζονταν στα σπασίματα και τα καλάθια με λουλούδια στην προσπάθειά τους να κάνουνε φιγούρα. Μερικοί, οι πιο θαρραλέοι τύποι, κάτι σιγοψιθύριζαν στα αυτί του αφεντικού και εκείνος δεν άργησε να μεταφέρει στη Νατάσα τις προτάσεις τους. Αναθάρρησε και εκείνος και δεν δίστασε να την πάρει κατά μέρος.

«Νατάσα, κάποιοι κύριοι σε ψιλογουστάρουν. Τί λες; Θέλεις να κάνεις την τύχη σου;».

Καθώς η Νατάσα τσαντισμένη δεν απαντούσε, αυτός παρεξήγησε τη σιωπή της και αποφάσισε να... φροντίσει πρώτος τον εαυτό του. Το επόμενο βράδυ, ενώ η κατάκοπη Νατάσα είχε πέσει σε βαθύτατο ύπνο, ένιωσε ένα βάρος πάνω στο κορμί της.

«Μην σκιάζεσαι, κούκλα μου, εγώ είμαι ο κυρ Ανέστης, ο ξενοδόχος. Κοίταξε να είσαι καλή μαζί μου και θα δεις πόσο θα σε φροντίζω». Είπε

Άναψαν τα αίματά της, αλλά διατήρησε την ψυχραιμία της. Προσποιήθηκε ότι ενδίδει στις προτάσεις του και την κατάλληλη στιγμή άρπαξε το στιλέτο που είχε πάντοτε κάτω από το μαξιλάρι της και με μία αποφασιστική κίνηση απάλλαξε το μαγαζάτορα από μελλοντικούς πειρασμούς, αφαιρώντας το ζωηρό του όργανο από το υπόλοιπο κορμί του.

Για άλλη μία φορά φύγανε μέσα στη νύχτα, σαν κυνηγημένες, ενώ αντηχούσαν στο χωριό οι απελπισμένες κραυγές του ξενοδόχου που πέθανε το πρωί από ακατάσχετη αιμορραγία. Κατά καλή τους τύχη βρέθηκε μπροστά τους μία νταλίκα που πρόθυμα σταμάτησε να τις πάρει.

«Πάω για Πειραιά, κορίτσια», είπε και βλέποντας τη Νατάσα διστακτική πρόσθεσε. «Μη φοβάσαι, κοπέλα μου, δεν θα σε πειράξω, οικογενειάρχης άνθρωπος είμαι». Ξημερωθήκανε στον Πειραιά και αφού αποχαιρέτησαν τον καλό αυτόν άνθρωπο μπήκανε στο πρώτο καράβι που σαλπάριζε και έτσι η καλή τους μοίρα τις κατέληξε στη Μυτιλήνη.

«Την συνέχεια την ξέρει, καλέ μου Οδυσσέα. Τώρα ξαλάφρωσα που δεν έχω κανένα μυστικό από εσένα. Αποφάσισε ό,τι νομίζεις. Αν άλλαξες γνώμη για μένα και δεν με θέλεις πια κοντά σου, αν δεν με κρίνεις αντάξιά σου τότε πες μου να φύγω, δεν θα σου κρατήσω κακία».

«Νατάσα μου αγαπημένη, σε άφησα να διηγηθείς τις φριχτές σου περιπέτειες μόνο και μόνο για να τις βγάλεις από μέσα σου και να ξαλαφρώσεις. Εμένα η αγάπη μου για σένα ούτε άλλαξε ούτε πρόκειται να αλλάξει ποτέ. Αντίθετα, θαύμασα το κουράγιο σου και το δυναμισμό σου. Τώρα σε καλώ να τα ξεχάσουμε όλα αυτά που ανήκουν σε ένα κακό παρελθόν. Έλα να κοιμηθούμε αντάμα στο κρεβάτι μου, να ηρεμίσεις στην αγκαλιά μου και να τα ξεχάσουμε όλα αυτά. Σε αγαπώ, Νατάσα, κατάλαβέ το καλά».

Η Νατάσα έπεσε με δάκρυα στα μάτια για πρώτη φορά στην αγκαλιά του. Ένας ύπνος βαθύς και λυτρωτικός δεν άργησε να τους πάρει και να τους ταξιδέψει μακριά από τη φρίκη του κόσμου ετούτου.

~ ~

10. ΑΧΙΛΛΕΑΣ – ΣΤΟ ΔΡΟΜΟ ΠΟΥ ΤΟΝ ΕΤΑΞΕ Ο ΔΕΣΠΟΤΗΣ

Παρόλες τις πολιτικές αναταραχές, τις επαναστάσεις και τα πραξικοπήματα που διαδέχθηκαν το μικρασιατικό όλεθρο, οι πρόσφυγες άρχισαν να προσαρμόζονται στη νέα τους κατάσταση. Φιλότιμοι και εργατικοί καθώς ήσαν οι περισσότεροι, δραστήριοι έμποροι και ικανοί τεχνίτες, δεν άργησαν να ενσωματωθούν και σε πείσμα των αρχικών αρνητικών αντιδράσεων των ντόπιων σιγά σιγά κατόρθωναν να οργανωθούν και να προκόβουν. Χτίσανε σαν τα μυρμήγκια τα φτωχικά τους καλυβάκια, στολίσανε τα μπαλκονάκια τους με γλάστρες που μοσχοβολούσαν μυριστικά, ιδρύσανε γειτονιές που δεν άργησαν να σφύζουν από ζωή. Οι λασπόδρομοι, όπου έπαιζαν τα προσφυγόπουλα, άρχισαν να αντηχούν από γέλια και χαρούμενα ξεφωνητά. Άνοιξαν διάφορα μικρομάγαζα για τις ανάγκες της γειτονιάς, μέχρι και καφενέδες πρόβαλαν δειλά – δειλά, όπου τα βράδια έπιναν το ρακί τους οι κουρασμένοι μεροκαματιάρηδες για να πουν τα δικά τους, να αναπολήσουν τα περασμένα. Ο χρόνος άρχισε να επουλώνει τις τόσες τους πληγές που είχε επιφέρει η καταστροφή. Οι μόνοι που παρέμεναν απαρηγόρητοι ήσαν εκείνοι που είχαν χάσει τους δικούς τους. Ωστόσο, και εκείνοι δεν έπαυαν να διατηρούν κάποια ίχνη ελπίδας και συνέχιζαν να ρωτούν και να ψάχνουν...

Ο Αχιλλέας είχε αφιερωθεί στο έργο της αποκατάστασης των προσφύγων. Μπαινόβγαινε στα υπουργεία για να τους εξασφαλίσει στέγη και δουλειά, φρόντιζε να ξανασμίξουν οι οικογένειες που είχανε χαθεί μέσα στον πανικό, παρηγορούσε όσους είχαν χάσει οριστικά τους δικούς τους, περιέθαλπε τις χήρες και τα ορφανά. Έβαλε υποψηφιότητα στις εκλογές που ακολούθησαν και με κρυφή ικανοποίηση είδε να εκλέγεται πρώτος σε ψήφους βουλευτής της προσφυγιάς. Η κυβέρνηση προχώρησε στην ανταλλαγή των πληθυσμών και των περιουσιών τους κατόπιν συμφωνίας Βενιζέλου και Ατατούρκ. Πρωταγωνιστής και εδώ ο Αχιλλέας. Πολλές οι αδικίες, πολλά τα παράπονα.

«Είμαστε οι ηττημένοι του πολέμου, δεν μπορούμε να έχουμε και πολλές απαιτήσεις. Θα κάνουμε τα στραβά μάτια υτις αδικίες χωρίς βέβαια να *πάψουμε να παλεύουμε για το καλύτερο και ό,τι κερδίσουμε όφελος θα είναι. Μην ξεχνάτε ότι η πολιτική είναι η τέχνη του εφικτού...»*, έλεγε με σχεδόν απολογητικό ύφος ο Αχιλλέας.

Όμως, ο κόσμος, εκτός από τα παράπονα που είχε για τις αδικίες της ανταλλαγής των περιουσιών, πίεζε αφόρητα τους πολιτικούς να τιμωρήσουν τους πρωταίτιους της προδοσίας.ηΗ κυβέρνηση δεν άντεχε να προβάλλει αντιρρήσεις. Με χίλιους δύο δισταγμούς τελικά ψήφισε και ο Αχιλλέας. *«Να φροντίζουμε το μέλλον και να ξεχάσουμε, επιτέλους, το παρελθόν»*, σκεφτότανε. Όμως, οι χιλιάδες τα θύματα της καταστροφής, ζωντανοί και πεθαμένοι, οι άλλοι που αργοπέθαιναν στα τάγματα του θανάτου, τα ορφανά παιδάκια και οι χήρες δεν άφηναν κανένα περιθώριο για μεγαλοψυχίες. Τις νύχτες τον κυνηγούσαν εφιάλτες, έβλεπε τους σκοτωμένους συντρόφους του πολέμου να τον κοιτάζουν επίμονα και να επαναλαμβάνουν μία λέξη. *«Εκδίκηση!»* Στο νου του τριγύριζαν οι τραγικές αναμνήσεις όταν, θύματα της τραγικής αμέλειας και ανοργανωσιάς των υπευθύνων, αφέθηκαν στην τύχη τους και πολεμούσανε σχεδόν χωρίς πολεμοφόδια, χωρίς τρόφιμα με ελάχιστο νερό. Με φρίκη αναλογιζόταν τις φήμες που κυκλοφορούσαν ότι προκειμένου να χάσουν τις εκλογές οι οπαδοί της βασιλείας δεν φρόντιζαν τον επαναπατρισμό των προσφύγων και του στρατεύματος που ήσαν στην μεγάλη πλειοψηφία τους Βενιζελικοί. Αθεράπευτοι προδότες, εγκληματίες, ανθρωπάκια που κοίταζαν μόνο το συμφέρον τους!

Τώρα είχε σημάνει η ώρα της πολυπόθητης εκδίκησης. Θα δικάζονταν στο Γουδί οι έξι πρωταίτιοι της καταστροφής. Δειλοί πολιτικάντηδες, που θυσίασαν χιλιάδες κόσμου από επιπολαιότητα και ματαιοδοξία, αντιμετώπισαν τρέμοντας τη λαϊκή οργή. Το δράμα της καταστροφής της Σμύρνης ξαναζωντάνεψε από το πλήθος των μαρτύρων που ο καθένας διηγήθηκε με τραγικές λεπτομέρειες τις δραματικές του εμπειρίες. Βασανιστήρια, σφαγές, βιασμοί, λεηλασίες, εγκατάλειψη των μαχητών στα πεδία της μάχης και στο τέλος φωτιά. Μία πόλη που άλλοτε έσφυζε από ζωή παραδόθηκε στις φλόγες με εκατοντάδες θύματα που κάηκαν ζωντανοί, άλλοι στα υπόγεια των σπιτιών τους, άλλοι ανήμποροι σε νοσοκομεία ακόμα και παιδάκια που δεν πρόλαβαν να φύγουν από τα σχολεία τους. Παρόλα αυτά, οι βάρβαροι κατακτητές δεν έλεγαν να σταματήσουν. Όσοι Σμυρνιοί, αλλά και αγρότες που είχαν καταφύγει ζητώντας καταφύγιο στην Σμύρνη και δεν κατόρθωσαν να επιβιβαστούν σε κάποιο καράβι σφαχτήκανε άγρια. Όσα σπίτια γλίτωσαν από τη φωτιά λεηλατηθήκανε, όσες γυναίκες είχανε απομείνει υπέστησαν κτηνώδεις βιασμούς πριν καταλήξουν σφαγμένες σε ένα χαντάκι. Οι δρόμοι είχανε γεμίσει πτώματα που άρχισαν να βρωμούν, η θάλασσα ξέβραζε συνέχεια πνιγμένους. Σαν επισφράγισμα της όλης τραγωδίας οι κατακτητές μάζεψαν όσους άντρες είχαν απομείνει και τους έστειλαν στα βάθη της Ασίας στα λεγόμενα Τάγματα θανάτου, όπου και οι περισσότεροι πέθαναν κάτω από τραγικές συνθήκες. Οι κατηγορούμενοι άκουγαν τις τραγικές κατηγορίες με σκυμμένο το κεφάλι. Απολογήθηκαν ψελλίζοντας αστείες δικαιολογίες ρίχνοντας ο ένας την ευθύνη στον άλλο και με πανικό αντιμετώπισαν τον πέλεκα της δικαιοσύνης. Η ετυμηγορία «θάνατος» έσταξε σα βάλσαμο στις καρδιές των θυμάτων τους. Οι ποινές εκτελέστηκαν αστραπιαία. Πριν καλά-καλά το συνειδητοποιήσουν, οι κατάδικοι αντίκρισαν το εκτελεστικό απόσπασμα. Ο Αχιλλέας δεν κατόρθωσε να συγκρατήσει τα δάκρυά του, όταν έκλεισε και αυτό το κεφάλαιο του Μικρασιατικού δράματος. Δεν έκλαιγε βέβαια για τους προδότες, αλλά για την κατάντια της πολύπαθης φυλής.

~ ~

11. ΜΙΑ ΑΠΡΟΣΔΟΚΗΤΗ ΕΠΙΣΚΕΨΗ

Θα μείνει αξέχαστο εκείνο το πρωινό στον Οδυσσέα, όταν άκουσε να σημαίνει το καμπανάκι της αυλόπορτας. Εμφανίστηκαν ο γιός του με τη νύφη του καταταλαιπωρημένοι και ξάγρυπνοι από το νυχτερινό ταξίδι με το βαπόρι. Ο Οδυσσέας έκπληκτος άνοιξε την αγκαλιά του για το γιό του και αντάλλαξε δύο σχεδόν ψυχρά φιλιά με τη νύφη του.

«Καλώς τους», είπε καλοσυνάτα. «Ποιός καλός άνεμος σάς φέρνει;».

«Ήρθαμε να γνωρίσουμε την καινούργια σας οικογένεια…», πρόλαβε να πετάξει την κακία της η πικρόχολη νύφη. Η Νατάσα πάγωσε, έσπευσε να εξαφανιστεί στην κουζίνα να φτιάξει καφέ. Δεν άργησε να γυρίσει με ένα δίσκο με τους καφέδες και παξιμαδάκια.

«Στην υγειά σας», ψιθύρισε. «Σα στο σπίτι σας».

«Όχι δα και σα στο σπίτι μας, αυτό είναι το σπίτι μας», την κάρφωσε η νύφη.

Η Νατάσα έκπληκτη από την απροσδόκητη επίθεση προσπάθησε να μπαλώσει τα πράγματα.

«Με συγχωρείτε εκφράστηκα λάθος, ξέρετε τα ελληνικά μου…»

Ο Οδυσσέας όμως παρενέβη με αυστηρό ύφος.

«Άκου, αγαπητή μου νυφούλα, είσαστε καλοδεχούμενοι σε αυτό το σπίτι που δεν παύει όμως να είναι δικό μου. Μη βιάζεστε να με κληρονομήσετε. Το σπίτι θα ανήκει πάντα σε αυτούς που το φροντίζουν και το αγαπούν. Δεν θα λιώσω στον τάφο μου αν το δω να γκρεμίζεται και στην θέση του να φυτρώνει κάποια τερατώδης πολυκατοικία».

Ο γιός του αντάλλαξε με τη γυναίκα του ένα ψυχρό βλέμμα. Μεσολάβησε μια αμήχανη σιωπή μέχρις ότου άλλαξε θέμα.

«Χαίρομαι, πατέρα, που σε βρίσκω υγιή και ευχαριστημένο. Μακάρι να είχαμε και εμείς μια τόσο αμέριμνη ζωή. Δυστυχώς στην Αθήνα η ζωή έχει γίνει αφόρητη. Η κρίση μάς έχει ρημάξει, το μαγαζί είναι πνιγμένο στα χρέη, το σπίτι κινδυνεύει από τις Τράπεζες. Ζητάνε πίσω τα δάνεια απειλώντας να το βγάλουνε στον πλειστηριασμό. Ο εγγονός σου, ο Άρης, τελείωσε το σχολείο και παρά το ταλέντο του στην πληροφορική δεν έχουμε τη δυνατότητα να εξασφαλίσουμε ανώτερες σπουδές. Μην κρυβόμαστε πίσω από το δάχτυλό μας, πατέρα. Ήρθαμε να ζητήσουμε τη βοήθειά σου. Βοήθησέ μας όπως μπορείς».

Ο Οδυσσέας παρέμεινε σκεπτικός. Ο νους του έτρεξε στην πρωτινή ζωή του, στην αδιαφορία με την οποία τον είχανε αντιμετωπίσει, στις προσβολές της νύφης του, στην οικογένεια που τον είχε κάνει να νιώθει σαν παρείσακτος. Ωστόσο, δεν μπορούσε να παραμείνει αδιάφορος στο δράμα της οικογενείας. Κυρίως τον ανησύχησε το μέλλον των εγγονών του. Πήρε αμέσως τις αποφάσεις του.

«Σε καταλαβαίνω απόλυτα, γιέ μου. Γνωρίζεις ότι δεν έχω τη δυνατότητα να σε σώσω από την καταστροφή, όμως θα κάνω ό,τι μπορώ. Το δυαράκι που έχω στην Αθήνα στο αφήνω να το διαθέσεις όπως θέλεις. Να το νοικιάσεις να το πουλήσεις, να το βάλεις ενέχυρο στην Τράπεζα. Ό,τι θέλεις κάνε το. Τον Άρη στείλε τον εδώ. Θα τον αναλάβω εγώ να σπουδάσει, να εργαστεί και να προκόψει. Το ίδιο κάνε και για τη Μαρίνα, την εγγονούλα μου. Να έρθει να ζήσει μαζί μας, να τη νοιαζόμαστε εμείς και όταν έρθει η ώρα της να βρούμε ένα καλό παλληκάρι να την καλοπαντρέψουμε. Σού δίνω και χίλια ευρώ από... χαρτζιλίκια που σού χρωστούσα να καλύψεις τα πιο επείγοντά έξοδά σου.. Τίποτα άλλο δεν μπορώ να κάνω για σένα. Και τώρα σε χαιρετώ και σου εύχομαι καλή τύχη!»

«Σε ευχαριστούμε, πατέρα, ο Θεός να σε έχει καλά».

Με αυτά τα λόγια ο γιός και η νύφη αντάλλαξαν άλλη μία φορά ασπασμούς με τον πατέρα και με... τη Νατάσα αυτή τη φορά, πήρανε τα μπογαλάκια τους και τους κατάπιε η νύχτα. Έτσι κρίθηκε η τύχη του Άρη.

~ ~

12. Η ΚΡΙΣΗ ΚΑΛΠΑΖΕΙ
ΟΙ ΟΙΚΟΓΕΝΕΙΕΣ ΔΙΑΛΥΟΝΤΑΙ

Πέρασε κάμποσος καιρός που ο Οδυσσέας δεν είχε νέα από το γιό του. Όχι ότι ανησυχούσε υπέρμετρα. Δεν είχε κατορθώσει να έχει μεγάλο ψυχικό δεσμό με το παιδί του και αυτό τον γέμιζε πάντα με λύπη. Είχε καταλάβει ότι τον επηρέαζε υπέρμετρα η νύφη τουμε την οποία ο Οδυσσέας δεν είχε ποτέ αγαθές σχέσεις. Μία αντιπάθεια που ήτανε αμοιβαία. Ωστόσο, τώρα που έλαβε ένα γράμμα του χάρηκε μια και το πατρικό φίλτρο δεν τον είχε εγκαταλείψει ποτέ.

Ο γιός του τού έγραφε:

«Αγαπητέ μου πατέρα,

Ελπίζω αυτό το γράμμα να σάς βρει όλους χαρούμενους και γεμάτους υγεία. Από υγεία ευτυχώς πάω και εγώ καλά, όμως κατά τα άλλα... άστα να πάνε στο διάολο. Δεν θέλω να σού ζητήσω άλλη βοήθεια, αρκετά μού έδωσες ως τώρα και πολύ φοβάμαι ότι ποτέ δεν θα μπορέσω να σού ανταποδώσω. Σού γράφω από εσωτερική ανάγκη να μιλήσω σε ένα δικό μου άνθρωπο και ίσως για να σάς αποχαιρετήσω.

Κατάντησα μετανάστης στη Γερμανία. Το σπιτάκι μου μού το κατέσχεσε η τράπεζα. Ευτυχώς που πρόλαβα να πουλήσω το δυαράκι που μού χάρισες και έτσι έφυγα με ένα κομπόδεμα στην τσέπη.

Καταφθάσαμε μια μέρα με την "αγαπημένη μου γυναικούλα" στον σταθμό του Μονάχου και εκεί μας περίμενε η πρώτη ψυχρολουσία. Η μόνη επιγραφή που διέκρινα στα Ελληνικά ήτανε στις τουαλέτεςτου σταθμού:

"Απαγορεύεται η χρήση του W.C. στους Έλληνες και Τούρκους μετανάστες"

Με έπιασε κατάθλιψη όταν το διάβασα για την κατάντιά μας...

Να πώς μάς υποδέχονται οι 'φίλοι και σύμμαχοί μας' στις πατρίδες τους. Μάς θεωρούν παιδιά ενός κατώτερου θεού. Όμως, μήπως το φταίξιμο είναι και δικό μας, αναλογίστηκα.

Ανακουφίστηκα τότε και εγώ πίσω από ένα δεντράκι στον όμορφο κήπο του σταθμού και στη συνέχεια αρχίσαμε παρέα με την «αγαπητή μου γυναικούλα» να ψάχνουμε για ένα μέρος να μείνουμε. Ευτυχώς που στο τραίνο είχαμε γνωριστεί με ένα συμπατριώτη, ο οποίος προθυμοποιήθηκε να μάς εξυπηρετήσει.

"Αν ψάχνετε για σπίτι μπορώ να σάς νοικιάσω ένα δικό μου διαμερισματάκι. Βρίσκεται σε μια γειτονιά, όπου κατοικούν πολλοί Έλληνες. Μένουμε κοντά ο ένας στον άλλο αποφεύγοντας έτσι το κυνήγι που μάς κάνουν συχνά οι Νεοναζί. Καλό είναι να τούς αποφεύγεται όσο μπορείτε…"

Εκεί και εγκατασταθήκαμε. Η πρώτη μου φροντίδα ήτανε να βρω να κάνω κάποια δουλειά. Και πάλι ο φιλαράκος με βοήθησε.

"Να δουλέψεις 'μαύρα', αδελφέ, μέχρι να τακτοποιήσεις τα χαρτιά σου. Μόνο πρόσεχε, τα αδέλφια μας οι Γερμαναράδες δεν αστειεύονται με τους λαθρομετανάστες".

Έπιασα δουλειά. Φορτωμένος με ένα φτυάρι ξεκινούσα χαράματα να καθαρίζω τις εισόδους των σπιτιών που είχανε φρακάρει από τα χιόνια. Οι διάφορες φράου άλλοτε με διώχνανε από τσιγκουνιά και σε σπάνιες περιπτώσεις μού πετάγανε ένα κομμάτι ψωμί ή μού δίνανε κάποιο φιλοδώρημα. Δεν άργησαν να εμφανιστούν και τα πρώτα κρυοπαγήματα στα χέρια μου. Πονούσα και ήμουνα απελπισμένος.

Συγχρόνως, απορούσα που διαπίστωνα ότι η σύντροφός μου έδειχνε κάποια περίεργα σημάδια ευημερίας. Εμφανίστηκε με καινούργια ρούχα, έκανε συχνά επίσκεψη σε κομμωτήρια, σουλατσάριζε όλη μέρα στα μαγαζιά, μερικά βράδια αργούσε να γυρίσει μέχρι που άρχισε συχνά πυκνά να διανυκτερεύει έξω χωρίς να νιώθει την ανάγκη να μού προβάλει καμία δικαιολογία. Κάποια στιγμή, ύστερα από σκηνές που της έκανα, μού έσκασε το παραμύθι.

"Ξέρεις, συνάντησα ένα παλιό συγχωριανό μου που μού πρόσφερε

δουλειά. Μένει σε έναν παλιό πύργο και χρειάζεται μία οικονόμο και έναν κηπουρό. Μάς εξασφαλίζει στέγη και τροφή καθώς και ένα καλό μισθό. Δέχθηκα χωρίς να σε ρωτήσω μια και δεν έχουμε άλλη λύση!".

Έκανα πως έχαψα το παραμύθι και "εκών άκων" δέχθηκα και εγώ.

Στην αρχή όλα πηγαίνανε καλά, με μόνη εξαίρεση τις συνεχείς νυχτερινές "υπερωρίες" της γυναίκας μου. Πολλές φορές, ενώ έσκαβα στον κήπο, την έβλεπα να περνά από μπροστά μου σενιαρισμένη και γελαστή μέσα στη λιμουζίνα του αφεντικού να πάει, λέει, στο κέντρο για δουλειές...

Έκανα όσο μπορούσα τα στραβά μάτια μέχρις ότου ένα βράδυ τούς είδα να σουλατσάρουν και να φιλιούνται σε μια απόμερη γωνιά του κήπου. Δεν άντεξα να κάνω άλλο το κορόιδο, με έπνιξε το ρωμαίικο φιλότιμο. Μάζεψα αμέσως τα μπογαλάκια μου και γύρισα απελπισμένος στην πρωτινή "φωλίτσα μας".

Ο Ανέστης – το πατριωτάκι – με υποδέχτηκε με συγκατάβαση. Δεν άντεξα να μην του διηγηθώ τα κατορθώματα της μαντάμ.

"Δεν με εκπλήσσεις, φιλαράκο. Όλες οι κάπως μπάνικες γκόμενες κάπως έτσι καταντάνε. Εγώ πάντα έλεγα ότι όλες οι γυναίκες αργά ή γρήγορα καταντάνε πουτάνες, εκτός από τις μανούλες μας και αυτές που δεν βλέπονται. Μην το παίρνεις κατάκαρδα, τράβα και εσύ το δρόμο σου, πιάσε δουλειά και όταν τα κονομήσεις πάρε το αίμα σου πίσω. Οι Γερμανιδάρες είναι αδίστακτες. Γουστάρουν να ξεσκίζονται με κάτι ομορφόπαιδα σαν και εσένα ιδίως όταν τους εξασφαλίζεις και κάποιο χαρτζηλικάκι."

Με συνέστησε σε έναν εργολάβο που είχε αναλάβει την ανακαίνιση κάποιων κτιρίων "μνημείων του Παγκοσμίου Πολέμου", όπως τα αποκάλεσε.

Κινήσαμε ένα τσούρμο απόκληροι Gastarbeiter να πιάσουμε δουλειά στο "μνημείο". Με φρίκη μου διάβασα όταν διαβήκαμε την πύλη την επιγραφή:

" Arbeit macht frei"

Έφριξα όταν κατάλαβα ότι μάς πήγανε στο Νταχάου. Ο εργοδηγός μάς έμπασε στους θαλάμους της φρίκης και μάς έδωσε οδηγίες να ασβεστώσουμε τους τοίχους εκεί όπου τα θύματα του Ναζισμού είχανε γράψει με απελπισία τους αποχαιρετισμούς τους από τη ζωή και τους δικούς τους. Αναλογίσου, πατέρα, θέλανε να σβήσουνε τις τύψεις και τα αίσχη τους με λίγο ασβέστωμα στους τοίχους. Δεν το άντεξα να διαβάζω όλα εκείνα τα τραγικά μηνύματα. Αρνήθηκα να τα εξαφανίσω. Ας τα διάβαζαν οι τωρινοί αμέριμνοι τουρίστες και ας έβγαζαν τα συμπεράσματά τους για το οικονομικό θαύμα της σπουδαίας Γερμανίας.

Τώρα τριγυρίζω, αμήχανος στις λεωφόρους, κοιτάζω αφηρημένος τους καλοντυμένους διαβάτες που με αντιμετωπίζουν με υπεροπτικό ύφος. Μέσα μου ψιθυρίζω συνέχεια το υποκριτικό τους σύνθημα

" Arbeit macht frei"

Και αναλογίζομαι ότι δεν το έχουν ποτέ μέσα τους απαρνηθεί...

Αυτά ήθελα να σού γράψω, πατερούλη, ανοίγοντάς σου την καρδιά μου. Μην ανησυχείς πια για μένα. Η ζωή με έκανε πολύ σκληρό. Δεν θα χαθώ. Μόνο παρηγοριέμαι και σε ευγνωμονώ που ξέρω ότι τα παιδιά μου είναι σε καλά χέρια και ελπίζω να έχετε όλοι σας υγεία και δύναμη.

Ο γιός σου που σε αγαπά».

~ ~

13. ΑΡΗΣ – ΕΝΑ ΚΑΛΟΔΕΧΟΥΜΕΝΟ ΝΕΟ ΜΕΛΟΣ

Κάποια μέρα εμφανίστηκε κρατώντας από το χέρι τη Μαρίνα.Λεβέντης, χαμογελαστός και προπάντων διαχυτικός. Τούς χαιρέτησε όλους εγκάρδια και δεν παρέλειψε να αγκαλιάσει τον παππού του. Ο Οδυσσέας τούς υποδέχτηκε συγκινημένος με περισσή αγάπη.

«Καλώς τα παιδάκια μας. Δεν φαντάζεσαι πόσο χαίρομαι που θα ζήσετε κοντά μας».

«Παππούλη, η χαρά είναι όλη δική μου. Σάς αγαπώ και σάς νιώθω όλους σαν την καινούργια μου οικογένεια».

Η Νατάσα έπεσε με τα μούτρα στο μαγείρεμα να τον ευχαριστήσει. Στρώθηκαν σε λίγο όλοι στο τραπέζι και ο Άρης δεν έπαυε να μουγκρίζει από ευχαρίστηση.

«Μπράβο, Νατάσα, είσαι καταπληκτική μαγείρισσα. Μόνο μη με κακομαθαίνεις. Είμαι αθλητής και δεν θέλω να χάσω τη φόρμα μου».

«Μην φοβάσai, Άρη μου, από αύριο αρχίζουμε τη δίαιτα».

«Όχι κι έτσι, Νατάσα, έχω χορτάσει από δίαιτα στην Αθήνα».

Γελάσανε όλοι και πέσανε με τα μούτρα στο φαγητό. Η Τάνια έριχνε κλεφτές ματιές στο παλληκάρι. Από την πρώτη στιγμή φαίνεται ότι τον είχε συμπαθήσει και δεν έκανε καμία προσπάθεια να το κρύψει. Αλλά, και ο Άρης γλυκοκοίταζε την Τάνια.

«Θα σε φωνάζω αδελφούλα μια και θα ζούμε πια μαζί», είπε.

Η Τάνια, χαμογελαστή και ντροπαλή, χαμήλωσε το βλέμμα της. Η παρουσία του Άρη την είχε γεμίσει από μια ανείπωτη χαρά. Κάτι έλεγε μέσα της ότι στο πρόσωπό του θα εύρισκε μια αδελφή ψυχή, έναν άνθρωπο να πει τον καημό της, να εξομολογείται αυτά που τη στενοχωρούσαν. Οι τραυματικές εμπειρίες της είχαν δημιουργήσει μία απαξίωση γα τη μητέρα της. Από τη μία τη θαύμαζε για το θάρρος και το δυναμισμό της και από την άλλη όμως δεν δικαιολογούσε με τίποτα τις σεξουαλικές της ελευθεριότητες του παρελθόντος. Είχε προσπαθήσει να βρει στήριγμα στον παππού, αλλά η τρομερή αδυναμία που έδειχνε εκείνος στη Νατάσα δεν άφηναν κανένα περιθώριο. Κάποια στιγμή που αποπειράθηκε να συζητήσει μαζί του το πρόβλημά της, εκείνος την αποπήρε με ασυνήθιστα απότομο ύφος.

«Τάνια μου, περνάς μια δύσκολη φάση της ζωής σου και γι' αυτό είσαι απόλυτη στις κρίσεις σου. Μην κριτικάρεις τη μητέρα σου. Είναι μια πολύ γενναία γυναίκα, πρόθυμη να θυσιαστεί για σένα. Μην ξεχνάς ότι εκείνη έκανε το παν να σε γλιτώσει από τα δόντια του λύκου και να σού χαρίσει μια ανέμελη ζωή. Είσαι ακόμα πολύ μικρή για να την κρίνεις. Αργότερα που θα την καταλάβεις, θα πάψεις να τυραννιέσαι με τέτοιες σκέψεις».

Ωστόσο, η Τάνια δεν έπαυε να τυραννιέται με την απορία.

«Υπήρξε πουτάνα η μητέρα μου. Είμαι κι εγώ η κόρη μιας πουτάνας;»

Τώρα όμως την ανακούφιζε η ιδέα ότι κάποια στιγμή, όταν οι σχέσεις της με τον Άρη θα γίνονταν στενότερες, θα έπαιρνε το θάρρος να εξομολογηθεί όλες τους τις περιπέτειες και να ζητήσει την πολύτιμη γνώμη του. Όσο περνούσε ο καιρός τόσο και οι σχέσεις των δύο παιδιών γίνονταν στενότερες. Ο Άρης εξιστορούσε τα σχέδιά του, θα τη μάθαινε να χειρίζεται το κομπιούτερ, θα ανοίγανε μαζί μία σχολή να διδάσκουνε πληροφορική στα παιδιά, εκείνος θα άρχιζε δίνοντας ιδιαίτερα μαθήματα για να αποκτήσει το απαραίτητο κεφάλαιο, εκείνη θα μπορούσε σύντομα να αναλάβει την ηλεκτρονική αλληλογραφία διαφόρων μικροεπιχειρήσεων, θα αποκτούσαν σχέσεις με συναδέλφους τους σε όλο τον κόσμο να ανταλλάζουνε σκέψεις και πληροφορίες, θα μαζεύανε λεφτά να ταξιδεύουνε και να γνωρίσουνε όλο τον κόσμο.

Η Τάνια ένιωθε ένα πρωτόγνωρο ενθουσιασμό να την έχει συνεπάρει. Ξέσπαγε σε γέλια με την παραμικρή αφορμή, τραγουδούσε και χόρευε όταν βρισκότανε μόνη, ονειροπολούσε, ένιωθε το θεό έρωτα να την έχει χτυπήσει κατακούτελα. Αλλά και ο Άρης καταλάβαινε ότι κάτι είχε αλλάξει μέσα του. Ήθελε συνέχεια κοντά του την Τάνια. Η παρουσία της είχε γίνει απαραίτητη. Η Νατάσα, με το ένστικτο της μάνας, δεν χρειάστηκε πολύ χρόνο για να αντιληφθεί την κατάσταση. Αμέσως προσέτρεξε στον Οδυσσέα να εξομολογηθεί τους προβληματισμούς της.

«Οδυσσέα, κάτι μυρίζομαι. Τα παιδιά είναι ερωτοχτυπημένα. Τί θα κάνουμε;».

«Ας αφήσουμε τα παιδιά να ζήσουνε τον έρωτά τους. Μην ξεχνάμε ότι αυτή είναι η καλύτερη περίοδος της ζωής τους».

«Να, μωρέ Οδυσσέα, είναι που φοβάμαι μην έχουμε τίποτα απρόοπτο, τίποτα γεννητούρια».

«Νατάσα, τα παιδιά είναι ώριμα και υπεύθυνα. Δεν θα κάνουν τίποτα επιπολαιότητες.»

«Όπως νομίζεις, Οδυσσέα μου. Εσύ είσαι ο αρχηγός της οικογένειας, εσύ αποφασίζεις».

Όσο περνούσε ο καιρός τα δύο παιδιά είχανε πέσει με τα μούτρα στη δουλειά. Τα ιδιαίτερα μαθήματα του Άρη συνέχεια αυγατίζανε μια και οι μαθητές του όλο και προοδεύανε, ενώ οι γονείς τα παρακολουθούσανε κατευχαριστημένοι. Η Τάνια δούλευε τα πρωινά σε μια εταιρία και τα απογεύματα είχε αναλάβει την ηλεκτρονική αλληλογραφία σε διάφορες μικροεπιχειρήσεις. Τα βράδια, μέχρι να τελειώσει ο Άρης με τα μαθήματά του, διασκέδαζε ανταλλάζοντας μέσω του κομπιούτερ της μηνύματα με «φίλους» σε όλο τον κόσμο, κάτι που τη γέμιζε μεγάλη χαρά. Όσο φούσκωνε ο λογαριασμός των παιδιών στην Τράπεζα, τόσο μεγάλωναν και τα όνειρά τους. Ήθελαν να ταξιδέψουν, να γνωρίσουν τον κόσμο, να συναντηθούν με τους καινούργιους «φίλους» της Τάνιας. Είχανε προγραμματίσει να κάνουν την αρχή από ένα προσκύνημα στις «χαμένες πατρίδες» μαγνητισμένοι από τα γραπτά του Οδυσσέα και από τους αγώνες των προγόνων τους. Θέλανε μάλιστα σε αυτό το πρώτο τους ταξίδι να προσκαλέσουνε και τον Οδυσσέα σαν προσφορά για τα όσα είχε κάνει γι' αυτούς.

~ ~

14. ΟΔΥΣΣΕΑΣ – «ΜΟΥ ΑΠΟΜΕΝΕΙ ΕΝΑ ΤΕΛΕΥΤΑΙΟ ΤΑΞΙΔΙ»

Ο Οδυσσέας, όσο έβλεπε τις δυνάμεις του να τον εγκαταλείπουν και τα χρόνια να «βαραίνουν» επάνω στους ώμους του, όσο ένιωθε τις κλειδώσεις του να πονάνε και να σέρνει με κόπο τα βήματά του, όσο καταλάβαινε ότι το μυαλό του συχνά τον πρόδιδε και δεν μπορούσε να θυμηθεί ονόματα και γεγονότα, τόσο βυθιζότανε σε μια βαθειά μελαγχολία. Συχνά εξαφανιζότανε από τους δικούς του και έπαιρνε με σερνόμενα βήματα τον ανήφορο για το λοφίσκο, όπου φάνταζε η εκκλησία της Παναγιάς. Αχώριστη παρέα του ο αγαπημένος του Άργος που θαρρείς και τον νοιαζότανε όταν εκείνος έβγαινε από το σπίτι. Είχε αποκτήσει φιλίες με τον αγαθό παπά της ενορίας και δεν παρέλειπε να κάνει συχνά μικροδωρεές για τους φτωχούς της περιοχής. Εξασφάλισε μάλιστα και ένα χώρο για τον τάφο του, δίπλα σε εκείνον όπου αναπαύονταν οι αγαπημένοι του.

«Νιώθω να πλησιάζει το τέλος μου, άγιε πατέρα», εξομολογείτο συχνά. Γι' αυτό φροντίζω για την τελευταία μου κατοικία».

«Το τέλος μας δεν το ορίζουμε εμείς, τέκνον μου, και η τελευταία μας κατοικία δεν είναι το μνήμα μας, είναι το άπειρο του ουρανού εκεί όπου θα κατοικεί το πνεύμα μας αντάμα με το πνεύμα των προγόνων μας».

Ήτανε λόγια παρηγοριάς που ανακούφιζαν το βάρος που ένιωθε μέσα του.

«Όσο ζούσα μια άχρωμη ζωή περιμένοντας το θάνατο, αδιαφορούσα για το πότε θα με πάρει ο χάρος. Τώρα όμως που η ζωή μου έχει αποκτήσει ένα νόημα, τώρα που ζω ανάμεσα στην αγαπητή μου οικογένεια και καταγράφω τη ζωή των προγόνων μου, ομολογώ ότι άρχισα να φοβάμαι το θάνατο. Αγαπώ το σπιτάκι, όπου μεγάλωσα, τον κήπο και τα δέντρα που κάποτε φύτεψα, την αγαπημένη σύντροφο της ζωής μου, τη Νατάσα μου, τους απογόνους μου, των οποίων η παρουσία δίνει ένα καινούργιο νόημα στη ζωή μου, το σκύλο μου το Άργο, τους αγαθούς γείτονές μου. Παρακαλώ το Θεό να μού δίνει ακόμα λίγες μέρες, να μην τους αποχωριστώ».

«Ο Θεός εισακούει τις προσευχές μας, Οδυσσέα. Δεν πρέπει να μάς καταλαμβάνει το άγχος του θανάτου».

Πίνανε ειρηνικά το καφεδάκι τους που τους ετοίμαζε η παπαδιά και η ψυχή του Οδυσσέα γέμιζε βάλσαμο παρηγοριάς. Άλλοτε πάλι έπαιρνε και το δρόμο για την ακροθαλασσιά. Η ματιά του απλωνότανε στην απέναντι ακτή, εκεί πέρα προς το Αϊβαλί και τα φωτάκια που πολλαπλασιάζονταν χρόνο με το χρόνο. Είχε πάντα μαζί του το αγαπημένο του βιβλίο του συγχωρεμένου φίλου του Φώτη Κόντογλου και εκεί καθισμένος στο βραχάκι του αναπολούσε τα προσκυνήματα που κάνανε παρέα τότε παλιά. Διάβαζε μέχρι που θαμπώνανε τα μάτια του από τη συγκίνηση, μέχρι που φούσκωναν τα στήθια του από νοσταλγία. Τα παιδιά τον είχανε ακολουθήσει στο μοναχικό του περίπατο εκείνο το δειλινό. Ο Άρης τον αγκάλιασε και χαρούμενος έκανε την πρόταση.

«Παππού, μην αγναντεύεις τα αγαπημένα μέρη από μακριά. Ήρθε η ώρα να τα επισκεφτούμε, να μάς τα γνωρίσεις από κοντά. Να ανακαλύψουμε το σπίτι των προπαππούδων μας, το χωριό όπου έχουμε τις ρίζες μας, να προσκυνήσουμε τους τάφους τους, να πάμε στην Πόλη να μάς ευλογήσει ο Άγιος Πατέρας, να δούμε από κοντά την Αγιά Σοφιά».

«Να πάτε με την ευχή μου, παιδιά μου. Εγώ θα σάς παρακολουθώ νοερά. Εμείς οι παλιοί δεν αντέχουμε τέτοιες συγκινήσεις. Έχουμε ξεριζωθεί για πάντα από τα μέρη μας. Εμένα άλλωστε δεν με παίρνουνε και τα ποδάρια μου. Ας το πάρουμε απόφαση. Ο Οδυσσέας δεν ταξιδεύει πια, μόνο προετοιμάζεται για το τελευταίο του ταξίδι».

Τους φίλησε για άλλη μία φορά και τους χάρισε το αγαπημένο του βιβλίο «Το Αϊβαλί η Πατρίδα μου».

«Διαβάστε το για να προετοιμαστείτε ψυχικά. Θα σάς οδηγήσει βήμα - βήμα στα μέρη μας… Όμως, πριν ξεκινήσετε για το σπουδαίο σας ταξίδι, αφήστε με να σας πω δυο λόγια για το νησί μας, την αγαπημένη μας Μυτιλήνη. Τα θαυμάσια τοπία της, άλλα μοναδικά σε αγριότητα και διάσπαρτα με προϊστορική λάβα, άλλα καταπράσινα και γεμάτα δάση από πεύκα και ελιές, το μοναδικό κλίμα της, οι θάλασσες και τα ειδυλλιακά ακρογιάλια της εμπνεύσανε από τα αρχαιότατα χρόνια σπουδαίους ποιητές της και λόγιους, όπως ο Αλκαίος, ο Πιττακός και προπάντων η θεά της ποίησης, η Σαπφώ. Ο πλούτος και η ομορφιά της τραβήξανε με τα χρόνια δεκάδες κατακτητές χωρίς, ωστόσο, ο λαός της να χάσει την ελληνικότητά του. Μάς σκλαβώσανε και οι Τούρκοι για πολλά μαύρα χρόνια χωρίς να κατορθώσουν να μας επιβληθούν. Όταν έγινε η μικρασιατική καταστροφή εδώ καταφύγανε χιλιάδες πρόσφυγες που την κάνανε δεύτερη πατρίδα τους. Η ανάμειξη με τους Μικρασιάτες έκανε τότε το θαύμα της. Εδώ γεννήθηκε και άνθισε η Λεσβιακή Άνοιξη με θαυμαστούς λογοτέχνες, τον Μυριβήλη, τον Βενέζη, με καλλιτέχνες, όπως τον Πρωτοπάτση, τον Καλιγιάννη, τον Κόντογλου, με λαϊκούς ζωγράφους, όπως τον Θεόφιλο και, τέλος, με τον νομπελίστα ποιητή μας, τον Οδυσσέα Ελύτη. Ποιους να πρωτοθαυμάσει κανείς, για ποιους να πρωτουπερηφανεύεται! Σάς τα είπα όλα αυτά γιατί θέλω να είσαστε περήφανοι για το νησί μας, να διαπρέψετε να γίνεται αντάξιοί του».

Πήρανε σιωπηλοί το δρόμο για την επιστροφή στο σπίτι. Δεν επέμειναν έχοντας καταλάβει ότι ο Οδυσσέας δεν θα άλλαζε απόφαση. Στην ακτή, απέναντι, άρχισαν να τρεμοσβήνουνε χιλιάδες φωτάκια. Βράδιαζε πια, όταν φτάσανε στο σπίτι που μοσχομύριζε από την κοτόσουπα και το πιλάφι που είχε μαγειρέψει η Νατάσα.

~ ~

15. ΑΧΙΛΛΕΑΣ – ΟΙ ΠΕΡΙΠΕΤΕΙΕΣ ΕΝΟΣ ΛΑΟΥ ΠΟΥ ΔΕΝ ΕΧΟΥΝ ΤΕΛΟΣ

Όσο ο Οδυσσέας προαισθανότανε το τέλος του, τόσο βιαζότανε να ολοκληρώσει την ανάγνωση του ημερολογίου του Αχιλλέα και να συγγράψει το μυθιστόρημά του περιγράφοντας την εποχή και τις περιπέτειες του αγαπημένου του πατέρα. Ήτανε μία υπόσχεση που είχε δώσει στους προγόνους του, αλλά και στον εαυτό του, και αγχωνόταν μην και δεν προλάβει να την εκπληρώσει. Τώρα τελευταία που τον τυραννούσαν διαρκώς και οι αϋπνίες, ξημερωνότανε πάνω στο ημερολόγιο και τα χειρόγραφά του παλεύοντας να κερδίσει χρόνο. Έγραφε ακατάπαυστα μέχρι που τον εύρισκε εξαντλημένο η αυγή.

Τα χρόνια που περάσανε χορτάσαμε από επαναστάσεις και πραξικοπήματα μια και οι πολιτικάντηδες που μας διοικούσανε δεν το έβαζαν κάτω, κοίμιζαν συνέχεια το λαό «για το καλό της Πατρίδας». Και ο κοσμάκης, χωρισμένος σε αντίπαλα στρατόπεδα, ακολουθούσε ανάλογα προς το συμφέρον του. Όταν όμως ξέσπασε ο μεγάλος πόλεμος, όταν αναβίωσε ο κίνδυνος του αφανισμού της πατρίδας, ξύπνησε μέσα του ο αγνός πατριωτισμός. Οι Έλληνες ενωμένοι για μιαν ακόμα φορά πήρανε τα όπλα στο χέρι και με αυτοθυσία και γενναιότητα κατατρόπωσαν τους Ιταλούς υποψήφιους κατακτητές που είχανε επιτεθεί ξαφνικά.

Η πατρίδα μας κάλεσε για άλλη μία φορά τον αδελφό μου και εμένα και πρόθυμα καταταγήκαμε και πάλι στο στρατό με βαθμό ανώτατου αξιωματικού. Παρόλη την κάπως προχωρημένη ηλικία μας αρνηθήκαμε μια επιτελική θέση στα μετόπισθεν και έτσι αναλάβαμε τη διοίκηση στις μάχιμες ομάδες αντιμετωπίζοντας κατάφατσα τον εχθρό εκεί ψηλά στα κορφοβούνια της Αλβανίας. Ο στρατός μας πάλεψε ηρωικά και, παρόλη την αριθμητική και σε οπλισμό υπεροχή των αντιπάλων μας, δεν αργήσαμε να τους κατατροπώσουμε κατά κράτος. Και οι μεν Ιταλιάνοι ντροπιασμένοι από την ήττα τους άρχισαν να υποχωρούν, όμως οι Ναζιστές Γερμαναράδες σύμμαχοί τους έσπευσαν σε βοήθειά τους. Η σιδερένια δύναμη του Ναζισμού, άριστα εξοπλισμένη και γυμνασμένη όρμησε σαν καταιγίδα στο εξαντλημένο μας στράτευμα. Παλέψαμε, αντισταθήκαμε ηρωικά όσο αντέχαμε. Ο αδελφός μου και εγώ βρεθήκαμε πολιορκημένοι με ελάχιστους από τους στρατιώτες μας στα οχυρά του Ρούπελ. Αντισταθήκαμε με νύχια και με δόντια κατορθώνοντας να καθυστερήσουμε την επέλαση του εχθρού μέχρις ότου πλάκωσε ο χειμώνας. Ήτανε τέτοια η ηρωική μας αντίσταση, ώστε, όταν τελικά παραδοθήκαμε, οι αντίπαλοι μας απέδωσαν τιμές κατά την παράδοση των οχυρών και δεν πειράξανε τους ήρωες μαχητές μας. Πήραμε εξαντλημένοι και πεινασμένοι το δρόμο για τα σπίτια μας. Οι κάτοικοι των χωριών που περνούσαμε έκαναν ότι μπορούσανε για να μας βοηθήσουν στην τραγική μας κατάσταση. Μάς φιλοξένησαν με κίνδυνο της ζωής τους, μάς έδωσαν φαγητό από το υστέρημά τους, μάς έδιναν κουράγιο να συνεχίσουμε την τραγική μας πορεία. Φτάσαμε κάποτε στην Αθήνα, εκεί όπου μάς περίμενε το απεχθέστατο θέαμα της εισβολής του εχθρού. Είδαμε με δάκρυα στα μάτια την υποστολή της ηρωικής μας σημαίας από το βράχο της Ακρόπολης, όπου σε λίγο κυμάτισε η σημαία του Τρίτου Ράιχ. Σκοτεινιά και πείνα πλάκωσε παντού.

Οι δρόμοι άρχισαν να γεμίζουν με πτώματα συμπατριωτών μας που δεν άντεχαν στις κακουχίες. Ωστόσο, εμείς δεν το βάλαμε κάτω. Γρήγορα οργανωθήκαμε σε ομάδες αντίστασης κάνοντας δύσκολη τη ζωή στους κατακτητές. Ρεσάλτα σε αποθήκες του εχθρού, σαμποτάζ στις πολεμικές του εγκαταστάσεις, κλοπές πυρομαχικών και όπλων, όλα ήτανε στην ημερήσια διάταξη. Τα αντίποινα του εχθρού ήτανε σκληρά. Άρχισαν τις ομαδικές εκτελέσεις αθώων πολιτών, καίγανε χωριά. Εμείς, βέβαια, ήμασταν παρόντες στον καινούργιο αγώνα. Πήραμε μέρος στην ίδρυση του απελευθερωτικού μετώπου και οργανώσαμε την αντίσταση. Με τρομερό κίνδυνο της ζωής μας παλεύαμε νύχτα και μέρα καταδιωκόμενοι συνέχεια από τον εχθρό. Με φρίκη αντιμετωπίσαμε και τους δικούς μας προδότες, τους δοσίλογους και τους μαυραγορίτες που συνεργάστηκαν με τον εχθρό. Δυστυχώς, εμείς οι Έλληνες δεν είμαστε μόνο ήρωες και αγνοί πατριώτες. Έχουμε στις τάξεις μας και προδότες του λαού, αυτούς που και σήμερα εξακολουθούν να είναι πιστοί στις αρχές του Ναζισμού...

Κάποτε ήρθε και το τέλος του Τρίτου Ράιχ. Μέχρι την τελευταία στιγμή που τα μαζεύανε δεν πάψανε να σκοτώνουν και να τρομοκρατούν. Τελικά, κατέβασαν τη μισητή σημαία τους από την Ακρόπολη, απέδωσαν... τιμές στο μνημείο του άγνωστου στρατιώτου και, τέλος, ξεκουμπίστηκαν συνοδευόμενοι από τις κατάρες του κόσμου. Αρχίσανε οι πανηγυρισμοί που δυστυχώς δεν έμελε να κρατήσουν για πολύ. Οι αξιότιμοι σύμμαχοί μας στον αγώνα κατά των Γερμανών αποφάσισαν να το παίξουν με τη σειρά τους καινούργια αφεντικά. Στο πλευρό τους, συνεργάτες πιστοί και αφοσιωμένοι όλα τα καθάρματα των προδοτών. Θύματα οι αγνοί πατριώτες της αντίστασης που συνέχισαν να καταδιώκονται από τα καινούργια αφεντικά με ψεύτικες δίκες, εξορίες και φυλακίσεις. Ξέσπασε εμφύλιος πόλεμος και τώρα οι Έλληνες άρχισαν να αλληλοεξοντώνονται. Στην Ελλάδα επικρατούσε χάος και τρομοκρατία. Πάλι βρεθήκαμε στην πρώτη γραμμή ο αδελφός μου και εγώ. Πάλι πήραμε τα βουνά παλεύοντας για μια «δίκαιη πατρίδα». Ο «εχθρός» μάς συνέλαβε σε μία ενέδρα. Μάς δικάσανε, αλλά δεν τολμήσανε να μάς εξορίσουν, έχοντας υπόψη τους όλους τους αγώνες μας για την Πατρίδα. Μάς «τιμώρησαν» υποβιβάζοντάς μας στο βαθμό του απλού στρατιώτη. «Τιμή μας που γινόμαστε πάλι απλοί στρατιώτες αυτοί, υπήρξαν οι πραγματικοί ήρωες σε όλους του αγώνες του έθνους», είπαμε στους κουραμπιέδες που ξήλωσαν τα γαλόνια μας, ενώ εκείνοι κοκκίνιζαν από ντροπή. Έτσι ανταμειφτήκαμε από την Πατρίδα για τους αγώνες και τις θυσίες μιας ζωής...»

Εδώ τελειώνω το ημερολόγιό μου με την ευχή να βρεθεί κάποτε ένας απόγονός μου να καταγράψει με λεπτομέρειες τις περιπέτειες τις δικές μου και του αδελφού μου, οι οποίες είναι και οι περιπέτειες της αγαπημένης μας πατρίδας.

~ ~

16. ΑΡΗΣ – ΤΑΝΙΑ
ΤΟ ΠΡΟΣΚΥΝΗΜΑ ΣΤΙΣ ΧΑΜΕΝΕΣ ΠΑΤΡΙΔΕΣ

«Νατάσα, σε βλέπω πολύ συλλογισμένη, δεν φαντάζομαι να μου κρύβεις τίποτα». Ο Άρης παρατηρούσε με συγκίνηση τις καταπράσινες ακτές, ενώ αντάλλαζε φιλικά νοήματα με τους βαρκάρηδες που είχανε βάλει πλώρη για την ανοιχτή θάλασσα κυνηγώντας το καθημερινό μεροκάματο.

Το καραβάκι είχε διασχίσει τη στενή λωρίδα του Αιγαίου που χώριζε τη Μυτιλήνη από τις απέναντι ακτές και κόβοντας ταχύτητα έπλεε πια στον κόλπο του Αιβαλί. Η Αιολική γη τούς υποδεχότανε με ειρήνη και γαλήνη. Ο χρόνος, που είχε περάσει από τα τραγικά χρόνια της καταστροφής, είχε απλώσει τα πέπλα του με τη λησμονιά.

«Άρη, σού φυλάω μιαν έκπληξη. Έχω αποκτήσει μια σχέση με ένα νεαρό από την Τουρκία. Μάς περιμένει στο Αιβαλί να γνωριστούμε και να μάς συνοδεύσει στο ταξίδι μας».

Ο Άρης χλόμιασε.

«Μη βάζεις κακό με το νου σου, μωρέ Άρη. Σχέση αλληλογραφίας μέσω Ιντερνετ έχω με τον Αχμέτ, που είναι πρόθυμος να μάς ξεναγήσει στα μέρη του».

Χαμογέλασε ο Άρης ελαφρά ντροπιασμένος για την ανεξήγητη κρίση ζήλειας που πήγε για μια στιγμή να τον πιάσει.

«Τάνια, μην παίζεις με τα αισθήματά μου για σένα», είπε μισοαστεία, μισοσοβαρά, ενώ την αγκάλιαζε τρυφερά.

Η εγκάρδια υποδοχή που τούς έκανε ο Αχμέτ μόλις βγήκαν από το τελωνείο στο Αιβαλί, το ειλικρινά φιλικό του χαμόγελο, αλλά κυρίως η γλυκύτατη κοπελίτσα που τον συνόδευε, η χαριτωμένη Τζεμιλέ, έδιωξαν κάθε σύννεφο δυσαρέσκειας από το μυαλό του Άρη. Καθίσανε να ξαποστάσουνε και να κανονίσουνε το πρόγραμμά τους στο ιστορικό καφενείο του Κανέλου. Οι καινούργιοι φίλοι τους, μακρινοί απόγονοι των Τουρκοκρητικών που είχα από παλιά καταφύγει στο Αϊβαλί, μιλούσαν καλά ελληνικά και έτσι, μέσα σε μία ατμόσφαιρα εγκαρδιότητας, άρχισαν να φλυαρούν ακατάπαυστα. Δεν άργησαν να καταλάβουν ότι πολύ σύντομα θα αναπτυσσότανε μεταξύ τους μια πολύ φιλική σχέση.

«Θα μείνουμε για λίγο στο Αϊβαλί να επισκεφτούμε τα μέρη που λάτρεψε ο συμπατριώτης μας ο Κόντογλου και αύριο θα πάμε στα Μοσχονήσια να παρασταθούμε στα εγκαίνια του ορθόδοξου ναού που ανακαινίστηκε και θα λειτουργηθεί από τον Πατριάρχη. Στη συνέχεια, θα περάσουμε από την Πέργαμο και θα καταλήξουμε στη Σμύρνη, που ανυπομονώ να σάς γνωρίσω. Αν έχουμε καιρό θα πάμε και στην Πόλη να θαυμάσετε τα βυζαντινά της μνημεία».

Ο Αχμέτ έμοιαζε να είχε καταστρώσει ολόκληρο πρόγραμμα επισκέψεων και οι δικοί μας δεν είχαν καμία αντίρρηση να το ακολουθήσουν. Τώρα θρονιασμένοι στο εστιατόριο με την απίστευτη θέα, εκεί ψηλά στο Σειτάν Σοφραζί (Το Τραπέζι του Διαβόλου), απολαμβάνανε τα κεμπάπ που ο Θεσσαλονικιός μαγαζάτορας επέμενε να τους κεράσει καθισμένος και αυτός στην παρέα τους.

«Δεν έχω παράπονο, οι δουλειές εδώ πάνε καλά, οι ντόπιοι μάς αγαπάνε και μάς υποστηρίζουν, καμία σχέση με το παρελθόν», ακούσανε το αφεντικό να λέει. Μόνο, να βρε πατριωτάκια, όλα καλά εδώ. Τους αγαπάμε και μάς αγαπάνε, αλλά τίποτα δεν είναι σαν την πατρίδα. Καλά που είναι κοντά η Μυτιλήνη και έρχομαι συχνά να μυρίσω λίγο Ελλάδα. Με συνοδεύουν κάθε φορά εκατοντάδες καρντάσηδες μεμέτηδες, που είναι καλοί με εμάς τους Έλληνες. Το Αιγαίο είναι μια θάλασσα που μάς ενώνει, λένε, δεν μάς χωρίζει, όπως παλιά. Τί κι αν ο τροχός γύρισε. Άλλοτε οι Μυτιληνιοί στηρίζανε το Αϊβαλί με τις συχνές επισκέψεις τους, τώρα ήρθε η σειρά μας να τούς το ανταποδώσουμε. Τί να τα λέμε, η ευημερία των λαών μας στηρίζεται στη συνεργασία και τη φιλία, μόνον έτσι θα προκόβουμε», συνέχισε με ενθουσιασμό.

«Ευλογητός ο Θεός ημών νυν και αεί». Η μπάσα κατανυκτική φωνή του σεπτού Πατριάρχη κυριαρχούσε την επόμενη στους θόλους της ανακαινισμένης εκκλησίας στα Μοσχονήσια.Κόσμος και ντουνιάς, Έλληνες και Τούρκοι παρακολουθούσαν κατανυκτικά τη θεία λειτουργία. Πολλοί —

μαζί τους και ο Πατριάρχης – με δυσκολία έκρυβαν τη συγκίνησή τους. Θαυμάζαμε το έργο της ανακαίνισης της εκκλησίας μας που είχαν κάνει με ιδιαίτερη φροντίδα και σεβασμό οι Τούρκοι σε ένδειξη φιλίας προς τους Ορθοδόξους. Η Τάνια σκεφτότανε με ντροπή το ερειπωμένο Γενί Τζαμί, ένα θαύμα αρχιτεκτονικής στο κέντρο της χώρας στη Μυτιλήνη που η δική μας αδιαφορία, αλλά και ανέχεια, το είχαν εγκαταλείψει στη φθορά του χρόνου.

«Τα μνημεία και οι τόποι προσκυνήματος δεν έχουν πατρίδα, ανήκουν σε όλη την ανθρωπότητα. Ελπίζουμε να μπορέσουμε και εμείς κάποια μέρα να τα αποκαταστήσουμε πριν αυτό γίνει με τούρκικη πρωτοβουλία και χρηματοδότηση», ψιθύρισε στον Άρη με φόβο μην την ακούσει ο Αχμέτ. Εκείνος όμως είχε μαντέψει από το ύφος της τους προβληματισμούς της. Χαμογελώντας με νόημα είπε.

«Σημασία έχει να διατηρήσουμε στη ζωή τα μνημεία του πολιτισμού μας, Τάνια. Αυτή την εποχή η οικονομική συγκυρία το έχει φέρει έτσι ώστε να βρίσκεται η Τουρκία σε μια καλύτερη οικονομική κατάσταση από την Ελλάδα. Χαίρομαι που η κυβέρνησή μας έχει την άνεση να ξαναδίνει ζωή σε όλα τα μνημεία χωρίς μικρόνοες διακρίσεις για την προέλευση και τους δημιουργούς τους. Είμαι σίγουρος ότι αν τα πράγματα ήτανε διαφορετικά, το ίδιο θα κάνατε και οι Έλληνες με τα οθωμανικά μνημεία που βρίσκονται στην πατρίδα σας. Είναι πια καιρός να σκεφτόμαστε σαν πολίτες του κόσμου και όχι με στενά εθνικιστικά κριτήρια».

Ο Άρης έσπευσε να συμφωνήσει με τον καινούργιο τους φίλο. Τον Άρη είχε εντυπωσιάσει η ευρύτητα αντιλήψεως του Αχμέτ.

Ξεκινήσανε με το αυτοκινητάκι του Αχμέτ για τη Σμύρνη. Στο δρόμο τους κάνανε μία στάση να για να δούνε την Πέργαμο. Τους εντυπωσίασε το αρχαίο θέατρο καθώς και το μουσείο της. Η σκέψη τους στράφηκε στα ευρήματα που είχαν απαγάγει οι Γερμανοί και στόλιζαν τώρα το μουσείο τους στο Βερολίνο.

«Οι ισχυροί λαοί έχουν κατακλέψει τους θησαυρούς μας και στολίζουν τα μουσεία τους μια και δεν έχουν εκείνοι να προβάλλουν έργα του πολιτισμού τους. Το ίδιο δεν συμβαίνει και με τους θησαυρούς της δικής σας

Ακρόπολης; Είναι μοιραίο να το παθαίνουν οι λαοί που βρίσκονται σε αδυναμία. Βρίσκουν πρόφαση οι πολιτισμένοι λαοί να προφυλάξουν τάχα τους θησαυρούς μας και να τους προβάλλουν σαν δικούς τους. Άλλη μία συνέπεια της διχόνοιας που μας κατατρέχει αιώνες τώρα και επωφελούνται από αυτήν όσοι την καλλιεργούν επί τόσα χρόνια. Είναι καιρός πια να ξυπνήσουμε και να μονοιάσουμε οι δύο λαοί, ώστε να αποφύγουμε στο μέλλον και άλλα τέτοια εγκλήματα !».

Ο Άρης αγόρευε αγανακτισμένος και η παρέα βρισκότανε σύμφωνη.

«Ας είναι», απάντησε ο Αχμέτ. «Είθε να βάλουμε πια μυαλό και να τα πάρουμε κάποτε πίσω, έχει ο καιρός γυρίσματα».

Άφησαν πίσω τους την Πέργαμο με την πίκρα αποτυπωμένη στα πρόσωπά τους.

~ ~

17. ΑΧΜΕΤ – ΞΕΝΑΓΗΣΗ ΣΤΗ ΣΜΥΡΝΗ ΚΑΙ ΠΡΩΤΕΣ ΔΙΑΦΩΝΙΕΣ

«Ξεκινάμε, φίλοι μου, με κατεύθυνση τη Σμύρνη. Είναι η πόλη που αγαπώ και θέλω να σάς την γνωρίσω, όπως μόνον εγώ ξέρω. Ξέρω ότι παλέψαμε και οι δύο λαοί γι' αυτήν την πόλη, την βάψαμε και οι δύο με το αίμα μας, πολεμήσαμε εσείς για να την κατακτήσετε και εμείς για να την απελευθερώσουμε. Παίχτηκαν πολλά δράματα στους δρόμους της που γέμισαν από χιλιάδες πτώματα αθώων, ανθρώπων που την αγαπούσαν και ζούσαν κάποτε εδώ ειρηνικά. Ας κάνουμε πρώτα ένα γύρω στα μέρη που διασώθηκαν από τον όλεθρο του πολέμου και μετά ας μελετήσουμε τα γεγονότα ψύχραιμα και φιλικά μια και τα χρόνια που πέρασαν από τότε ελπίζω να μας επιτρέψουν να πλησιάσουμε την πικρή αλήθεια».

Ο Αχμέτ με φανερή καλή διάθεση άρχισε την ξενάγησή του. Πρώτα επισκέφθηκαν το Κεμέραλτι, τη φημισμένη αγορά με τα γεμάτα μαγαζιά στενά δρομάκια της. Η Τάνια δεν έπαυε να χαζεύει τις εκατοντάδες βιτρίνες με τα ετερόκλητα εκθέματά τους, ενώ μέσα της λαχταρούσε να αρχίσει ατελείωτα ψώνια. Η Τζεμιλέ, σαν καλή ξεναγός, βοηθούσε στα ατελείωτα παζάρια που μόνο εκείνη ήτανε ικανή να κάνει, ενώ την προφύλασσε να μην εξαπατηθεί από τις χιλιάδες «μαϊμούδες» εμπορεύματα που κατασκεύαζαν με περισσή τέχνη οι ικανότατοι Τούρκοι βιοτέχνες. Με το ζόρι την ξεκόλλησε κάποτε ο Άρης και τώρα η παρέα, αφού ήπιαν ένα νοστιμότατο χυμό από μαύρα μούρα στου Καντρί των σερμπετιών, καταβρόχθισαν το φημισμένο Καζάντιμπί του μάστορα Σεφέρ για να καταλήξουν στο Μενάν με το φημισμένο μαστιχωτό παγωτό του. Η Τάνια δεν έκρυβε τον ενθουσιασμό της φλυαρώντας και γελώντας ακατάπαυστα.

«Σμύρνη σε αγαπώ. Νιώθω σα να γεννήθηκα εδώ σε μιαν άλλη ζωή», ακούστηκε να μονολογεί κάποια στιγμή. Συνέχισαν στη Ρωμαϊκή αγορά, περπάτησαν στα ερείπιά της και έφτασαν στα παμπάλαια στενοσόκακα του Ναμαζγκιάχ, όπου τίποτα δεν είχε αλλάξει εδώ και εκατοντάδες χρόνια. Έφτασαν στο Μεζαρλίκ μπασί, στο Τιλκιλίκ μέχρι το Μπασμανέ.

«Κάνε λίγο υπομονή, Τάνια. Σε λίγο φτάνουμε στο υπέροχο πάρκο της

Διεθνούς Έκθεσης να πιούμε το τσάι μας από σαμοβάρι και να γευτούμε τα περίφημα κουλούρια φτιαγμένα με πετιμέζι, τα γκεβρέκ, που θα τα γεμίσουμε με τυρί που πήραμε από το Χάβρα σοκάκ και αν το αντέχεις θα καπνίσουμε και... ναργιλέ».

«Όλα θέλω να τα δοκιμάσω. Σ' ευχαριστώ, Τζεμιλέ μου. Χωρίς εσάς δεν θα βλέπαμε την αυθεντική Σμύρνη!».

Το πάρκο, όπου φιλοξενείται κάθε χρόνο η Διεθνής Έκθεση τους εντυπωσίασε από την πρώτη στιγμή. Τεράστιο σε μέγεθος, καταπράσινο και περιποιημένο, γεμάτο λουλούδια και σιντριβάνια, ήτανε μία όαση μέσα στο κέντρο της πόλης. Καθίσανε σε μία υπαίθρια καφετέρια και πίνοντας το τσάι τους το ρίξανε στην κουβέντα.

«Εδώ νομίζω ήτανε η ελληνική συνοικία πριν την καταστρέψει η πυρκαγιά που βάλανε οι Τούρκοι και κατέκαψαν το μεγαλύτερο μέρος της Σμύρνης», άρχισε την συζήτηση ο Άρης.

«Άκουσε, Άρη. Φοβάμαι ότι θα καταπιαστούμε με επικίνδυνα θέματα και πολλές φορές θα διαφωνήσουμε. Δεν μπορούμε να τα αποφύγουμε. Πάντως, θέλω να συμφωνήσουμε σε ένα ζήτημα. Για κάθε ιστορικό γεγονός που αφορά πολέμους υπάρχουν δύο αντίθετες απόψεις. Ας σεβαστούμε ο ένας την άποψη του άλλου για να καταλήξουμε στα σωστά συμπεράσματα. Πολλές φορές, όπως είναι φυσικό, θα διαφωνήσουμε χωρίς αυτό να σημαίνει ότι θα χαλάσουμε τις καρδιές μας. Στο κάτω - κάτω έγινε ένας άγριος πόλεμος και στους πολέμους και οι δύο αντίπαλοι έχουν τα δίκαιά τους. Ας βάλουμε, λοιπόν, τα πράγματα στη σωστή τους βάση. Ένα σημαντικό τμήμα της Σμύρνης από το Μπασμανέ μέχρι το Τιλκιλίκ και το Γκιουμρούκ, το τελωνείο, το κατείχαν εκείνη την εποχή οι Αρμένιοι. Ήταν αυτοί που είχαν προβάλει μεγάλη αντίσταση στον τουρκικό στρατό. Τα σπίτια τους ήτανε σωστές μπαρουταποθήκες, στα υπόγειά τους φυλάγανε μπιτόνια γεμάτα βενζίνη. Εκείνες τις μέρες οι Αρμένιοι γνωρίζοντας τί τους περιμένει είχαν αποφασίσει να αντισταθούν μέχρι τέλους. Κατέφυγαν οι περισσότεροι στα εμπορικά τους κέντρα Σαχίν και Ντερβίσογλου, που έμοιαζαν με εσωτερικά φρούρια, καθώς και στον Άγιο Στέφανο, τη μεγάλη τους εκκλησία. Φυσικά και ματαιοπονούσαν. Ο τουρκικός στρατός ακολουθούμενος από ορδές ληστών και πλιατσικολόγων δεν άργησε να εισβάλει στην Αρμενιά. Εκείνη την αποφράδα μέρα σηκώθηκε κατά το μεσημέρι ένας νοτιοανατολικός άνεμος, σφύριζε λυσσασμένα ο Νοτιάς και έσπαγε τη νεκρική σιγή που επικρατούσε στην πόλη. Εκείνη των ώρα φάνηκαν και οι πρώτες φλόγες από τη μεριά της Αρμενιάς την ίδια στιγμή από διαφορετικά σημεία. Η συνοικία των Αρμενίων σε δύο ώρες είχε μετατραπεί σε στάχτη. Για κάποιο ανεξήγητο λόγο η φωτιά παρέκαμψε τον Τουρκομαχαλά και συνέχισε την καταστρεπτική της πορεία προς την ελληνική γειτονιά – εδώ που βρισκόμαστε τώρα– μέχρι τις φράγκικες γειτονιές και τη θάλασσα. Στην προκυμαία επικράτησαν συνθήκες κόλασης μια και όσοι είχαν γλιτώσει από τη φωτιά αναζήτησαν εκεί καταφύγιο».

Ο Αχμέτ σταμάτησε, ήπιε μια γουλιά από το τσάι του και έστρεψε το βλέμμα του στον Άρη.

«Σας κούρασα, φίλοι μου, αν και μπορούσα να μιλάω επί ώρες. Είναι ατελείωτα τα δράματα που γνώρισε αυτός ο τόπος. Ίσως συνεχίσουμε την κουβέντα μας με μιαν άλλη ευκαιρία. Άρη, πες μας και εσύ την άποψη σου. Θα σε ακούσω με μεγάλο ενδιαφέρον.

«Είναι συνηθισμένο φαινόμενο να προσπαθούμε να ερμηνεύουμε πολεμικά γεγονότα ρίχνοντας την ευθύνη στους αντιπάλους μας. Εγώ θα αναφερθώ στις περιγραφές ενός αυτόπτη μάρτυρα, του θείου μου του Αχιλλέα, που είχε την ατυχία να παραβρεθεί στα τραγικά συμβάντα κατά την πυρκαγιά της Σμύρνης. Τη Σμύρνη δεν την έκαψαν οι Αρμένιοι, αλλά οι τουρκικές ορδές. Είναι ανόητο να πιστέψουμε ότι οι Αρμένιοι αυτοκτονήσανε ομαδικά βάζοντας φωτιά στα σπίτια τους και καίγοντας τις περιουσίες τους και τα γυναικόπαιδα που είχαν εγκλωβιστεί στις γειτονιές τους. Ομαδικές αυτοκτονίες συναντάμε – αν συναντάμε – σπανιότατα στην ιστορία. Τη Σμύρνη την έκαψε από μίσος και εκδίκηση ο Νουρεντίν Πασάς πιθανότατα με την ανοχή του Κεμάλ. Χιλιάδες λαού παρακολούθησαν τους Τούρκους να ραίνουν τους δρόμους κρατώντας μπιτόνια με βενζίνη και τους πλιατσικολόγους να τους ακολουθούν θριαμβευτικά κλέβοντας, σκοτώνοντας και βιάζοντας τους ατυχείς Έλληνες. Αυτά είναι γεγονότα που δεν μπορούν να διαψευσθούν. Ο Κεμάλ από τη μεριά του δεν είδε με κακό μάτι την πυρκαγιά. Είναι ευκαιρία, έλεγε, οι φλόγες να καταπιούν το παρελθόν, να αναγεννηθεί το τουρκικό έθνος μέσα από τις στάχτες. Απόδειξη ότι στο μέρος που καθόμαστε δεν επέτρεψαν ποτέ να ξαναχτιστούν τα καμένα σπίτια. Τα κάλυψαν όλα με δέντρα και σιντριβάνια σα να μην υπήρξαν ποτέ εδώ οι περίφημες και πανέμορφες ελληνικές γειτονιές. Συνηθισμένο φαινόμενο η παραποίηση της ιστορίας από τους Τούρκους. Δεν παραδέχονται το ολοκαύτωμα των Αρμενίων, τα αίσχη τους ενάντια στους φιλήσυχους Έλληνες σε όλη την επαρχία της Ιωνίας μόλις πήραν το επάνω χέρι, την πρόκληση τόσων θανάτων κατά την αποβίβαση των ελληνικών στρατευμάτων στη Σμύρνη. Μην με παρεξηγείς, φίλε Αχμέτ, αλλά η αλήθεια είναι πικρή.

Ο ήλιος έγειρε προς τη δύση πέφτοντας κυριολεκτικά μέσα στη θάλασσα. Το μαγευτικό δειλινό σκέπασε την πόλη. Οι κοπέλες σχεδόν με το ζόρι παρασύρανε την παρέα προς το Κε (την παλιά προκυμαία). Καθίσανε στο Ege, τη γνωστή ψαροταβέρνα, όπου και έπνιξαν τις αντιδικίες τους με ρακί και άφθονα θαλασσινά. Ο πάγος ανάμεσά τους άργησε να σπάσει. Ας ήτανε καλά τα κορίτσια που τους συνόδευαν και τα αμανεδάκια που αντηχούσαν παντού.

~ ~

18 - ΑΧΙΛΛΕΑΣ - ΜΙΑ ΔΥΣΑΡΕΣΤΗ ΣΥΝΑΝΤΗΣΗ ΚΑΙ ΕΝΑ ΕΥΧΑΡΙΣΤΟ ΔΙΑΛΕΙΜΜΑ

Πριν πέσουνε για ύπνο η Τάνια είχε μιαν ευχάριστη έκπληξη στον Άρη. Έβγαλε από τη βαλίτσα της και παρέδωσε το ημερολόγιο του Αχιλλέα.

«Αυτό μού το έδωσε ο πατέρας σου να το συμβουλεύεσαι όποτε αντιμετωπίζεις την τούρκικη προπαγάνδα. Μην ξεχνάς, πάντως, ότι η αλήθεια βρίσκεται πάντοτε στη μέση», τόνισε.

Ο Άρης το άνοιξε ανυπόμονα και άρχισε να το διαβάζει:

«Είχανε περάσει ήδη δύο χρόνια που ελάμβανα μέρος στη Μικρασιατική εκστρατεία. Η νέα ηγεσία, παρά τις υποσχέσεις της και παρά την οικονομική εξάντληση του κράτους μας, σχεδίαζε νέες επιχειρήσεις στο εσωτερικό της Μικράς Ασίας, μέχρις ότου ο μωροφιλόδοξος βασιλιάς... μπει καβαλάρης στην Αγιά Σοφιά. Ο ανεφοδιασμός του στρατού είχε αρχίσει να γίνεται προβληματικός. Οι Εγγλέζοι σύμμαχοί μας προειδοποιούσαν συνέχεια ότι θα σταματούσαν κάθε βοήθεια σε περίπτωση ήττας πάνω στα τουρκικά εδάφη. Αποφάσισα ζητήσω την άδεια να συναντήσω το βασιλιά να του εξηγήσω την κατάσταση. Σα βετεράνος του πολέμου είχα την ελπίδα ότι η εισήγησή μου θα μπορούσε να τον κάνει να αλλάξει γνώμη. Με δέχθηκε με προθυμία και άκουσε με προσοχή τις απόψεις μου, ότι δηλαδή δεν μπορούσαμε να συνεχίσουμε την επέκταση του πολέμου, αλλά να περιοριστούμε στη φύλαξη των εδαφών που είχαμε κερδίσει. Μού απάντησε ότι ο λαός δεν θα μας συγχωρούσε ποτέ αν σταματούσαμε τον αγώνα τώρα που βρισκόμασταν τόσο κοντά στην οριστική νίκη. Είχε ύφος θυμωμένο γεμάτο εγωισμό και μιλούσε με αυθάδεια, χωρίς να με κοιτάζει κατά πρόσωπο. Ωστόσο, μού έκανε και κάποια κομπλιμέντα για τις ηρωικές μου πράξεις στο μέτωπο και εμμέσως είπε ότι πρέπει να είχα πια κουραστεί και καιρός ήτανε να αποσυρθώ από την ενεργό δράση. Τον αποχαιρέτησα πικραμένος και ανήσυχος που η τύχη του αγώνα μας ήτανε στα χέρια ενός επιπόλαιου βασιλιά - μαριονέτα.

Άρχισα να περιφέρομαι άσκοπα στο θρυλικό Κέ της Σμύρνης. Ο κόσμος κυκλοφορούσε αμέριμνος, οι καφετέριες έσφυζαν από ανυποψίαστους κατοίκους που φλυαρούσαν και γέλαγαν ανυποψίαστοι για το σκοτεινό μας μέλλον. Ξάφνου οι δρόμοι μας συναντήθηκαν με την Αλεξάνδρα, την παλιά μου αγαπημένη σύντροφο, που υπηρετούσε ως βοηθός του κυβερνήτη Στεργιάδη. Όσο διηγιόμουνα σ' αυτήν την αποτυχημένη συνάντησή μου με το βασιλιά, εκείνη με κοίταζε με ύφος γεμάτο θλίψη.

"Ας μην τα συζητάμε αυτά αγαπημένε μου, Αχιλλέα. Δυστυχώς έχουμε πέσει σε χέρια ηλιθίων και μωροφιλόδοξων. Το Κισμέτ – το πεπρωμένο της αγαπημένης μας Σμύρνης δεν είναι στα χέρια μας να το αλλάξουμε. 'Το πεπρωμένο φυγείν αδύνατον', όπως πολύ σωστά αναφέρει το ρητό. Ας ξεχάσουμε όλα αυτά για λίγο, όπως κάνει εδώ και ο αμέριμνος κόσμος. Κοίταξε γύρω σου. Ήρθε η άνοιξη. Οι ουρανοί γιορτάζουν. Ας γιορτάσουμε λίγο και εμείς", είπε.

Έστρεψα το βλέμμα μου προς τον ουρανό. Το θέαμα με άφησε ξέπνοο. Χιλιάδες χαρταετοί είχαν κατακλύσει τον ορίζοντα. Πολύχρωμοι πανέμορφοι χαρταετοί σχημάτιζαν έναν καινούργιο ουράνιο θόλο. Πετούσαν ειρηνικά ο ένας δίπλα στον άλλο συμβολίζοντας την ανάγκη για ειρηνική συνύπαρξη των ανθρώπων. Η ειρηνική αυτή συνύπαρξη, που δεν καταφέρναμε να έχουμε πάνω στη γη, είχε μεταφερθεί στα ουράνια και με γέμιζε ευτυχία και επιθυμία για μια αδελφωμένη ζωή. Μωαμεθανοί και χριστιανοί, Έλληνες Τούρκοι και Αρμένηδες, έπαιζαν όλοι σαν μικρά παιδιά ξεχνώντας αντιπαλότητες και έχθρες. Χειροκροτούσαν, γελούσαν, στοιχημάτιζαν, ενώ οι χαρταετοί πλουμιστοί και χρωματιστοί προβάλλανε από τις στέγες, τα πάρκα, τις γειτονιές, τις αλάνες. Το παμπάλαιο έθιμο του πετάγματος χαρταετών τις Κυριακές της Μεγάλης Σαρακοστής, τα «τσερκένια» όπως τα αποκαλούσαν οι ντόπιοι, έκανε το νου μου να πετάξει ξένοιαστος μαζί τους μακριά από τα μίση και τα σύννεφα του πολέμου. Ο νους μου έτρεξε στα παλιά χρόνια, όταν το πέταγμα των χαρταετών το ονομάζαμε Μπαϊράκ. Δεν ήτανε εκείνη την εποχή ειρηνικό τα μπαϊράκ. Τοποθετούσαμε ξυραφάκια στο νήμα του χαρταετού και προσπαθούσαμε να κόψουμε το νήμα του αντίπαλου, οπότε και ο χαρταετός του άρχιζε μια κατακόρυφη πτώση κάτω από τις θριαμβευτικές ιαχές του αντιπάλου. Τραγική ειρωνεία, τη θέση του μπαϊράκ είχε πάρει ένα ειρηνικό πέταγμα μακριά από εχθρικές ενέργειες. Παρόλη την τραγικότητα του πολέμου, ο κόσμος ήθελε να εκδηλώσει την ανάγκη του για ειρήνη και αδελφοσύνη. Αγκάλιασα την αγαπημένη μου Αλεξάνδρα. Μακάρι ο κόσμος να πάψει πια να έχει κακίες και να τηρήσει τα παλιά του έθιμα.

Ήπιαμε τον καφέ μας στο φημισμένο Café de Paris παρέα με τον Αχμέτ και την Τζεμιλέ. Οι προεστοί της πόλης κάπνιζαν με ηδονή τον ναργιλέ τους. Ένιωσα στο πετσί μου το βραδινό χάδι του μπάτη. Το σκοτάδι που έπεφτε έσβηνε όλες τις ασκήμιες της πόλης. Ο κόλπος της Σμύρνης απλωνόταν σαν όραμα μπροστά στα μάτια μας. Όμως ξάφνου συνήλθα από το όνειρο. Όχι πολύ μακριά μου ο πόλεμος συνεχιζότανε άγριος και απάνθρωπος. Το καθήκον με καλούσε πίσω στο μέτωπο. Αποχαιρέτησα τις δύο αγάπες μου, τη Σμύρνη και την Αλεξάνδρα, και πήρα το δρόμο της επιστροφής...»

~ ~

19. ΑΧΙΛΛΕΑΣ – ΠΙΣΩ ΣΤΗΝ ΚΟΛΑΣΗ
ΤΟ ΤΡΑΓΙΚΟ ΤΕΛΟΣ

Με κρύα καρδιά και ύστερα από χίλιες δύο ταλαιπωρίες έφτασα πίσω στο οχυρό. Βρήκα τους συμπολεμιστές μου να γλεντοκοπάνε στο τσακίρ κέφι. Εγώ, αντίθετα, ήμουν στις μαύρες μου. Με κατακυρίευαν κακά συναισθήματα. Στο οχυρό, που όλοι θεωρούσαν απόρθητο, μεθούσαν πίνοντας ούζο, χόρευαν ασταμάτητα μέχρι που μισομεθυσμένοι πέσανε για ύπνο. Ήτανε εφησυχασμένοι μια και είχανε πληροφορίες ότι το ίδιο βράδυ ο Κεμάλ έδινε στό Τσάνκαγια μεγάλη δεξίωση με καλεσμένους όλους τους εκπροσώπους των μεγάλων δυνάμεων και πλήθος διεθνών δημοσιογράφων. Κυκλοφορούσε η φήμη ότι η δεξίωση θα ήτανε προάγγελος για την ειρηνευτική συμφωνία που θα έκανε ο Κεμάλ με τους Έλληνες καθορίζοντας τα σύνορα του πολέμου στο Αφιόν Καραχισάρ. Παρόλες τις λεπτομερείς προετοιμασίες, η δεξίωση ξαφνικά ματαιώθηκε χωρίς εμείς να το πάρουμε είδηση. Ο πανούργος Κεμάλ βρισκότανε ήδη στο μέτωπο... Ακολούθησε μια σφοδρότατη επίθεση στα οχυρά του Αφιόν, η οποία κυριολεκτικά εξολόθρευσε τα οχυρωματικά έργα του στρατού μας και τον οδήγησε σε μια καταστρεπτική ήττα. Ο μισομεθυσμένος στρατός μας από τη βραδινή κραιπάλη αιφνιδιάστηκε και υποχώρησε άτακτα, αφήνοντας πίσω του όπλα και βαρύ πυροβολικό, και τράπηκε σε φυγή προς τα δυτικά. Χάρη στην πανουργία του ιδιοφυούς Κεμάλ είχε αρχίσει η αρχή του τέλους του πολέμου. Δυστυχώς οι Έλληνες, πάνω στην πανικόβλητη υποχώρησή τους, έκαναν του κόσμου τους βανδαλισμούς. Κατέστρεφαν χωριά, σκότωναν γέρους και γυναικόπαιδα, κατάκαιαν σοδιές, δηλητηρίαζαν πηγές νερού. Έτσι μπήκαν τα θεμέλια τη εκδίκησης των Τούρκων που δεν άργησαν να πάρουν το αίμα τους πίσω μόλις επέπεσαν σα θεομηνία στην κατακαημένη Σμύρνη... Εδώ σταματάω το ημερολόγιό μου, ενώ τώρα περιφέρομαι ράκος ζωντανό ανάμεσα στα φλεγόμενα ερείπια της κατακαημένης «Γκιαούρ Ιζμίρ», που πλήρωσε με τη φωτιά τις αμαρτίες της!»

~ ~

20. ΑΡΗΣ ΚΑΙ ΑΧΜΕΤ ΑΝΤΙΘΕΤΕΣ ΑΠΟΨΕΙΣ!

Συναντηθήκαμε η παρέα σε μια γεμάτη ζωντάνια καφετέρια στο Κε. «Αχμέτ, τί συμβαίνει εδώ», ρώτησε με απορία. «Εγώ ήξερα ότι το Κε ήτανε μία παραλιακή λεωφόρος και τώρα βλέπω να μάς χωρίζει από τη θάλασσα μια μεγάλη καταπράσινη έκταση γεμάτη κόσμο που κάνει περίπατο, παγκάκια και παιδικές χαρές», συμπλήρωσα.

«Πράγματι, Άρη, το τοπίο άλλαξε δραματικά. Η ανάγκη να αλλάξει η Σμύρνη μορφή και να ξεχαστούν τα παλιά, οδήγησε τις αρχές να αναμορφώσουν το τοπίο και, κάνοντας προσχώσεις στη θάλασσα, δημιούργησαν το πάρκο που βλέπεις και έτσι έπαψε το Κε να είναι παραλιακό. Βλέπεις, προσπαθούμε και εμείς να εξαφανίσουμε την προπολεμική εικόνα, να ξεχάσουμε τους πολέμους και να παρουσιάσουμε στον κόσμο μια καινούργια, όμορφη και φιλειρηνική Σμύρνη».

«Από μια άποψη έχεις δίκιο Αχμέτ. Πρέπει να ξεχάσουμε το κακό μας παρελθόν. Από την άλλη, πώς μπορούμε να θάψουμε στη λησμονιά όλες τις χιλιάδες τα θύματα του πολέμου και να πάψουμε να παραδειγματιζόμαστε από το παρελθόν; Εγώ νομίζω ότι πρέπει πάντα να θυμόμαστε αυτούς που επωφελήθηκαν από την επιπολαιότητά μας και τις φιλοδοξίες των τότε κυβερνητών μας και μάς παρέσυραν σε ένα άσκοπο πόλεμο για να προωθήσουν τα δικά τους οικονομικά συμφέροντα. Πράγματι, όπου μυρίζει πετρέλαιο το ακολουθούν πόλεμοι και σφαγές αθώων. Εμείς παρασυρθήκαμε σε ένα πόλεμο χωρίς να έχουμε καμία δυνατότητα να τον φέρουμε εις πέρας.

Η οικονομία της Ελλάδας είχε τα χάλια της, ο στρατός μας ήτανε εξαντλημένος από τους μακροχρόνιους πολέμους που είχανε προηγηθεί, ενώ εσείς, οι Τούρκοι, είχατε διαλυθεί σαν κράτος και φυσικά κάθε άλλο παρά ετοιμοπόλεμοι ήσασταν εκείνη την περίοδο. Εμάς, σα βαθιά συναισθηματικός λαός που είμαστε, μάς παρέσυραν οι ηγέτες μας με την ανοχή ή και την προτροπή των τότε μεγάλων δυνάμεων να μεγαλώσουμε την πατρίδα μας και κυρίως να γλιτώσουμε τους συμπατριώτες μας της Μικράς

Ασίας από την καταπίεση των δικών σας. Εσείς πάλι καταφέρατε, χάρη στο χαρισματικό ηγέτη σας, να δημιουργήσετε έναν αξιόλογο στρατό και, χάρη στη διπλωματία του Κεμάλ που έταζε στους τέως συμμάχους μας να κάνει κάθε είδους υποχωρήσεις στο ζήτημα των πετρελαίων στο οποίο απέβλεπαν εκείνοι, κατορθώσατε να τους πείσετε να εγκαταλείψουν εμάς τους Έλληνες αβοήθητους και έτσι να χάσουμε τον πόλεμο. Χρωστάτε τα πάντα στον Κεμάλ και δικαίως η φωτογραφία του φιγουράρει τώρα παντού. Ας μην γελιόμαστε Αχμέτ. Ο λαός μας παρασύρθηκε, σε κάποια στιγμή κόπωσης, αλλά και αλαζονείας για τις πρόσκαιρες νίκες μας και τις επιπόλαιες φιλοδοξίες μας, πήγαμε κόντρα στη θέληση των έως τότε προστατών μας και φάγαμε κυριολεκτικά τα μούτρα μας».

«Συγχαρητήρια. Τώρα μιλάτε λογικά», πετάχτηκε η Τάνια. «Και λίγη αυτοκριτική δεν βλάφτει. Μην τα ρίχνουμε όλα στους ξένους. Αυτοί φροντίζουν πάντοτε για το δικό τους συμφέρον», πρόσθεσε.

«Ευτυχώς που κάποτε βάλανε οι ηγέτες μας μυαλό. Πήρανε απόφαση να κλειστούμε στα καβούκια μας, συμφωνήσανε στο μεγάλο θέμα της ανταλλαγής των πληθυσμών και επιτέλους φέρανε την ειρήνη».

«Ας πιούμε τώρα για την ειρήνη και για την απαρχή μιας ελληνοτουρκικής φιλίας και ας ευχηθούμε να πρωτοστατήσουμε στην πραγματοποίηση αυτού του ιδανικού».

Η Τζεμιλέ σήκωσε το ποτήρι της και κατέβασε μονοκοπανιά το ρακί της. Η υπόλοιπη παρέα μιμήθηκε την Τζεμιλέ με ενθουσιασμό.

~ ~

21. Ο ΣΥΝΔΕΣΜΟΣ ΕΛΛΗΝΟΤΟΥΡΚΙΚΗΣ ΦΙΛΙΑΣ

Ωστόσο, ο Οδυσσέας δεν είχε «χαθεί» από την ψυχή των παιδιών. Κυριαρχούσε στις αναμνήσεις τους, αλλά και στα όνειρά τους. Τον «Έβλεπαν» τον Οδυσσέα συχνά στον ύπνο τους να μοιράζεται τις αγωνίες τους και να προτείνει λύσεις στα προβλήματά τους. Κατά διαστήματα υπενθύμιζε και την υπόσχεση να ιδρύσουν το Σύνδεσμο για την Ελληνοτουρκική Φιλία. Αλλά και ο Αχμέτ με την Τζεμιλέ βρισκόντουσαν σε συνεχή επαφή έτοιμοι να συνεργαστούν για το σκοπό που είχανε προγραμματίσει. Τελικά, αποφάσισαν να συναντηθούν στη Μυτιλήνη και να βάλουνε εμπρός τα σχέδιά τους. Ο Αχμέτ ανακοίνωσε τα τρανταχτά νέα γι΄ αυτά που είχε κατορθώσει στο Αιβαλί.

«Μίλησα με τον νομάρχη της περιοχής μου και υποσχέθηκε να εξασφαλίσει ένα σημαντικό ποσό για να ξεκινήσουμε τα σχέδιά μας. Συμφωνήσαμε να ιδρύσουμε ένα ραδιοφωνικό σταθμό που θα αναμεταδίδει εκπομπές στα ελληνικά και στα τούρκικα και θα διαφημίζει τις ομορφιές της Μυτιλήνης και των παραλίων της Μικρασίας, με σκοπό να τονώσει την ανταλλαγή επισκεπτών, ώστε οι γείτονες να γνωριστούν καλύτερα μεταξύ τους και να τονωθεί η τουριστική κίνηση. Συγχρόνως, θα επιχορηγούνται τα έξοδα για πολιτιστικές εκδηλώσεις – συναυλίες και διαλέξεις - καθώς και ανταλλαγές φοιτητών και μαθητών στα σχολεία και πανεπιστήμια της Μυτιλήνης και της Σμύρνης και σε μία επόμενη φάση θα προχωρήσουμε στην αναστήλωση των θρησκευτικών μνημείων στο Αιβαλί και στη Λέσβο».

Επισκεφθήκανε και τις Αρχές της Μυτιλήνης παρουσιάζοντας τα σχέδιά τους. Ευτυχώς βρήκανε μεγάλη ανταπόκριση από την εδώ Νομαρχία και το Εμπορικό Επιμελητήριο. Ο Σύλλογος των Ξενοδόχων και των Εμπόρων αναλάβανε με προθυμία την κάλυψη των εξόδων που αναλογούσαν στη Μυτιλήνη και έτσι, με μεγάλο ενθουσιασμό, τα παιδιά καταστρώσανε τα σχέδια για την πραγματοποίηση του έργου. Ο ραδιοφωνικός σταθμός της Μυτιλήνης – «Ράδιο Οδυσσέας» όπως τον ονόμασαν - ανέλαβε τις αναμεταδόσεις των εκπομπών του με εκφωνήτριες την Τάνια για τις εκπομπές στα ελληνικά και την Τζεμιλέ στα τούρκικα.

~ ~

22. ΠΡΟΣΚΥΝΗΜΑ ΣΤΗ ΣΠΑΡΤΗ ΠΙΣΙΔΙΑΣ
Η ΠΡΩΤΗ ΕΚΠΟΜΠΗ

Η πρώτη εκπομπή αφιερώθηκε δικαιωματικά σε μια προσκυνηματική εκδρομή στη Σπάρτη της Μικράς Ασίας. Ήτανε μία «νυχτερινή παράκληση» του Οδυσσέα στους δικούς του.

Η φωνή της Τάνιας ακούστηκε να απαγγέλλει προλογίζοντας συγκινημένη την εκπομπή με τους στίχους του νομπελίστα, λάτρη της Μυτιλήνης, Οδυσσέα Ελύτη:

«Χρόνους μάς ταξιδεύει δεν βουλιάξαμε, χίλιους καπεταναίους τους αλλάξαμε.

Κατακλυσμούς ποτέ δεν λογαριάσαμε, μπήκαμε μες στα όλα και περάσαμε.

Κι έχουμε στο κατάρτι μας βιγλάτορα παντοτινό, τον Ήλιο τον Ηλιάτορα.»

Αγαπητοί μας ακροατές,

Εγκαινιάζουμε σήμερα τις εκπομπές του «Οδυσσέα», του ραδιοφωνικού σταθμού της Ένωσης για την Ελληνοτουρκική Φιλία με ένα οδοιπορικό στη Σπάρτη της Μικράς Ασίας, τα Isparta, όπως ονομάζεται σήμερα, την πατρίδα των πολλών εκατοντάδων Ελλήνων προσφύγων που κατέφυγαν και μεγαλούργησαν στην Ελλάδα μεταφέροντας εδώ τον πολιτισμό τους. Χρειάστηκε να διασχίσουμε ένα σημαντικό τμήμα της Μικράς Ασίας για να φτάσουμε ύστερα από 700 χιλιόμετρα από τη Σμύρνη στην ορεινή (942 μέτρα υψόμετρο), την πανέμορφη Σπάρτη, που μοσχοβολά από τους απέραντους τριανταφυλλώνες, όπου παράγεται το περίφημο ροδέλαιο. Πατρίδα οκτώ χιλιάδων Ελλήνων η Σπάρτη γνώρισε μεγάλη ακμή, κυρίως χάρη στην ταπητουργία της που είχαν αναπτύξει οι εδώ Έλληνες και μετέφεραν αργότερα στην πατρίδα Ελλάδα.

Αναπνέω συγκινημένη τον καθαρό αέρα που έρχεται από το γειτονικό βουνό Ταύρος. Θαυμάζω τη νοικοκυρεμένη και πλούσια μικρή πολιτεία. Πρώτη μας φροντίδα ήτανε να ανακαλύψουμε την παλιά ελληνική συνοικία, όπου μεγάλωσαν και πρόκοψαν οι πρόγονοί μας. Ρωτήσαμε πού βρίσκεται το Γιαού Σοκάκ. Με προθυμία μάς οδήγησαν εκεί κάποιοι κάτοικοι. Η ελληνική συνοικία ήτανε χτισμένη στις δύο όχθες ενός ρέματος.

Αντικρίσαμε τα παλιά σπίτια – όσα δεν είχαν ερειπωθεί – των Ελλήνων Σπαρταλήδων. Αρχοντικά που πρόδιδαν παλιά μεγαλεία, αλλά και καλόγουστα νοικοκυρόσπιτα χτισμένα με μεράκι. Χτυπήσαμε μιαν αυλόπορτα και με έκπληξη είδαμε τη νοικοκυρά να μάς καλωσορίζει (Μπου γιουρουμ – Μπου γιουρουμ), μάς κάλεσε καλοσυνάτα να επισκεφτούμε το νοικοκυριό της. Στο καθιστικό διακρίναμε το εικονοστάς, όπου κυριαρχούσε η εικόνα της Παναγίας φωτισμένη από το καντηλάκι της. «Είναι η εικόνα που άφησαν πίσω τους οι «παλαιοί» μας, διηγήθηκε με σπασμένα ελληνικά η σπιτονοικοκυρά. Ήτανε καλοί γείτονες, τους αγαπούσαμε και μάς αγαπούσαν, κλάψαμε όταν αναγκάστηκαν να μάς αποχωριστούν. Η Παναγίτσα που μας εμπιστεύτηκαν μας φυλάει από κάθε κακό. Μάς φιλέψανε με εγκαρδιότητα γλυκό του κουταλιού και λουκουμάκια. Ο χρόνος είχε σβήσει τις παλιές κακές αναμνήσεις. Ευχαριστήσαμε τη συμπαθητική κυριούλα και συνεχίσαμε την επίσκεψή μας προσκυνώντας τις παλιές ορθόδοξες εκκλησίες των Ελλήνων. Τις περισσότερες οι Τούρκοι είχανε σεβαστεί και προσπαθούσαν να τις συντηρούν. Ο νομάρχης της περιοχής μάς υποδέχθηκε ευγενέστατα. Είχε και εκείνος με αντιπροσωπεία συμπατριωτών του επισκεφτεί την παροικία των προσφύγων, τη Νέα Ιωνία, εγκαινιάζοντας έτσι την ανταλλαγή επισκέψεων των δύο λαών. Μιλήσαμε για πολλή ώρα για τη φιλία που είχε αρχίσει να αναπτύσσεται ανάμεσα στους δύο λαούς. Ενθουσιάστηκε όταν ανακοινώσαμε την ίδρυση του Συλλόγου μας για την ανάπτυξη της Ελληνοτουρκικής Φιλίας, υποσχέθηκε ότι θα κάνει ό,τι περνά από το χέρι του για να συνδράμει στους σκοπούς μας. Τέλος, βάλαμε τα θεμέλια για την «αδελφοποίηση» της Σπάρτης με τη Μυτιλήνη. Αποχαιρετιστήκαμε γεμάτοι φιλικά αισθήματα.

Εδώ τελειώνει η εκπομπή μας για την επίσκεψη στη φιλική αυτή πόλη. Με χαρά σας αναγγέλλουμε ότι τα πρακτορείο που διοργάνωσε την εκδρομή μας, σε συνεργασία με τους ξενοδόχους της Σπάρτης, προσφέρει ένα πενθήμερο δωρεάν φιλοξενίας σε όσους μάς τηλεφωνήσουν πρώτοι για την κλήρωση.

Και τώρα σας αποχαιρετούμε, αγαπητοί μας ακροατές, με την πιο θερμή μας αγάπη. Οι φίλες σας Τάνια και Τζεμιλέ.

~ ~

ΜΕΡΟΣ ΔΕΥΤΕΡΟ

ΟΙ ΝΕΟΦΑΣΙΣΤΕΣ ΚΑΙ ΤΟ ΟΛΙΣΘΗΜΑ ΤΗΣ ΝΑΤΑΣΑΣ

23. ΣΤΡΑΤΟΣ - ΒΙΟΣ ΚΑΙ ΠΟΛΙΤΕΙΑ

Ο Στράτος, ένας θηριώδης κρεμανταλάς, ήτανε αυτό που πολλοί αποκαλούν ένα ναυάγιο της ζωής. Ορφανός – αγνώστου πατρός - το έσκασε από το ορφανοτροφείο, όπου μεγάλωσε και επιδόθηκε στην αλητεία. Δούλευε σα χαμάλης στο λιμάνι, αλλά διέπρεπε και σε μικροκλοπές και κάθε είδους παρανομίες.

Όταν ανδρώθηκε, κατάλαβε ότι το στιβαρό του παρουσιαστικό πρόσφερε μια καινούργια ευκαιρία στη ζωή. Οι ώριμες και πεινασμένες σεξουαλικά κυριούλες, που τον αγγάρευαν να κάνει διάφορα θελήματα, τον έγδυναν κυριολεκτικά με τα μάτια. Κάποιες χήρες ή ζωντοχήρες, κάποιες ανικανοποίητες παντρεμένες – οι πιο τολμηρές – άρχισαν να αφήνουν μυστικά ανοιχτή την πόρτα τους και ο Στράτος έσπευδε να επωφεληθεί. Άρχισε να χαρτζιλικώνεται γερά – τίποτα στη ζωή δεν είναι τζάμπα – σκεφτότανε, όταν εκείνες, ύστερα από τη νυχτερινή πανδαισία, γέμιζαν τις τσέπες του με αμοιβή για «τους κόπους του».

Σιγά - σιγά ο Στράτος με τις γεμάτες πια τσέπες σουλουπώθηκε, κουστουμαρίστηκε, παράτησε τα χαμαλίκια και άρχισε να φιγουράρει στην πιάτσα σα σούπερ γκόμενος. Όμως, το επάγγελμα ήτανε σκληρό. Έφτασε η εποχή που οι επιδόσεις του δεν ήτανε όπως παλιά. Νέα φυντάνια ξεπρόβαλαν στην πιάτσα και οι μετοχές του άρχισαν να πέφτουν ραγδαία. «Έχει κι αλλού πορτοκαλιές…» άκουσε μια αχόρταγη πελάτισσα να λέει ένα βράδυ, όταν ο Στράτος δεν μπόρεσε να ανταποκριθεί στις προσδοκίες της. Σύντομα είδε τα εισοδήματά του να μειώνονται δραματικά και τότε αποφάσισε να αλλάξει επάγγελμα. Εξελίχθηκε σε «μπράβο» θυρωρό στα σκυλάδικα. Τώρα ξενυχτούσε μέσα στο κρύο, ενώ οι πελάτες γλεντοκοπούσαν μέσα στα μαγαζιά. Το κοινωνικό μίσος ήρθε σύντομα να κυριαρχήσει μέσα του.

Κάποιο βράδυ ενώ ξεπαρκάριζε το αυτοκίνητο ενός κυριούλη και κοίταζε τα χέρια περιμένοντας κάποια ψιλά, δέχτηκε μια πρόταση. «Στράτο, είσαι κρίμα να παίζεις τον παρκαδόρο, πέρνα από το γραφείο μου, έχω κάτι να σού προτείνω». Το άλλο κιόλας πρωί ο Στράτος έσπευσε να τον επισκεφτεί στο γραφείο. Τον σταμάτησαν οι δύο μπράβοι στην είσοδο και με τα χίλια ζόρια κατάφερε να δει το «αφεντικό». Ήτανε ένα περίεργο γραφείο, γεμάτο σημαίες και αφίσες με συνθήματα που κινήσανε την περιέργεια.

«Είμαστε μία οργάνωση αγνών πατριωτών που παλεύουμε με τα νύχια και με τα δόντια να σώσουμε την πατρίδα από τη λαίλαπα των λαθρομεταναστών που φτάνουν κατά χιλιάδες και σε λίγο θα μάς καταπνίξουν. Κλέβουν το ψωμί μας και τις δουλειές μας, καθώς δέχονται να κάνουν μεροκάματα με εξευτελιστικές αμοιβές. Όσοι δεν εργάζονται –και είναι οι περισσότεροι - το ρίχνουν στις κλεψιές, στο εμπόριο ναρκωτικών, σε κάθε είδους έγκλημα και βιασμούς. Εμείς αντιστεκόμαστε, όπως μπορούμε. Στρατολογούμε παλληκάρια σαν και εσένα, εξασφαλίζοντάς τους ένα καλό μηνιάτικο και τους κυνηγάμε, όπου μπορούμε. Παλεύουμε κόντρα στην αστυνομία, κόντρα στους αφελείς τάχα δημοκρατικούς ηλίθιους συμπολίτες μας, συχνά πληρώνουμε ακριβά την παλληκαριά μας με δικαστήρια και φυλακίσεις, αλλά να είσαι σίγουρος ότι τελικά θα νικήσουμε. Ο κόσμος θα εκτιμήσει το έργο μας και κάποια στιγμή θα μας εμπιστευτεί την εξουσία. Και τότε θα δούμε και εμείς και η πατρίδα μιαν άσπρη μέρα. Τί λες, φιλαράκο; Θα έρθεις να παλέψεις στο πλευρό μας; Και ένα τελευταίο. Μάθε ότι όποιος δεν είναι μαζί μας είναι εχθρός μας»

Ο Στράτος έσπευσε να κατ"ταγεί μια και δεν είχε και τίποτα άλλο να κάνει.

«Πρώτη σου αποστολή θα είναι να καταστρέψεις το ραδιοφωνικό σταθμό που έχουν εγκαταστήσει κάποιοι ψευτοπατριώτες και προπαγανδίζουν την ελληνοτουρκική, τάχατες, φιλία. Πάρε δύο συντρόφους και κάντε ντου στο κρυσφήγετό τους. Να διαλύσετε όλες τους τις εγκαταστάσεις και να την κοπανήσετε χωρίς να σας πάρουν είδηση. Καλή τύχη, παλληκάρια μου, είπε ο αρχηγός. Μόνο πρόσεξε, Στράτο. Θα παλέψεις με μια δυναμική πουτάνα. Κοίτα μην ξευτιλιστείς».

«Σιγά τα αυγά, αρχηγέ. Κάτι τέτοια ο Στράτος τα μασάει»!

~ ~

24. Η ΝΑΤΑΣΑ ΚΑΙ... Ο ΔΙΑΒΟΛΟΣ

Η Νατάσα είχε βυθιστεί σε μία απέραντη μελαγχολία. Το σπίτι είχε αδειάσει με την απουσία των παιδιών και εκείνη περιφερότανε άσκοπα μέσα στο μελαγχολικό σπίτι και τον αδειανό κήπο. Μόνος της σύντροφος ο σκυλάκος τους, ο Άργος, που δεν έλεγε να ξεκολλήσει από κοντά της, σα να ένιωθε και αυτός ένα αίσθημα ανασφάλειας και μοναξιάς. Μέσα σε όλα αυτά η Νατάσα αισθάνθηκε και τα πρώτα συμπτώματα της κλιμακτηρίου. Ο χρόνος περνούσε αμείλικτος και άφηνε αλύπητα τα σημάδια του. Βαθειά μέσα της – όχι χωρίς κάποια ντροπή – μελαγχολούσε με την αίσθηση ότι δεν θα αργούσε να σημάνει το τέλος της σεξουαλικής της ζωής. Ώρες - ώρες την έπνιγε το παράπονο ότι η ζωή της είχε στερήσει το αγαθό της πραγματικής ηδονής.

Οι περισσότερες εμπειρίες της ήτανε τραυματικές, με αποτέλεσμα να έχει διαγράψει μέσα της αυτό το κεφάλαιο. Ποιόν να πρωτοθυμηθεί; Το κτήνος που την βίασε στα νιάτα της και έγινε πατέρας της Τάνιας; Τον γεροαμερικάνο ερωτύλο, που έμεινε στα χέρια μόλις άναψαν τα αίματα; Τον δόλιο στρατοπεδάρχη που – μοναδική εξαίρεση – πούλησε έρωτα και ελπίδα, αλλά και ξύπνησε το σεξουαλικό ένστικτο; Το κάθαρμα, τον ξενοδόχο, που την ανάγκασε να εγκληματήσει ή τα τόσα και τόσα αποβράσματα που τρύγησαν τα νιάτα της για ένα κομμάτι ψωμί; Ήτανε, βέβαια, και ο τρυφερός, ο αγαθότατος άνθρωπος, που έδωσε σ' αυτήν περίσσεια αγάπη, αλλά χωρίς σεξουαλική ικανοποίηση, μια και δεν το επέτρεπε η ηλικία του. Τόσο καιρό δεν απασχολούσε τη Νατάσα το θέμα, όμως ξάφνου τώρα που πλησίαζε το τέλος κυριάρχησε στο μυαλό της ξαφνικά η επιθυμία να αποκτήσει μια τελευταία εμπειρία. Ο ύπνος της είχε γίνει ανήσυχος, έβλεπε συχνά εφηβικά όνειρα που έκαναν να ξυπνά καταϊδρωμένη, γεμάτη ανατριχίλες, αλλά και κυριαρχημένη από ντροπή. «Θεούλη, βοήθα με, διώξε το διάολο που μπήκε πάλι μέσα μου», προσευχότανε όταν ξύπναγε, ενώ κατά βάθος δεν επιθυμούσε να εισακουστούν οι προσευχές της... Όμως ο Θεός δεν εισάκουσε τις προσευχές της, σε αντίθεση με το διάολο που έσπρωξε τον Στράτο στο κατώφλι της.

Το καμπανάκι της αυλόπορτας ήχησε χαρούμενα, αλλά ο Άργος δεν έδειξε καμία χαρά. Όρμησε στον ξένο και άρχισε να γαυγίζει απειλητικά. Με το ζόρι τον συγκράτησε η Νατάσα να μη δαγκώσει τον Στράτο.

«Ποιόν ζητάτε», είπε η Νατάσα με κρύο ύφος.

«Με στέλνουν από απέναντι να σάς φέρω αυτό το πεσκέσι», απάντησε ο ξένος και παρέδωσε ένα δέμα με ανατολίτικα γλυκά και λουκούμια.

Η Νατάσα θεώρησε καλό να τον προσκαλέσει για καφέ. Εκείνος έκανε τάχα πως δέχεται με κάποιο δισταγμό. Σερβίρισε τους καφέδες και κάθισε απέναντί του παρατηρώντας τον προσεκτικά. Θαύμασε το αθλητικό του παράστημα, τα όμορφα χαρακτηριστικά του προσώπου του, παραπλανήθηκε από τους ντροπαλούς τρόπους του. Εκείνος χαμογελούσε, ενώ συγχρόνως την έγδυνε με τα μάτια του. «Παλιά μου τέχνη κόσκινο», σκέφθηκε. Έπιασε να σκοτεινιάζει και ο ξένος δεν έλεγε να φύγει – ούτε και η Νατάσα έδειχνε καμία διάθεση να απαλλαγεί από την παρουσία του. Έφερε μία μπουκάλα ρακί και ετοίμασε μερικά ψευτομεζεδάκια. Η μπουκάλα άδειασε σε μηδέν χρόνο και τα αίματα και των δύο ανάψανε. Ο Στράτος δεν δίστασε. Ήξερε την τέχνη να ξεπερνά τους δισταγμούς και τις αδυναμίες των μελλοντικών του ερωτικών συντροφισσών. Πλησίασε, χάιδεψε το χέρι της και μη βρίσκοντας αντίσταση πήρε στην αγκαλιά του τη Νατάσα. Εκείνη, ζαλισμένη από το ρακί, αφέθηκε στα έμπειρα χέρια του. Πήρε τη Νατάσα στα στιβαρά χέρια του και την απόθεσε μαλακά στο κρεβάτι. Γδύθηκε και έπεσε απάνω της, ενώ προσπαθούσε να απαλλάξει και αυτήν από τα ρούχα της. Η Νατάσα με μία δυναμική κίνηση τον αναποδογύρισε και βρέθηκε απάνω του. Εκείνος άρχισε να την χαϊδεύει αρχικά όσο στοργικά μπορούσε, ύστερα συνέχισε με ελαφρά σκαμπίλια για να καταλήξει σε δυνατές ξυλιές. Η Νατάσα ανταπέδωσε ξαναμμένη, ενώ με τα νύχια της τού ξέσχιζε την πλάτη. Ο Στράτος ένιωσε να τον καταλαμβάνει ο παλιός ερωτικός του παροξυσμός. Τώρα βογκήσανε και οι δύο, ενώ ο Στράτος «στόλιζε» τη Νατάσα με πρόστυχα ερωτόλογα. Ξάφνου, οι τραυματικές αναμνήσεις κυριάρχησαν μέσα στη Νατάσα. Θυμήθηκε τα κτήνη που προσπαθούσαν να την διεγείρουν με παρόμοιες λέξεις. Αηδίασε με το εαυτό της. Με μία δυνατή κλωτσιά τον ξεπέταξε από πάνω της.

«Ξεκουμπίσου, κάθαρμα», φώναξε, ενώ σηκωνότανε από το κρεβάτι. Ο Στράτος ντύθηκε στα γρήγορα και την αποχαιρέτησε με ένα πονηρό χαμόγελο.

«Θα τα ξαναπούμε,πουτάνα», είπε, ενώ δρασκέλιζε την αυλόπορτα. Η Νατάσα έπεσε στο κρεβάτι μη μπορώντας να συγκρατήσει τα αναφιλητά της.

~ ~

25. ΝΑΤΑΣΑ – ΑΝΤΙΜΕΤΩΠΗ ΜΕ ΤΟΥΣ ΝΕΟΦΑΣΙΣΤΕΣ

Λαθρομετανάστες, εξαθλιωμένοι πρόσφυγες είχαν αρχίσει να πλημμυρίζουν το νησί. Οι ντόπιοι είχανε διαιρεθεί. Άλλοι αντιμετώπιζαν αυτούς σαν παρείσακτους, που φέρνανε μαζί τους αρρώστιες και εγκληματικότητα, και άλλοι κάνανε ό,τι μπορούσαν. Η Νατάσα βοηθούσε με όλες τις δυνάμεις. Τρεις φορές την εβδομάδα οργάνωνε συσσίτιο με φαγητά που μαγείρευε εκείνη και κάποιες γειτόνισσες. Μάζευε ρούχα από τη γειτονιά και είχε γεμίσει μια ολόκληρη αποθηκούλα για να μοιράσει όλα αυτά στους απελπισμένους να μην κρυώνουν το χειμώνα. Θα μείνει αξέχαστη η βραδιά που ακούστηκε το καμπανάκι της αυλόπορτας. Με έκπληξη αντίκρισε η Νατάσα καμιά δεκαριά ταλαίπωρους και καραβοτσακισμένους μελαμψούς λαθρομετανάστες και κάποιες καταταλαιπωρημένες γυναίκες με παρακλητικό βλέμμα να κρατάνε στην αγκαλιά τους τα μωρά τους που σιγοκλαίγανε.

«Πεινάμε, δεν έχουμε πού να μείνουμε, βοηθήστε μας, καλή κυρία», άκουσε που την παρακαλούσαν. Η Νατάσα ανατρίχιασε. Ο νους της πήγε στη δική της θλιβερή ιστορία, στην εποχή που παρακαλούσε και εκείνη για ένα κομμάτι ψωμί, για ένα στρώμα να περάσουν τη νύχτα με την Τάνια. Πόσοι λίγοι ήτανε οι αγαθοί άνθρωποι που συνέτρεξαν, πόσοι άλλοι παλιάνθρωποι ζητούσαν να τρυγήσουν το κορμί της για αντάλλαγμα με κάποια αποφάγια!

«Ελάτε να βολευτείτε για απόψε και αύριο βλέπουμε», απάντησε. Μοίρασε το φαγητό που είχε περισσέψει από το μεσημβρινό συσσίτιο, έδωσε γάλα στα παιδάκια, φρόντισε να εξασφαλίσει κάποια στέγη να καταλαγιάσουν και, αφού κουτσοβόλεψε αυτούς, αποτραβήχτηκε κατάκοπη και εκείνη να κοιμηθεί. Όμως δεν έμελλε να ησυχάσει. Δεν πέρασε πολλή ώρα και η αυλόπορτα άνοιξε με πάταγο. Με φρίκη είδε να ορμούν στην αυλή μια ομάδα από μεγαλόσωμους μαυροφορεμένους νταήδες, οι οποίοι με κραυγές ζώου άρχισαν να κυνηγούν με κλωτσιές και βρισιές τους έκπληκτους μετανάστες. Απωθητικές εμφανίσεις, άλλοι με ξυρισμένα κρανία σα νεκροκεφαλές, άλλοι με γένια και μαλλούρες, με σκουλαρίκια στα αυτιά και στα ρουθούνια, όλοι τους με αηδιαστικά τατουάζ στα μπράτσα και τα πόδια. Οι αγριοφωνάρες τους άρχισαν να σκορπούν τον πανικό.

«Καθίκια, άθλια ανθρωπάκια, ξεκουμπιστείτε αμέσως από εκεί που ήρθατε γιατί αλλιώς θα σημάνει το τέλος σας, σκουλήκια. Και εσύ, κυρά, που το παίζεις φιλάνθρωπη, φρόντισε να μάς αδειάσεις τη γωνιά, αρκετά σε ανεχτήκαμε στην πατρίδα μας. Την ιστορία σου την ξέρουμε, από πουτάνα που ήσουνα το παίζεις τώρα κυρία χάρη στο γεροξεκούτη που έχεις τυλίξει. Μην κάνεις πως δεν καταλαβαίνεις».

Παρακολουθούσε με φρίκη να βρίζουν, να κλωτσάνε, να σπρώχνουν τις ανήμπορες γυναίκες. Η Νατάσα δεν άντεξε άλλο. Μέσα της ξύπνησε η δυναμική αγωνίστρια που πάλεψε σκληρά να σώσει τον εαυτό της και την κόρη της από τις ύαινες που είχε αντιπαλέψει. Άρπαξε τη χατζάρα που κρεμότανε στο σαλόνι πάνω από το πιάνο, τη χατζάρα κειμήλιο πολέμων που είχε φέρει ο παππούς Αχιλλέας, την αιματοβαμμένη χατζάρα που ποιος ξέρει πόσους Τούρκους είχε αποκεφαλίσει, και όρμησε στον έκπληκτο αρχηγό των καθαρμάτων. Με δύο - τρεις κατάλληλες κινήσει, χάρη στο τζούντο που είχε μάθει στα νιάτα της, ξάπλωσε το ψευτοπαλληκαρά μπροστά στα πόδια της. Τώρα πατούσε στο στήθος του με όλο το βάρος του σώματός της, ενώ με τη χατζάρα πίεζε το λαιμό του. Εν τω μεταξύ αναθάρρησαν και οι άντρες λαθρομετανάστες και επιτέθηκαν στους εισβολείς με άγριες διαθέσεις.

«Ξεκουμπιστείτε, κουραδόμαγκες», ορυότανε η Νατάσα, «και μην ξαναπατήσετε εδώ, γιατί αυτή η αυλή θα γίνει ο τάφος σας».

Οι παλληκαράδες τα μαζέψανε και φύγανε σα βρεγμένες γάτες φωνάζοντας για την τιμή των όπλων: «Θα τα ξαναπούμε, πουτάνα, σύντομα θα τα ξαναπούμε...». Με ανατριχίλα η Νατάσα κατάλαβε ότι είχε ξανακούσει αυτή την κραυγή...

Ξαναγυρίσανε την ώρα που χάραζε η μέρα. Πρώτος και καλύτερος ο Στράτος λυσσασμένος να πάρει εκδίκηση, αλλά και να φέρει σε πέρας την αποστολή που τού είχε αναθέσει ο αρχηγός. Αυτή τη φορά δεν χρειάστηκε να παλέψει. Έπιασε τη Νατάσα στον ύπνο, την έκανε πακέτο σφραγίζοντας το στόμα της και δένοντάς την χειροπόδαρα. Αφού έδωσε και ένα χέρι ξύλο και σφραγίζοντάς την στο πορτ μπαγκάζ του αυτοκινήτου, αφού προηγουμένως εξουδετέρωσαν τον Άργο με δύο γερές κλωτσιές. Το αυτοκίνητο ξεκίνησε με ιλιγγιώδη ταχύτητα προς άγνωστη κατεύθυνση. Ένα γειτονόπουλο, που είχε ξυπνήσει από τη φασαρία, άκουσε να διατάζουν τον οδηγό. Τράβα γραμμή για την Αποθήκα.

Η Αποθήκα ήτανε ένας απομονωμένος οικισμός στην είσοδο του κόλπου της Καλλονής. Οι λίγοι χειμερινοί του κάτοικοι μόλις που αντιλήφθηκαν το αυτοκίνητο να σταματά σε ένα απομακρυσμένο ακατοίκητο ντάμι, εκεί όπου τελείωνε ο οικισμός. Πετάξανε με μανία τη φιμωμένη Νατάσα και φύγανε, αφού άφησαν δύο φρουρούς να την φυλάνε μαζί με τον διψασμένο για εκδίκηση Στράτο. Πέρασαν κάμποσες ώρες με την αιχμαλωτισμένη Νατάσα να παλεύει να απαλλαγεί από τα δεσμά της. Πάλευε η καημένη η Νατάσα γεμίζοντας πληγές τους καρπούς της μέχρι που τελικά κατάφερε να απελευθερωθεί. Ψάχνοντας απελπισμένα τα κατατόπια βρήκε ένα κλαδευτήρι ξεχασμένο στο πάτωμα. Στριμώχτηκε σε μία γωνιά και περίμενε την ευκαιρία να το σκάσει κρύβοντας το κλαδευτήρι στον κόρφο της. Σε κάποια στιγμή που ο Στράτος μπήκε στην καλύβα να τσεκάρει την κατάσταση εκείνη δεν έχασε την ευκαιρία. Όρμησε με λύσσα καταπάνω του και άρχισε να τον χτυπάει αλύπητα. Το ντάμι γέμισε αίματα την ώρα που η Νατάσα άνοιξε το παράθυρο και χάθηκε μέσα στη νύχτα...

~ ~

26. Η ΣΩΤΗΡΙΑ ΤΗΣ ΝΑΤΑΣΑΣ
ΤΟ ΤΕΛΟΣ ΤΟΥ ΣΤΡΑΤΟΥ

Η παρέα των παιδιών αντίκρισε με φρίκη το θέαμα της καταστροφής, όταν φτάσανε στο σπίτι την άλλη μέρα το μεσημέρι. Τα εξαρτήματα του σταθμού ήτανε σπασμένα και σκορπισμένα στην αυλή. Ο τραυματισμένος Άργος κλαψούριζε με παράπονο, η Νατάσα είχε εξαφανιστεί. Κοιτάζανε αμήχανοι το μέγεθος της καταστροφής όταν ο Άρης φώναξε επιτακτικά.

«Μην καθυστερούμε, παιδιά, πρέπει πρώτα να βρούμε τη Νατάσα». Κοιτάζανε αμήχανα μη ξέροντας που θα την ψάξουνε. Ευτυχώς που το γειτονόπουλο έσπευσε να δώσει την πολύτιμη πληροφορία.

«Την πάνε στην Αποθήκα, άκουσα τον αρχηγό τους να το λέει».

Μπήκανε στο αυτοκίνητο και, ενώ βάζανε μπρός, πετάχτηκε ο Άργος και κούρνιασε δίπλα στην Τάνια. Αφήστε τον να έρθει μαζί, μπορεί να βοηθήσει να την βρούμε, άκουσαν να λέει. Το γειτονόπουλο έδωσε στα παιδιά τις απαραίτητες οδηγίες.

«Θα περάσετε την Καλλονή και θα πάρετε το δρόμο για την Άγρα. Στο τέλος του κόλπου θα στρίψετε αριστερά και θα κατηφορίσετε προς τον οικισμό. Με λίγη προσοχή θα τον βρείτε, διακρίνεται από μακρά».

Το αυτοκίνητο έτρεχε σαν τρελό στον έρημο δρόμο. Κανείς δεν μιλούσε, η αγωνία είχε σφραγίσει όλα τα στόματα. Κάποια στιγμή, ενώ κατηφορίζανε προς την Αποθήκα, ο Άργος άρχισε να ουρλιάζει.

«Σταματήστε», φώναξε η Τάνια, ενώ συγχρόνως άνοιγε την πόρτα. Εκείνος πετάχτηκε και γαυγίζοντας συνέχεια χάθηκε μέσα στο κακοτράχαλο τοπίο.

Η Νατάσα που το είχε σκάσει από το παράθυρο της φυλακής της το είχε βάλει στα πόδια σκουντουφλώντας συνέχεια στα μυτερά ηφαιστιογενή βράχια που ήτανε κατάσπαρτα στο άγονο βουνό. Τα πόδια της είχανε καταγδαρθεί από τους αγκαθωτούς θάμνους που φύτρωναν τριγύρω. Ο Στράτος, παρόλα τα τραύματά του, ακολουθούσε τη Νατάσα κατά πόδας. Κάποια στιγμή, την έφθασε και όρμησε απάνω της. Άρχισαν να παλεύουνε λυσσασμένα. Ο Στράτος κατόρθωσε να την ξαπλώσει στο χώμα και την κλώτσαγε με μίσος. Ένιωσε τις δυνάμεις της να την εγκαταλείπουν. Ωστόσο, κάποια στιγμή ο Στράτος έβγαλε μία άγρια κραυγή πόνου και έγειρε προς το πόδι του. Ο Άργος είχε γαντζωθεί απάνω του και τον δάγκωνε με λύσσα. Η Νατάσα επωφελήθηκε και με μία απελπισμένη προσπάθεια βύθισε το κλαδευτήρι στην κοιλιά του. Εκείνος έπεσε ημιλυπόθυμος και τότε η Νατάσα συνέχισε να βυθίζει το κλαδευτήρι στο κορμί του. Δεν άργησε να τον αποτελειώσει...

Τα παιδιά, που είχαν ακολουθήσει τον Άργο, δεν άργησαν να καταφθάσουν στον τόπο της πάλης. Ο Άργος, παρόλο που είχε και εκείνος τραυματιστεί, υποδέχθηκε τα παιδιά με ουρλιαχτά χαράς. Μαζέψανε την τραυματισμένη Νατάσα και όλοι μαζί μπήκανε στο αυτοκίνητο και ξεκίνησαν για την Καλλονή να βρουν γιατρό για τους τραυματίες. Ευτυχώς ούτε τα τραύματα της Νατάσας ούτε και του Άργου είχανε κάτι το σοβαρό. Ευχαρίστησαν το γιατρό και πήρανε το δρόμο της επιστροφής.

Κάποια κοράκια εκεί στο βουνό μυριστήκανε ψοφίμι. Κάνανε κάποιες αναγνωριστικές πτήσεις από πάνω του και τελικά ορμήσανε κατασπαράζοντας την ανοιχτή κοιλιά του. Με μία τελευταία άγρια κραυγή ο Στράτος ξεψύχησε αφήνοντας την τελευταία του πνοή. Δεν άργησαν να πλακώσουν και τα τσακάλια. Καταβρόχθισαν ό,τι είχε απομείνει από τις μισοφαγωμένες σάρκες και σκορπίσανε τα κόκαλά του εκεί γύρω.

Αυτό ήτανε το τραγικό τέλος της άχρηστης ζωής του Στράτου του «λεβέντη»!

~ ~

27. Ο ΑΓΩΝΑΣ ΣΥΝΕΧΙΖΕΤΑΙ

Η Νατάσα άργησε να συνέλθει. Ξαπλωμένη και σχεδόν ακίνητη ατένιζε βουβή το ταβάνι και κάθε λίγο την έπιαναν αναφιλητά. Δεν μπορούσε να συγχωρέσει τον εαυτό της, δεν κατάφερνε να συνειδητοποιήσει πόσο επιπόλαια είχε παρασυρθεί από τα όψιμα πάθη της. Χιλιάδες ερωτήματα παρέμεναν αναπάντητα μέσα της. Πώς αυτή η λογική γυναίκα βρέθηκε στην αγκαλιά του κτήνους, πώς απαρνήθηκε τους δικούς της, τη μνήμη του αγαπητού της Οδυσσέα, την αξιοπρέπειά της. «Ο Διάβολος», επαναλάμβανε συνέχεια, «ο σατανάς μπήκε μέσα μου και με παρέσυρε στο γκρεμό», έλεγε στην προσπάθειά της να βρει μάταια μία δικαιολογία. Ήτανε στιγμές που αποφάσιζε να αυτοκτονήσει. Δεν άξιζε πια τέτοια ζωή. Όμως, αμέσως το μετάνιωνε. «Δεν μπορώ να δώσω και άλλη στενοχώρια στους αγαπημένους μου, θα ανέβω μόνη μου το Γολγοθά μου!», αποφάσισε. Συνέχιζε να ζει μέσα στη ντροπή και τις τύψεις προσπαθώντας να μην κοιτάζει στα μάτια τους δικούς της...

Ο ραδιοφωνικός σταθμός δεν άργησε να ξαναρχίσει τη λειτουργία του. Η Νομαρχία εφοδίασε με καινούργια μηχανήματα, ο κόσμος συμπαραστάθηκε με δωρεές από το υστέρημά του, με λόγια ενθαρρυντικά, γεμάτα αγάπη που έδωσαν κουράγιο. Ο Άρης ενθουσιάστηκε από τη συμπαράσταση του κόσμου και από τις δύο πλευρές του Αιγαίου, αλλά ο ενθουσιασμός του δεν κράτησε για πολύ.

Ένα μήνυμα των εχθρών αναστάτωσε τον Άρη. Το διάβαζε και το ξαναδιάβαζε με αγανάκτηση.

«Αγνοί πατριώτες, φίλοι μας.

Με μεγάλη λύπη μας σάς γνωρίζουμε ότι ο ένα παλληκάρι από τις τάξεις μας, ο λαϊκός αγωνιστής ο Στρατής μας, άφησε την τελευταία του πνοή αγωνιζόμενος για την εξαφάνιση των πουλημένων αντιπάλων μας και την καταστροφή του γελοίου ραδιοφωνικού τους σταθμού. Είχε αγανακτήσει από τις γελοιότητες που αναμετέδιδαν και που επρόκειτο να αναμεταδίδουν και πάλεψε να καταστρέψει τις εγκαταστάσεις του και να τιμωρήσει τους μισέλληνες ιδρυτές του. Ο ραδιοφωνικός σταθμός καταστράφηκε, αλλά με τη θυσία του ηρωικού μας παλληκαριού. Προειδοποιούμε ότι δεν θα ανεχθούμε την επαναλειτουργία του, ώστε να μην ξαναμεταδώσει τις ανόητες εκπομπές του. Εμείς, που τιμάμε τη μνήμη του αγαπητού μας Στράτου, δεν θα ανεχθούμε να πάει χαμένη η θυσία του και θα διαλύσουμε την προδοτική τους οργάνωση για την τάχα φιλία που προπαγανδίζουν.

Με φιλικούς αγωνιστικούς χαιρετισμούς.

Πατριωτική Οργάνωση για το Μεγαλείο της Ελλάδας».

Έξω φρενών ο Άρης ετοιμαζότανε να απαντήσει, αλλά η Τάνια τον εμπόδισε.

«Δεν αξίζει να αρχίσουμε αντιδικίες με αυτά τα καθάρματα, Άρη. Ας μην τους κάνουμε τη χάρη να αποκτούν δημοσιότητα με την ανταλλαγή μηνυμάτων. Ας μην πέσουμε στο επίπεδό τους. Εμείς συνεχίζουμε τις εκπομπές μας σε πείσμα των βανδαλισμών τους».

~ ~

28. ΠΕΡΙΗΓΗΣΗ ΣΤΙΣ ΟΜΟΡΦΙΕΣ ΤΟΥ ΝΗΣΙΟΥ

Πράγματι, σε λίγες μέρες είχανε τα πάντα ετοιμαστεί και ξανακούστηκε η φωνή του σταθμού.

«Αγαπητοί μας ακροατές. Η Τάνια και η Τζεμιλέ είναι πάλι κοντά σας χάρη στη γενναία σας συμπαράσταση και αναμεταδίδουμε την εκπομπή μας από τη Μυτιλήνη με σκοπό να σάς γνωρίσουμε το νησί μας και να συμβάλουμε στην καλύτερη γνωριμία των γειτονικών λαών μας.

Μόλις έχει αράξει στο λιμάνι το πλοιαράκι από το Αϊβαλί και αποβιβάζονται εκατοντάδες τουρίστες από απέναντι. Φέτος θα επισκεφτούν πάνω από σαράντα χιλιάδες και ένας αντίστοιχος αριθμός Ελλήνων θα επισκεφτεί τα «πάτρια εδάφη».

Ύστερα από κάποιες σύντομες διατυπώσεις, βλέπουμε να αποβιβάζονται στα πούλμαν για να προσκυνήσουν τον Άγιο Ταξιάρχη στο μοναστήρι του στο Μανταμάδο. Προκαλεί κατάπληξη η ευλάβεια και η κατάνυξη με την οποία προσέρχονται και προσκυνούν την αγία εικόνα, μολονότι δεν ανήκουν στο θρήσκευμά μας. Ένας οικογενειάρχης, που είχε μόλις προσκυνήσει μαζί με τα παιδιά του, απάντησε με προθυμία στις απορίες μας.

«Γιατί εσείς οι Μωαμεθανοί προσέρχεστε να προσκυνήσετε με τόση ευλάβεια ένα Χριστιανό άγιο, ενώ έχετε μία διαφορετική θρησκεία;»

«Ο Θεός είναι ένας και μοναδικός, είναι ο Θεός της αγάπης και της συγνώμης, δεν κάνει διακρίσεις σε όσους καταφεύγουν σ' αυτόν. Έχουμε παρακολουθήσει τα θαύματά του και πιστεύουμε στην αγάπη του. Δεν είναι οι θρησκείες που χωρίζουν τους λαούς, δυστυχώς οι άνθρωποι δημιουργούν τις έχθρες που συχνά γίνονται αιτία τόσων κακών». Ευχαριστήσαμε τον αγαθό γείτονα και συμφωνήσαμε απόλυτα με τις απόψεις του. Μακάρι να είχαμε ενστερνιστεί αυτές όλοι οι κάτοικοι των παραλίων και να ζήσουμε στο μέλλον ειρηνικά και χωρίς αντιπαλότητες.

Μπήκαμε και εμείς στην εκκλησία να προσκυνήσουμε την Αγία εικόνα.

Είναι ίσως η μοναδική ανάγλυφη εικόνα της ορθοδοξίας φτιαγμένη από το αίμα καλογέρων που θυσιάστηκαν κατά την επίθεση των πειρατών στο μοναστήρι. Την εικόνα φιλοτέχνησε από αίμα, κερί και λάσπη, ένα καλογεροπαίδι, ο δόκιμος Γαβριήλ, που είχε κρυφτεί στην οροφή του ναού αμέσως μετά την υποχώρηση των εχθρών. Ένας ευλαβικός καλόγερος μάς διηγήθηκε τα γεγονότα.

«Το καλογεροπαίδι είχε καταφύγει στην οροφή του ναού και παρακολουθούσε με φρίκη τη σφαγή των καλογέρων. Ξάφνου, η οροφή κατακλύστηκε από μια φουρτουνιασμένη θάλασσα και έκρυψε τον Γαβριήλ από τα βλέμματα των εχθρών. Τότε, εμφανίστηκε αγριωπός ο άγιος κραδαίνοντας μία σπάθα, ενώ οι πειρατές υποχώρησαν πανικόβλητοι. Ο Γαβριήλ προσκύνησε το εικονοστάσι και, ξάφνου, αντίκρισε τη γαλήνια και ειρηνική μορφή του Ταξιάρχη. Μάζεψε τότε με ένα σφουγγάρι το αίμα των καλογέρων, το ανακάτεψε με ασπρόχωμα και με τη βοήθεια του Ταξιάρχη φιλοτέχνησε με αυτό το υλικό την αγία μορφή του. Από τότε η αγία αυτή εικόνα πραγματοποιεί θαύματα στους προσκυνητές που καταφεύγουν σε αυτήν. Προσέλθετε με κατάνυξη αγαπητοί μου άνθρωποι στον Άγιο Ταξιάρχη κι εκείνος θα εισακούσει τις προσευχές σας».

«Γονατιστοί προσευχηθήκαμε μπροστά στην εικόνα. Παρακαλέσαμε για ειρήνη και για αγάπη για να εξαφανιστεί το μίσος από τους λαούς και φύγαμε με την πεποίθηση ότι θα εισακουστούν οι προσευχές μας.»

Ένα μικρό διάλειμμα στον περίβολο του μοναστηριού, όπου δοκιμάσαμε τους περίφημους λουκουμάδες και να' μαστε πάλι να ακολουθούμε το πούλμαν για το πανέμορφο χωριό, τη Σκάλα Συκαμιάς, όπου δεσπόζει κτισμένο πάνω στο βράχο το γραφικότατο εκκλησάκι της «Παναγιάς της Γοργόνας». Μύθοι και θρύλοι αναφέρονται και σε αυτόν τον τόπο. Ξεφυλλίσαμε το μυθιστόρημα του γεννημένου εδώ συγγραφέα Στρατή Μυριβήλη και μάθαμε την ιστορία του. Δεν αντέχω στον πειρασμό να σάς διαβάσω ένα μικρό απόσπασμα, όπου ο λογοτέχνης περιγράφει την εικόνα της Παναγιάς που ζωγράφισε ο κάπταν Λιας, ένας παράξενος καλλιτέχνης που πέρασε κάποτε από αυτόν τον τόπο.

«Στέκει εκεί η εικόνα ως τα σήμερα μισοσβησμένη από τον αγέρα και τα αλάτι της θάλασσας, και είναι μια Παναγιά, η πιο αλλόκοτη μέσα στην

Ελλάδα και σ' όλο τον κόσμο της Χριστιανοσύνης. Το κεφάλι της είναι έτσι όπως το ξέρουμε από τις τοιχογραφίες της Πλατυτέρας. Πρόσωπο μελαχρινό, ψιλοσήμαδο, συσταζούμενο στην έκφρασή του. Έχει στρογγυλό πηγούνι, μυγδαλωτά μάτια και μικρό στόμα.

Έχει βυσσινί μαφόρι ως το κούτελο, έχει και το κίτρινο τα αγιοστέφανο γύρω στο κεφάλι, όπως όλα τα εικονίσματα. Μόνο που τα μάτια της είναι πράσινα και υπερφυσικά πλατιά. Όμως, από τη μέση και πέρα είναι ψάρι με γαλάζια λέπια και στα χέρια της βαστά ένα καράβι από τη μια κι από την άλλη ένα τρικράνι, σαν αυτό που κρατά στο χέρι ο αρχαίος θεός της θάλασσας, ο Ποσειδώνας, έτσι όπως τον ζουγραφίζουν στα κάδρα και στα βιβλία του σκολειού.

Το' πανε «η Παναγιά η γοργόνα κι από τότες πήρε το΄νομα κι η εκκλησιά και το πόρτο.... Στυλώθηκε και πάνω στο μοναδικό θαλασσόβραχο του αιγαιοπελαγίτικου νησιού μια καινούργια ελληνική θεότητα που έδεσε με τον πιο θαυμαστό τρόπο όλες τις εποχές και όλο το νόημα της φυλής. Μιας φυλής που ζει κι αγωνίζεται με τα στοιχειά και με τις φουρτούνες του κόσμου, η μισή στη στεριά και η μισή στη θάλασσα, με το ινί και με την καρίνα, πάντοτε κάτω από μια θεότητα πολεμική, θηλυκιά και παρθένα...»

Διαβάστε, αγαπητοί ακροατές, αυτό το θαυμάσιο λυρικό αριστούργημα για να θαυμάσετε την ομορφιά του παραδεισένιου τόπου και την αγαθότητα των κατοίκων του.

Όμως, το πούλμαν ξεκίνησε και πάλι με προορισμό τον Μόλυβο, άλλο ένα πανέμορφο χωριό. Ακολουθώντας το φιδωτό δρόμο, που σκαρφάλωνε στο καταπράσινο βουνό, τον Λεπέτυμνο, κάναμε μία στάση στο ομώνυμο χωριό.

«Το χωριό μας είναι κατακαίνουργιο, μην απορείτε», μάς διηγήθηκε ο δήμαρχος, αφού μας κέρασε καφέ στην πλατεία. Παλιότερα ήτανε σκαρφαλωμένο στο βουνό, αλλά κινδύνεψε να καταστραφεί από τις κατολισθήσεις και τότε και εμείς αποφασίσαμε να το μεταφέρουμε εδώ στο πλάτωμα».

«Το βουνό διαθέτει τεράστια αποθέματα καολίνης που είναι η πρώτη ύλη για την παραγωγή πορσελάνης, αλλά και για πολλά φαρμακευτικά παρασκευάσματα», είπε ένας Τούρκος γεωφυσικός. «Γιατί δεν κάνετε λατομεία να το αξιοποιήσετε;», συνέχισε.

Ο δήμαρχος παρενέβη ζωηρά.

«Όχι, ποτέ δεν θα το πληγώσουμε το βουνό μας. Προτιμούμε να το καμαρώνουμε έτσι που είναι καταπράσινο και ομορφαίνει το τοπίο. Ούτε τη θάλασσά μας δεν θα μολύνουμε ποτέ κάνοντας έρευνες για πετρέλαιο. Τον αγαπάμε τον τόπο μας και δεν πρόκειται να επιτρέψουμε να καταστραφεί στο βωμό του κέρδους. Δεν θέλουμε τέτοιες «αξιοποιήσεις», κι ας παραμείνουμε φτωχοί. Το μάθαμε καλά το μάθημά μας από τις καταστροφές που γίνονται στο βωμό του κέρδους. Οι πάγοι στους πόλους λιώνουν και ανατρέπεται η ισορροπία της φύσης. Οι θάλασσες φουσκώνουν και καταπίνουν ολόκληρα νησιά στους Ωκεανούς ή πνίγουν τις ακτές με τα τσουνάμια. Το κλίμα αλλάζει με ραγδαίους ρυθμούς, η Αμερική κατακλύζεται από πολικό ψύχος, η Αυστραλία και η Καλιφόρνια καίγονται από τους καύσωνες, οι ακτές του Ατλαντικού στη Γαλλία και την Αγγλία πνίγονται από τεράστια κύματα και από πρωτόφαντες πλημμύρες. Εμείς βροντοφωνάζουμε «Ως εδώ». Ας απολαύσουμε όσο γίνεται την όμορφη φύση μας, ας εξακολουθήσουμε να ζούμε ταπεινά και όχι καταστρέφοντας την ομορφιά που μας χάρισε ο Πανάγαθος. Κάτι μάς δίδαξαν οι θαυμαστοί λογοτέχνες μας, ο Μυριβήλης, ο Βενέζης, ο Εφταλιώτης. Δεν θα τους προδώσουμε...»

Ο Τούρκος τον αντιμετώπισε με θαυμασμό.

«Είσαστε μια σπάνια ρομαντική ράτσα ανθρώπων. Μακάρι να είχατε μιμητές σε όλον τον κόσμο. Η γη μας και οι ζωές μας θα ήτανε πολύ ομορφότερες. Συγχαρητήρια».

Αποχαιρετίσαμε το πανέμορφο βουνό και σε λίγο θαυμάζαμε το γραφικό Μόλυβο που και αυτός, χάρη σε ολίγους άξιους προύχοντές του, διατήρησε τη σπάνια ομορφιά του με τα πέτρινα παραδοσιακά του σπίτια και το κάστρο να δεσπόζει στην κορφή του λόφου. Από τις πολεμίστρες του κάστρου απολαύσαμε ένα μοναδικό ηλιοβασίλεμα με τον ήλιο να πνίγεται μέσα στο πέλαγος βάφοντας τον ορίζοντα με μία απίστευτη ποικιλία χρωμάτων. Οι φωτογραφικές μηχανές πήραν φωτιά, τα επιφωνήματα θαυμασμού ακούγονταν από όλους τους τουρίστες. Το λιμανάκι φάνταζε στο βάθος και σε λίγο θα μας φιλοξενούσε σε ένα από τα πολλά ταβερνάκια του.

Εδώ τελειώνει η βόλτα μας σε αυτή την πανέμορφη πλευρά του νησιού. Ζητάμε συγνώμη που ίσως να μην μπορέσαμε να περιγράψουμε με λόγια αυτά τα θαυμαστά που είδαμε. Ελάτε να τα δείτε μόνοι σας, αγαπητοί μας ακροατές, οι ξενοδόχοι του Μολύβου θα σας προσφέρουν δωρεάν φιλοξενία για μία εβδομάδα. Τηλεφωνήστε μας αμέσως.

Η Τζεμιλέ και η Τάνια που σάς ξεναγήσαμε σας αποχαιρετάμε με αγάπη.

~ ~

ΜΕΡΟΣ ΤΡΙΤΟ

ΣΤΙΣ ΙΝΤΡΙΚΕΣ ΤΗΣ ΔΙΠΛΩΜΑΤΙΑΣ

29. Ο ΑΡΗΣ ΣΕ ΡΟΛΟ ΕΥΘΥΝΗΣ

Ο Αχμέτ και η Τζεμιλέ αποχαιρέτησαν τους φίλους τους επιστρέφοντας στην πατρίδα τους. Ο Άρης με την Τάνια πέσανε με τα μούτρα στη δουλειά μια και είχανε να αντιμετωπίσουνε και οικονομικό πρόβλημα. Δεν θέλανε για κανένα λόγο να αρχίσουνε να ξοδεύουνε τα χρήματα που είχε αφήσει ο Αχιλλέας στον Οδυσσέα.

«Αυτά τα χρήματα δεν μάς ανήκουν, Τάνια μου. Δεν τα κερδίσαμε με τον κόπο μας. Θα τα διαθέσουμε για το σκοπό της οργάνωσής μας, στη μνήμη του πολυαγαπημένου Αχιλλέα. Εμείς πρέπει να ζήσουμε από αυτά που κερδίζουμε».

Ο Άρης ήτανε κατηγορηματικός. Εξακολουθούσε να δίνει μαθήματα πληροφορικής, ενώ η Τάνια πέτυχε μία θέση γραμματέα στη Μαρίνα που θα άρχιζε σε λίγο τη λειτουργία της. Εν τω μεταξύ, εγκαινιάστηκαν με επιτυχία και οι ανταλλαγές επισκέψεων φοιτητών και μαθητών που δείχνανε να έχουνε μεγάλη ζήτηση. Φτάσανε και οι πρώτες πιστώσεις από τις δύο Νομαρχίες για υποτροφίες στα αντίστοιχα πανεπιστήμια, πράγμα που έδωσε μεγάλη δημοσιότητα και κύρος στην οργάνωση.

Με μεγάλη του έκπληξη δέχτηκε ο Άρης ένα πρωί ένα τηλεφώνημα από το υπουργείο Εξωτερικών. Ο υπουργός τον καλούσε να πάει να τον συναντήσει για ένα επείγον θέμα. Έσπευσε να πάρει το αεροπλάνο και τώρα περίμενε ανυπόμονα στον προθάλαμο να τον δεχτεί ο υπουργός. Σε λίγο τον δέχτηκε και τον άκουσε να τού λέει.

«Αγαπητέ, κύριε Άρη. Παρακολουθούμε το έργο σας και τις προσπάθειές σας για την αποκατάσταση των σχέσεων με τους γείτονές σας. Είστε άξιοι εσείς και οι σύντροφοί σας και η κυβέρνηση θα σταθεί στο πλευρό σας, όποτε μάς χρειαστείτε. Ωστόσο, τώρα εκτιμώντας το έργο σας αποφασίσαμε να σάς αναθέσουμε και μία πολύ σοβαρή αποστολή. Έχουμε πληροφορίες ότι και οι σύμμαχοί μας, οι Τούρκοι, σάς βλέπουν με καλό μάτι, πράγμα που διευκολύνει τα σχέδιά μας. Θα σάς διορίσουμε στη θέση ειδικού συμβούλου στο υπουργείο και με αυτή σας την ιδιότητα, αφού κατατοπιστείτε λεπτομερώς για τα επί μέρους ζητήματα, θα μεταβείτε στην Άγκυρα για τη διπλωματική προετοιμασία του επικείμενου ταξιδιού του πρωθυπουργού και την κατάρτιση των σχεδίων ορισμένων διμερών συμφωνιών που θα διαπραγματευτεί η κυβερνητική επιτροπή κατά την επίσκεψή της. Ελπίζω να μην έχετε αντίρρηση στα σχέδιά μας».

Ο Άρης έκπληκτος έσπευσε να δεχτεί χωρίς δισταγμό. Τηλεφώνησε αμέσως στην Τάνια και την ενημέρωσε για τις εξελίξεις. Εκείνη – σα γυναίκα - τον άκουσε γεμάτη επιφυλάξεις, αλλά μπροστά στον ενθουσιασμό του που διέγνωσε, αφού συνέστησε να το σκεφτεί πολύ πριν αναλάβει, τελικά υποχώρησε και ευχήθηκε καλή επιτυχία. Έπεσε αμέσως με τα μούτρα στη δουλειά. Ενημερώθηκε από διάφορους αρμόδιους και απέκτησε μια βαθιά γνώση των προβλημάτων και του τρόπου που τα αντιμετώπιζε η κυβέρνηση. Ύστερα από ένα μήνα εντατικής ενημέρωσης ξεκίνησε πάνοπλος για την Άγκυρα.

Ο υπουργός με το «αλεπουδίσιο», όπως το χαρακτήρισε αμέσως, χαμόγελο τον δέχτηκε στο γραφείο του με μεγάλη εγκαρδιότητα.

«Άρη μπέη, με χαρά μου σε καλωσορίζω σα συνομιλητή με την κυβέρνησή μου. Εύχομαι οι διαπραγματεύσεις μας να καταλήξουν σε μια συμφωνία με αμοιβαίο όφελος και για τις δύο πλευρές. Μόνο τέτοιες συμφωνίες έχουν τα εχέγγυα να στεφθούν με επιτυχία και να τηρηθούν πιστά από όλους. Γνωρίζουμε το έργο σου και δεν σού κρύβω ότι το έχουμε εκτιμήσει πολύ. Ελπίζω να συνεχίσεις με την ίδια καλή πίστη και να συμβάλεις προσωπικά στην επιτυχία των διαπραγματεύσεων. Έχουμε πολλά προβλήματα να λύσουμε, αλλά και συγχρόνως δεν μάς λείπει η καλή διάθεση να διερευνήσουμε όλες τις δυνατότητες για μια ευτυχή κατάληξη. «Καζάν-καζάν», σού δίνω και μού δίνεις, είναι για μας ανέκαθεν η βάση μιας επιτυχημένης διαπραγμάτευσης. Ελπίζω και εσείς να πιστεύετε και να βαδίσετε πάνω σε αυτή την αρχή. Σε περιμένουν οι διπλωμάτες μας να αρχίσετε αμέσως τις διαπραγματεύσεις. Εγώ θα ενημερώνομαι συνέχεια και θα είμαι στη διάθεσή σας να βρούμε λύσεις στα προβλήματα που μπορεί να προκύψουν».

Ο Άρης τον ευχαρίστησε εγκάρδια και υποσχέθηκε να συμβάλει όσο μπορεί στην επιτυχία του σκοπού.

«Πού πάω να αντιμετωπίσω αυτά τα τσακάλια», σκέφτηκε. Οι Τούρκοι διπλωμάτες φημίζονται για το διαπραγματευτικό τους ταλέντο. «Κουράγιο, Άρη, και βάλε τα δυνατά σου», μονολόγησε.

Οι διαπραγματεύσεις άρχισαν με μία ατμόσφαιρα τεχνητής εγκαρδιότητας. Αφού ανταλλάξανε διάφορα κομπλιμέντα και αφού ο Άρης άκουσε πολλά κολακευτικά λόγια και συγχαρητήρια για τη δραστηριότητά του σχετικά με την ελληνοτουρκική φιλία, φτάσανε στο ψητό. Ένα προς ένα τεθήκανε από τον Άρη τα θέματα προς διαπραγμάτευση.

«Αγαπητοί μου συνομιλητές. Έχουμε, δυστυχώς, διάφορα προβλήματα που, αν επιλυθούν, θα συμβάλουν να αρθούν τα εμπόδια που προκαλούν ψυχρότητα στις σχέσεις μας. Επιτρέψτε μου να σάς τα παραθέσω.

Έχουμε συζητήσει πολλές φορές το θέμα της αμοιβαίας μείωσης των στρατιωτικών δαπανών και των παραβιάσεων από τα αεροπλάνα και τα πλοία σας του εναέριου και θαλάσσιου χώρου του Αιγαίου. Επιτρέψτε μου να επαναλάβω ότι αυτό το όργιο εξοπλισμών που εξαντλεί τις οικονομίες των εθνών μας δεν είναι προς το συμφέρον κανενός. Ένα πολεμικό αεροπλάνο στοιχίζει όσο δέκα σχολεία, όσο δύο νοσοκομεία που τα έχουμε τόσο ανάγκη. Οι βόλτες των πολεμικών σας πάνω από το Αιγαίο, εξάλλου, κάθε άλλο συμβάλουν στην εξαφάνιση της καχυποψίας των λαών μας. Ας διερευνήσουμε τις πιθανές λύσεις σε αυτό το πρόβλημα».

Ο Τούρκος εκπρόσωπος του υπουργείου Άμυνας είχε έτοιμη την απάντηση.

«Η Τουρκία, φίλε συνομιλητή, είναι μια μεγάλη χώρα με αχανή σύνορα που είμαστε υποχρεωμένοι να διαφυλάσσουμε με κάθε θυσία. Γι' αυτό το λόγο έχουμε αναπτύξει μία σοβαρή πολεμική βιομηχανία με τη βοήθεια των συμμάχων μας. Οι εξοπλισμοί που παράγουμε εξάγονται, εξάλλου, σε διάφορες χώρες και παρέχουν πολύτιμο συνάλλαγμα. Εξοπλιζόμαστε για να μπορούμε ανά πάσα στιγμή να αντιμετωπίζουμε κακόβουλους εχθρούς και δεν εννοώ, βεβαίως, τους Έλληνες, τους καλούς μας φίλους. Καταλαβαίνετε ότι δεν μπορούμε να κλείσουμε τα εργοστάσιά μας και να αφήσουμε την άμυνά μας στην καλή θέληση ορισμένων συμμάχων μας. Σε αντιστάθμισμα των πιο πάνω είμαστε πρόθυμοι να διαπραγματευτούμε με εσάς την προμήθεια αεροπλάνων και πλοίων παραγωγής μας με πολύ δελεαστικούς όρους, ώστε να συμβάλουμε στις υπέρμετρες δαπάνες σας. Όσον αφορά στις λεγόμενες παραβιάσεις του εναερίου χώρου σας, ας μην υπερβάλουμε. Βεβαίως και διεξάγουμε γυμνάσια στο Αιγαίο για να είμαστε ετοιμοπόλεμοι χωρίς να σκεφτόμαστε ποτέ να επιτεθούμε εναντίον σας. Τα πολεμικά αεροπλάνα με τις τρομερές ταχύτητες που πετάνε ενδεχομένως να μπαίνουν για ελάχιστα λεπτά στον εναέριο χώρο σας, που άλλωστε δεν έχει ακόμα καθοριστεί με διμερείς συμφωνίες. Πάντως, και αν συμβαίνει αυτό γνωρίζετε ότι γίνεται άθελά μας, τα αεροπλάνα δεν είναι πουλιά να καθορίζουμε με ακρίβεια την πτήση τους, αλλά αυτό δεν είναι θέμα να σάς προβληματίζει. Εμείς σάς θεωρούμε καλούς μας φίλους, μην ανησυχείτε για τις προθέσεις μας».

Ο Άρης άκουσε προσεκτικά το λογύδριο του συνομιλητή του και άρχισε να απογοητεύεται. Αν για κάθε θέμα που έβαζε στο τραπέζι παραθέτανε απλά τις απόψεις τους,οι συνομιλίες δεν θα κατέληγαν πουθενά. Η συνεδρίαση διακόπηκε για να ακολουθήσει μία φαντασμαγορική δεξίωση και να συνεχιστούν την επομένη. Έγιναν προπόσεις συνοδευόμενες από κούφια λόγια, ενώ δέσποζε το αλεπουδίσιο χαμόγελο του υπουργού.

Δεύτερο θέμα που έθεσε ο Άρης την επομένη ήτανε η προώθηση λαθρομεταναστών από το Αιγαίο και τα σύνορα του Έβρου. Πάλι τα παράπονα του Άρη ότι οι Τούρκοι ενθαρρύνουν τους λαθρομετανάστες να παραβιάζουν τα σύνορα και να εισβάλλουν κατά χιλιάδες στην Ελλάδα. Πάλι η παράθεση των τουρκικών επιχειρημάτων.

«Κάνατε λάθος όταν λέτε ότι ενθαρρύνουμε την εισβολή λαθρομεταναστών στη χώρα σας. Τα σύνορά μας είναι αχανή, οι σωματέμποροι άριστα οργανωμένοι και, δεν μπορούμε να τους αντιμετωπίσουμε. Άλλωστε η πατρίδα σας δεν είναι κανένας παράδεισος. Αυτοί οι εξαθλιωμένοι φουκαράδες το μόνο που ζητούν είναι να προωθηθούν στις χώρες των συμμάχων σας.τώρα εσείς υπογράψατε επιζήμιες συμφωνίες να κλείνετε την πόρτα της Ευρώπης, είναι δικό σας το λάθος. Ας προσέχατε τί υπογράφατε, αγαπητοί μου. Ας υποχρεώσετε τους «συμμάχους» σας να διαφυλάξουν τα σύνορά σας. Δικό σας το πρόβλημα».

Οι συνομιλίες συνεχίστηκαν σε αυτό το άγονο πνεύμα. Ο Άρης έκανε μία τελευταία προσπάθεια θέτοντας το μεγάλο θέμα των υδρογονανθράκων του Αιγαίου. Έμεινε με το στόμα ανοιχτό, όταν τού ανέπτυξαν μία πρωτοφανή θεωρία.

«Το Αιγαίο είναι μία τεράστια λίμνη πετρελαίων και αερίων. Εάν αρχίσετε έρευνες σε οποιοδήποτε σημείο είναι σίγουρο ότι θα αναβλύσουν πετρέλαια. Όμως, αυτό δεν σημαίνει ότι αυτά τα πετρέλαια ανήκουν μόνον σε εσάς. Από τη γεώτρησή σας θα αναβλύσουν πετρέλαια κοινής ιδιοκτησίας, εφόσον θα αντλούνται και από δικές μας περιοχές. Δεν είναι λογικό να αντλείτε μία λίμνη καθορίζοντας ότι το προϊόν της άντλησης προέρχεται μόνο από τις δικές σας περιοχές. Το πετρέλαιο θα είναι κοινής ιδιοκτησίας και άρα θα πρέπει να μοιράζεται βάσει της αρχής «Καζάν καζάν» (win win), σύμφωνα με το διεθνή όρο. Ας συμφωνήσουμε, λοιπόν, σε μία δίκαια μοιρασιά για να λήξει το θέμα».

Ο Άρης δεν συνέχισε τη συζήτηση επάνω σε αυτό τον παραλογισμό. Κατέληξαν να κάνουν ορισμένα ευχολόγια, να συμφωνήσουν για πολιτιστικές ανταλλαγές, για ανάπτυξη των εμπορικών συναλλαγών, για συνεργασία στον τουρισμό και άλλα, χωρίς ιδιαίτερη σημασία, θέματα.

Ο Άρης προτίμησε να διακόψει σε αυτό το σημείο τις διαπραγματεύσεις. Γύρισε στην Αθήνα με άδεια βαλίτσα. Έκανε την αναφορά του στην κυβέρνηση και επέστρεψε απογοητευμένος και με πεσμένα φτερά στη φωλιά του. Την επομένη ανακοινώθηκε η αναβολή της επίσκεψης του πρωθυπουργού λόγω απροόπτου κωλύματος.

«Χάσαμε, Τάνια μου. Δεν τα βάζει κανείς εύκολα με τα θεριά. Τώρα περιμένω να μέ «παραιτήσουν».

Ωστόσο, δεν πέρασαν λίγες μέρες και ξανά ζητήσανε τον Άρη να πάει στο υπουργείο Εξωτερικών. Έσπευσε και πάλι, αν και απρόθυμα αυτή τη φορά.

«Λυπάμαι που δεν κατόρθωσα να καταλήξω σε μια προκαταρτική συμφωνία, κύριε υπουργέ. Ίσως κάποιος πιο κατάλληλος από εμένα να τα κατάφερνε καλύτερα. Υποβάλλω την παραίτησή μου».

«Μη βιάζεσαι, αγαπητέ Άρη. Η αποστολή σου πέτυχε. Αυτό που επιδιώκαμε ήτανε να βρούμε μία δικαιολογία να αναβάλουμε το ταξίδι του πρωθυπουργού χωρίς δική μας υπαιτιότητα. Τώρα έχουμε κάθε λόγο να καταλήξουμε σε συμφωνία με το Ισραήλ, όπως έκαναν και οι αδελφοί μας οι Κύπριοι. Αποφασίστηκε να σε προτείνουμε επίτροπο στην Ευρωπαϊκή Ένωση, αρμόδιο για την ενέργεια. Με αυτή τη νέα σου ιδιότητα ετοιμάσου να αναχωρήσεις για το Ισραήλ και να επιστρέψεις με μία συμφωνία. Πρόσεξε όμως. Οι Εβραίοι είναι σκληροί διαπραγματευτές και μην αρχίσεις τις υποχωρήσεις. Προσπάθησε να επιτύχεις μία δίκαιη συμφωνία. Καλή επιτυχία, κύριε...επίτροπε».

Αρκετή ώρα πριν, στο αεροδρόμιο το αεροπλάνο έκοψε απότομα ταχύτητα. «Λόγοι ασφαλείας μέχρις ότου πιστοποιηθεί η ταυτότητα και η προέλευση του αεροπλάνου», ενημέρωσε ο πιλότος. Η καμπίνα σε λίγο μοσχομύρισε από το άρωμα των απέραντων πορτοκαλεώνων που πολιορκούσαν τον κάμπο. Σε λίγο προσγειώθηκαν...

~ ~

30. ΟΙ ΔΙΑΠΡΑΓΜΑΤΕΥΣΕΙΣ ΜΕ ΤΟ ΙΣΡΑΗΛ

Με μεγάλη του έκπληξη ο Άρης είδε δύο σοβαρούς κυρίους να περιφέρονται στην καμπίνα του αεροπλάνου και να εξετάζουν προσεκτικά τα πρόσωπα των επιβατών.

«Μην ταράζεστε», ψιθύρισε ο διπλανός συνεπιβάτης του. Είναι ειδικοί φυσιογνωμιστές, οι οποίοι έχουν την ιδιότητα να αποτυπώνουν και να διακρίνουν φυσιογνωμίες διαφόρων υπόπτων προσώπων, ώστε να μην τους επιτραπεί η είσοδος στο Ισραήλ. Βλέπετε εδώ επικρατούν αυστηροί κανόνες ασφαλείας. Μόλις τελείωσε ο έλεγχος, έγνεψαν να σηκωθεί και να τους ακολουθήσει. Υπάκουσε υποψιασμένος. Με μεγάλη του έκπληξη είδε να τον συνοδεύουν έξω από το αεροπλάνο, όπου τον περίμενε ένα αυτοκίνητο. Μόλις πλησίασε πρόβαλε από το αυτοκίνητο μια γνωστή φυσιογνωμία. Τον καλωσόρισε εγκάρδια ένας παλιός φίλος και μαθητής στη σχολή του, ο Ελιέζερ. Μικρόσωμος και πεταχτούλης, με βλέμμα που έβγαζε σπίθες, ο Ελιέζερ είχε γίνει ο αγαπημένος του μαθητής. Καθότανε μαζί του τα βράδια και σύντομα έμαθε τα μυστικά, ώστε να γίνει ένας ικανότατος Χάκερ. Έκτοτε, είχε αρχίσει κάποιες μυστικές επικοινωνίες για τις οποίες απέφευγε να ενημερώνει τον Άρη. Κάποια στιγμή εξαφανίστηκε μυστηριωδώς, όταν αφίχθηκε ένας βλοσυρός νεαρός με μπλουτζήν και μαθεύτηκε ότι τον έβαλε στο ισραηλινό τσάρτερ αεροπλάνο που είχε εγκαινιάσει τουριστικά δρομολόγια Τελ Αβίβ - Μυτιλήνη. Οι γονείς του, άνθρωποι μονόχνοτοι και χαμηλών τόνων, διαλύσανε το νοικοκυριό τους, άλλα έπιπλα τα πουλήσανε, άλλα τα χαρίσανε στη γειτονιά και άλλα στους παλιατζήδες. Έκτοτε, χάθηκαν τα ίχνη τους. Με χαρά, αλλά και έκπληξη, τον είδα να με υποδέχεται στο αεροδρόμιο του Τελ Αβίβ.

«Άρη μου, καλωσόρισες στο Ισραήλ. Ελπίζω να με γνώρισες. Είμαι ο παλιός σου φιλαράκος, ο Ελιέζερ. Είμαι διορισμένος στο υπουργείο Εξωτερικών και ανέθεσαν καθήκοντα επίσημου ξεναγού σου, να σε ξεναγήσω στο Τελ Αβίβ, να σού γνωρίσω την πατρίδα μου και να διευκολύνω το έργο σου».

Αγκαλιάστηκαν και φιληθήκανε σταυρωτά, σύμφωνα με τις ανατολίτικες συνήθειες, και το αυτοκίνητο ξεκίνησε αμέσως για την πόλη. Ο Ελιέζερ φλυαρούσε εγκάρδια σε όλη τη διαδρομή μέχρι που κατέληξαν σε ένα ουρανοξύστη ξενοδοχείο, το Πλάζα, χτισμένο κυριολεκτικά πάνω στο κύμα. Από τη βεράντα του δωματίου του τώρα ο Άρης παρατηρούσε την κατάμεστη από κόσμο παραλία με ανθρώπους να γυμνάζονται, να τρέχουν και να κολυμπούν.

«Είναι συνήθεια του τόπου οι άνθρωποι να ξεμουδιάζουν λίγο πριν αρχίσουν τη δουλειά τους. Έχουν ανάγκη να γυμνάζονται λίγο πριν εγκλωβιστούν σε ένα γραφείο. Έχουμε ανάγκη να διατηρούμε τη φόρμα μας γιατί ποτέ δεν ξέρεις πότε μπορεί να βρεθούμε σε κάποιο πολεμικό μέτωπο. Λατρεύουμε την ειρήνη, αλλά, δυστυχώς, έχουμε καταλάβει ότι δεν μπορούμε ποτέ να εφησυχάζουμε...» Ας τα αφήσουμε όμως αυτά. Πάμε μία βόλτα να γνωρίσεις λίγο την πόλη μας. Πάμε να γνωρίσεις τη γραφική συνοικία, την Jafa, που αριθμεί ιστορία τριών χιλιάδων ετών. Καταβάλλουμε κάθε προσπάθεια να διατηρήσει τη μοναδική της ατμόσφαιρα. Αναστηλώσαμε τα παλιά πέτρινα σπίτια, διατηρήσαμε τα στενά της σοκάκια και τη μετατρέψαμε σε μια συνοικία καλλιτεχνών, εκθέσεων, συναυλιών και κάθε είδους πνευματικών εκδηλώσεων».

Περιπλανηθήκαμε στους θαυμαστούς της κήπους του Gan Ha Pisga με την πληθώρα από εστιατόρια και καφετέριες κατάμεστες από τουρίστες, διασχίσαμε τα παλιά τείχη κάνοντας βόλτες στην παραθαλάσσια περιοχή και καταλήξαμε στο γραφικό ψαράδικο λιμανάκι. Έμεινα με το στόμα ανοιχτό να θαυμάζω αυτήν τη γραφική περιοχή.

«Ελιέζερ, δεν σταματώ να σάς θαυμάζω σα λαό. Διατηρήσατε μιαν ολόκληρη αρχαία συνοικία, την αναστηλώσατε, δώσατε ζωή και συμβολίζει τη μακραίωνα ιστορία και τις ρίζες σας σε αυτό τον τόπο», σχολίασα, ενώ ο Ελιέζερ συγκατάνευε με κρυφή υπερηφάνεια.

Γυρίσαμε στη μοντέρνα πόλη και καθίσαμε σε ένα εστιατόριο στον κεντρικό δρόμο, την οδό Digengof. Κόσμος σουλατσάριζε μπροστά στα μάτια μας, χαρούμενη νεολαία να γελά και να συζητάει ακατάπαυστα, πανέμορφες ηλιοκαμένες κοπέλες ντυμένες, άλλες με στρατιωτικές στολές και άλλες με τολμηρά σούπερ μίνι, ομόρφαιναν με την παρουσία τους την περιοχή...

«Θαυμάζω την ομορφιά των κοριτσιών σας, Ελιέζερ. Πιάνω ορισμένες να μού χαμογελούν και αναπτερώνεται το ηθικό μου», έπιασα τον εαυτό μου να τού εξομολογείται.

«Κάτσε στ' αυγά σου, αθάνατε Ρωμιέ. Όλο εκεί έχεις το νου σου», απάντησε στην έμμεσή μου ερώτηση. Τα κορίτσια εδώ δεν είναι για τα δόντια σου. Βέβαια, αν θέλουν κάποια περιπέτεια δεν διστάζουν να κάνουν το πρώτο βήμα. Ωστόσο, μην παίρνεις θάρρος. Μπορεί να σού χαμογελάνε, αλλά συνήθως δεν μασάνε...», είπε ο Ελιέζερ και με προσγείωσε απότομα!

Δύο πανέμορφες στρατιωτίνες, τραγανές και αφράτες, κάθισαν χωρίς να ρωτήσουν στο τραπέζι μας μια και δεν εύρισκαν αλλού ελεύθερες καρέκλες. Μοιραία πιάσαμε την κουβέντα. Η Ραχήλ και η Χάνα, όπως μάς συστήθηκαν, κάνανε τη στρατιωτική τους θητεία και συγχρόνως δουλεύανε για το κράτος, όπως μάς ανακοίνωσαν με ύφος ελαφρά μυστηριώδες που δεν σήκωνε περαιτέρω διευκρινήσεις. Έδειξαν ενθουσιασμό ακούγοντας ότι είμαι Έλληνας. Μάλιστα μία άρχισε να σιγοτραγουδά «Τα Παιδιά του Πειραιά». Αναθάρρησα και τις προσκάλεσα να μάς ξεναγήσουν στη νυχτερινή ζωή. Ευγενέστατα αρνήθηκαν.

«Απόψε φεύγουμε για γυμνάσια στη μεθόριο και πάμε να μαζέψουμε και όσες νάρκες έχουν ξεχαστεί εκεί στην έρημο από τον πόλεμο. Θα γυρίσουμε – αν γυρίσουμε - σε καμία εβδομάδα και τότε ίσως να τα ξαναλέμε», είπαν χαμογελώντας γλυκά – γλυκά. Και μάς αποχαιρέτησαν.

Ωστόσο, το «κισμέτ» όριζε διαφορετικά. Έκπληκτοι είδαμε το ίδιο βράδυ να περιφέρονται άσκοπα στα νυχτερινά στέκια και να χορεύουν σε ξέφρενους ρυθμούς σε μία από τις μοδάτες ντισκοτέκ.

«Τα γυμνάσια αναβλήθηκαν», δικαιολογήθηκαν, «και είπαμε να το ρίξουμε λιγάκι έξω».

Τώρα τις στρατιωτικές στολές τις είχανε αντικαταστήσει με σούπερ μίνι φουστίτσες που δεν φιλοδοξούσαν να κρύψουν τίποτα από τα κάλλη τους. Η νεολαία πανταχού παρούσα γύρω τους χαύριαζε, θορυβούσε και κουνιόταν σε ξέφρενους ρυθμούς... Η Ραχήλ έβγαλε ένα επιφώνημα γεμάτο από χαρά και έκπληξη και χωρίς πολλά - πολλά με παρέσυρε στην πίστα. Τη μιμήθηκε αμέσως και η φίλη της η Χάνα και έτσι βρεθήκαμε χωρίς να το περιμένουμε να στροβιλιζόμαστε στην πίστα. Κάποιες στιγμές ο ρυθμός της μουσικής χαλάρωνε και σφιχταγκαλιαζόμαστε στους ρυθμούς κάποιου μπλουζ, πράγμα που με γέμιζε ελπίδες για μια γεμάτη έρωτα συνέχιση της βραδιάς.

Με χίλια ζόρια κατάφερα ύστερα από μισή ώρα να βάλω φρένο στη χορευτική μανία της ντάμας μου και να ξανασάνουμε σε ένα τραπεζάκι. Το γκαρσόνι δεν σταμάτησε να προμηθεύει με σφηνάκια και εγώ περίμενα ανυπόμονα να δω τα αποτελέσματά τους στη Ραχήλ. Αποτέλεσμα, εκείνη να διασκεδάζει ατάραχη, ενώ εγώ δεν πολυαισθανόμουνα ύστερα από λίγο να με κρατάνε τα πόδια μου. Η ώρα περνούσε και εγώ φούντωνα από πόθο την ώρα που η Ραχήλ πρότεινε να περπατήσουμε στην παραλία και να απολαύσουμε το ξημέρωμα. Ξαπλώσαμε στην αμμουδιά αγκαλιασμένοι ανταλλάζοντας ατελείωτα φιλιά. Αξέχαστες στιγμές. Σε λίγο ο ορίζοντας βάφτηκε με τα χρώματα της αυγής και τότε αναθάρρησα προτείνοντας ένα τελευταίο ποτό στο δωμάτιο του ξενοδοχείου. Η Ραχήλ όμως είχε αντιρρήσεις.

«Ως εδώ ήτανε, μικρέ μου «Ζορμπά», ψιθύρισε στο αυτί. Δεν νομίζω να φαντάστηκες ότι είμαι One night stand. Σηκώθηκε απότομα, τίναξε την άμμο από πάνω της και με ένα διφορούμενο χαμόγελο, αποχαιρέτησε πάντα σε συνοδεία με τη φίλη της...

«Ικανοποιήθηκες τώρα, φιλαράκο; Τουλάχιστον πήρες μία γεύση από τις στρατιωτίνες μας», είπε ο Ελιέζερ.

~ ~

31. ΜΙΑ ΒΙΑΣΤΙΚΗ ΜΑΤΙΑ ΣΤΟΥΣ ΙΕΡΟΥΣ ΤΟΠΟΥΣ

Την επομένη κάναμε ένα σταθμό στη Ναζαρέτ πριν φτάσουμε στην πρωτεύουσα Ιερουσαλήμ για τις συνομιλίες. Για άλλη μία φορά έφερε στο νου του ο Άρης τα λόγια του Οδυσσέα.

«Άρη μου, έχεις μια σπάνια ευκαιρία να προσκυνήσεις τους Άγιους Τόπους. Θέλω να εκτιμήσεις την καλή διάθεση των Εβραίων να τους σεβαστούν και να τους συντηρήσουν. Είναι πανέξυπνη ράτσα οι Εβραίοι, δεν τα έβαλαν ποτέ με τη θρησκεία μας, τους το αναγνωρίζω. Μην παρασυρθείς από το φόβο της θρησκοληψίας. Να προσκυνήσεις με ευλάβεια τα χώματα όπου γεννήθηκε ο Χριστός μας χωρίς προκαταλήψεις και νεανικούς αρνητισμούς. Εμείς οι Έλληνες χρωστάμε τα πάντα στη θρησκεία μας. Αυτό μην το ξεχνάς ποτέ!».

Με μεγάλη συγκίνηση ακολούθησα τον Ελιέζερ στη βόλτα μας στη μικρή αυτή πόλη. Χωρίς να είμαι θρησκευόμενος ένιωθα συγκλονισμένος. Ένα ειρηνικό και βουκολικό μέρος, ο κόσμος του Ιησού. Φτάσαμε στη μεγάλη βασιλική του Ευαγγελισμού που χτίσθηκε από τους Ρωμαίους Καθολικούς και διατηρεί ως Αγία Τράπεζα τη σπηλιά του πρώτου αιώνα, που ήταν το σπίτι της Παναγίας. Λίγο πιο κάτω η ελληνική εκκλησία στην αγορά χτισμένη δίπλα στη συναγωγή, όπου ο Χριστός διάβασε την Τορά και από όπου θέλησαν να τον πετάξουν κάτω από το λόφο, όπου ήταν χτισμένη η πόλη. «Ο πανταχού παρών» Ιησούς, θαρρείς και τον συναντούσα σε κάθε μου βήμα. Υποσχέθηκα στον εαυτό μου να βρω την ευκαιρία να επισκεφτώ σε πρώτη ευκαιρία και να μελετήσω την ιστορία της ιερής αυτής πόλης...

Διασχίσαμε την περιοχή και σε κάθε σημείο της ανέτρεχα με το νου μου τις ιστορίες που μάθαμε στο σχολείο για τους Ιερούς Τόπους. Το Ισραήλ είναι ένα ζωντανό μουσείο.

Δυστυχώς, ο χρόνος δεν περίσσευε για να ανακαλύψω την Ιερουσαλήμ. Μια σύντομη επίσκεψη στον Άγιο Τάφο, μια βόλτα στα γραφικά της στενά και... γραμμή για την Κνεσέτ, όπου με περίμεναν για τις συνομιλίες. Στην είσοδο αντίκρισα το μεγαλοπρεπές μνημείο των Εβραίων που εξολοθρεύτηκαν από τους Ναζί. «Εδώ προσκυνάνε υποκριτικά οι διάφοροι επίσημοι που έρχονται στο Ισραήλ να ζητήσουν συγχώρεση για τις θηριωδίες τους. Εμείς τους ανεχόμαστε και υποκρινόμαστε ότι δεν κρατάμε πια κακία, ότι ο χρόνος έχει σβήσει πια τις τραγικές αναμνήσεις μας», είπε ο Ελιέζερ.

~ ~

32. ΦΙΛΟΦΡΟΝΗΣΕΙΣ ΠΑΖΑΡΙΑ ΚΑΙ ΣΥΜΦΩΝΙΑ

Στην αίθουσα συνεδριάσεων με υποδέχθηκαν με μεγάλη εγκαρδιότητα. «Μην με παρεξηγήσεις που είμαι υποχρεωμένος να παίρνω το μέρος της πατρίδας μου κατά τις συνομιλίες. Μόνο πρόσεχε να μην υποχωρείς εύκολα στα παζάρια που θα σού κάνουμε. Το έχουμε μέσα στο αίμα μας».

Ο Ελιέζερ με αποχωρίστηκε με αυτά τα λόγια και εξαφανίστηκε στο βάθος της αίθουσας.

Το λόγο πήρε πρώτος ο υπουργός των Εξωτερικών.

«Αγαπητέ κύριε επίτροπε,

Σάς καλωσορίζω εκ μέρους του Ισραήλ και με τις δύο ιδιότητες σας, εκείνης του επιτρόπου της Ευρωπαϊκή Ένωσης, αλλά κυρίως εκείνης του εκπροσώπου της ελληνική κυβέρνησης, μια και η συμφωνία που προγραμματίζουμε αφορά τα δύο κράτη μας. Έχουμε υπόψη μας ότι το θέμα της εξόρυξης πετρελαίου είναι ζωτικής σημασίας για την Ελλάδα, αλλά ενδιαφέρει πολύ και το Ισραήλ. Έχετε αντιμετωπίσει πολλαπλά προβλήματα και κωλυσιεργίες από τους συμμάχους σας, οι οποίοι δεν σάς ενθαρρύνουν στα σχέδιά σας μη θέλοντας να παρέμβουν στις αντιρρήσεις των γειτόνων σας, των Τούρκων. Ας μην κρυβόμαστε, η Ελλάδα περνά μια φοβερή οικονομική κρίση. Οι σύμμαχοί σας σάς παρέσυραν σε μία κατάσταση χρεοκοπίας παρασύροντάς σας σε υπέρμετρο δανεισμό και παρεμβαίνοντας τώρα στην εθνική σας κυριαρχία, αφού ζητούν την εξόφληση των χρεών σας. Οι κυβερνήσεις σας ακολουθώντας μία ενδοτική πολιτική κινδυνεύουν να προκαλέσουν την πτώχευση του κράτους, εάν δεν ενδώστε στις υπέρμετρες απαιτήσεις τους. Χρησιμοποιώντας λανθασμένα κριτήρια και δόλιες πολιτικές σάς έφεραν στο χείλος του γκρεμού. Λυπούμαστε να παρακολουθούμε την κατάντια της άλλοτε υπερήφανης Ελλάδας. Αλλά και το Ισραήλ έχει ανάγκη συμμάχων, αισθανόμαστε απομονωμένοι στην περιοχή της Μεσογείου και προσβλέπουμε στη συνεργασία και φιλία μας. Έχουν ωριμάσει οι συνθήκες συνεργασίας μας ιδίως μετά την επιτυχημένη συμφωνία μας με τον αδελφό σας έθνος, την Κύπρο. Εμείς διαθέτουμε τα απαραίτητα για τις έρευνες κονδύλια, καθώς και τα τεχνολογικά μέσα για τις γεωτρήσεις. Οι μεγάλοι μας σύμμαχοι πέραν του Ατλαντικού, όπου οι συμπατριώτες μας παίζουν ένα σπουδαίο ρόλο, είναι πρόθυμοι να μάς υποστηρίξουν στο διπλωματικό επίπεδο, ώστε να μη συναντήσουμε εμπόδια στο έργο μας. Με λίγα λόγια, είμαστε έτοιμοι να υπογράψουμε μία συμφωνία και να ξεκινήσουμε άμεσα στην πραγματοποίηση της επένδυσής μας. Ελπίζω οι συνομιλίες που θα έχετε με τους αρμοδίους να στεφθούν από επιτυχία και να αποκομίσουν τα κράτη μας τα ανάλογα οφέλη».

Ο Άρης πήρε αμέσως μετά το λόγο.

«Κύριε υπουργέ, ευχαριστώ για τα καλά σας λόγια και είμαι έτοιμος – υπό τη διπλή μου ιδιότητα – να προχωρήσω σε διαπραγματεύσεις, μια και υπάρχει μία αμοιβαία επιθυμία να πραγματοποιήσουμε αυτή την τεράστια επένδυση. Η Ελλάδα χάρη στην έφεση του λαού μας προς την άκοπη ευημερία έπεσε στην παγίδα των «συμμάχων» μας με τα γνωστά αποτελέσματα. Παρασυρθήκαμε σε έναν ακήρυκτο πόλεμο με τις γνωστές συνέπειες. Η Ευρωπαϊκή Ένωση έχει διαιρεθεί στον πλούσιο Βορρά, όπου πρωτοστατούν οι Γερμανοί, και τα φτωχά και καταπιεζόμενα οικονομικά κράτη του Νότου. Είναι καιρός να συνέλθουμε και να στρέψουμε τα βλέμματά μας προς άλλες κατευθύνσεις. Με αυτό το πνεύμα βρίσκομαι εδώ έτοιμος να διαπραγματευτώ μαζί σας μία αμοιβαίως συμφέρουσα οικονομική συνεργασία».

Ακολούθησαν σκληρές διαπραγματεύσεις και «ανατολίτικα παζάρια» μέχρις ότου καταλήξουν οι δύο πλευρές σε μία κατ' αρχήν συμφωνία. Οι Ισραηλίτες απαιτούσαν αρχικά μία συμμετοχή στη βάση του fifty fifty. Ο Άρης αντιπρότεινε μία σχέση 70 προς 30. Τελικά καταλήξανε στο 60 για την Ελλάδα και 40 για το Ισραήλ. Δώσανε τα χέρια. Προγραμματίστηκε και μία επίσκεψη του Έλληνα πρωθυπουργού για την υπογραφή της τελικής συμφωνίας. Ο Άρης με το προσχέδιο της συμφωνίας πήρε ευχαριστημένος το δρόμο της επιστροφής. Στο αεροδρόμιο τράβηξε την προσοχή του μία γιγάντια επιγραφή.

«Σάς επιθυμήσαμε ήδη. Ελάτε πίσω σύντομα».

Είμαστε δύο έθνη που υποφέρουμε από έλλειψη φίλων. Στοχάστηκε ο Άρης μελαγχολικά... Αποχαιρέτησε με εγκαρδιότητα τον Ελιέζερ και υποσχεθήκανε να συναντηθούνε σύντομα στις Βρυξέλες, όπου είχανε διορίσει και εκείνον.

~ ~

33. Η ΤΙΜΙΑ ΕΞΗΓΗΣΗ ΤΟΥ ΑΡΗ

Η υποδοχή του Άρη στην Αθήνα ήτανε σχεδόν θριαμβευτική. Τον κάλεσε ο πρωθυπουργός να ενημερωθεί από πρώτο χέρι και να τον συγχαρεί για τα καλά αποτελέσματα των συνομιλιών του στο Ισραήλ. Τον προέτρεψε να φύγει αμέσως για τις Βρυξέλες να αναλάβει τα νέα του καθήκοντα. Όμως ο Άρης θέλησε πρώτα να επισκεφτεί την Τάνια στη Μυτιλήνη. Ένιωθε την ανάγκη να φερθεί τίμια απέναντί της και να ξεκαθαρίσει τη σχέση τους.

«Αγαπητή μου Τάνια, είπε με χαμηλωμένο το βλέμμα του. Ξέρεις καλά πόσο ειλικρινά σε αγάπησα. Όμως πρέπει να συνειδητοποιήσουμε και οι δύο ότι η σχέση μας ήτανε πιότερο αδελφική παρά ερωτική. Δεν κατορθώσαμε να κάνουμε μία ερωτική σχέση, ίσως διότι αγαπιόμαστε σαν αδέλφια όχι σαν εραστές. Προσπάθησα να σε δω «αλλιώς», αλλά βαθιά μέσα μου κάτι με εμπόδιζε. Τώρα φεύγω για τα νέα μου καθήκοντα και είναι άγνωστο πότε θα έχουμε την ευκαιρία να συναντιόμαστε. Θέλω να είμαι ειλικρινής μαζί σου. Δεν αντέχω στην ιδέα να έχεις τον εαυτό σου δεσμευμένο για όσο δεν θα βλεπόμαστε. Ούτε και εγώ μπορώ να υποσχεθώ «αιώνια πίστη» τώρα που θα βρεθώ μακριά σου. Είμαστε και οι δύο νέοι, έχουμε όλη τη ζωή μπροστά μας. Το πιο σωστό είναι να νιώσουμε ελεύθεροι, να κάνουμε γνωριμίες, ίσως και να ερωτευτούμε. Βέβαια, δεν μπορούμε να προβλέψουμε το μέλλον. Ίσως κάποιες καινούργιες εμπειρίες μάς κάνουν να συμπεράνουμε ότι τελικά ανήκουμε ο ένας στον άλλο. Η αμοιβαία εκτίμηση που νιώθουμε, τα αδελφικά μας αισθήματα, η αγάπη μας, που πάντως δεν είναι έρωτας, ίσως όλα αυτά μάς οδηγήσουν κάποια μέρα να αναθεωρήσουμε τις απόψεις για το δεσμό μας. Ως τότε, πάντως, θέλω να νιώθεις ελεύθερη, να κάνεις καινούργιες γνωριμίες και να χαρείς τη ζωή σου. Ελπίζω να εκτιμήσεις την ειλικρίνειά μου».

Η Τάνια είχε χαμηλωμένο το κεφάλι. Δάκρυα έτρεχαν στα μάτια της. Η φωνή της ήτανε βραχνή και ψιθυριστή.

«Άρη, αγάπη μου. Θέλεις την ελευθερία σου και σε καταλαβαίνω απόλυτα. Ομολογώ ότι και εγώ ένιωθα παράξενα απέναντί σου. Όταν με έπαιρνες στην αγκαλιά σου, όταν με φιλούσες, όταν, παρόλο που φούντωνε ο πόθος μέσα μας, δεν παίρναμε την πρωτοβουλία να ολοκληρώσουμε τη σχέση μας, καταλάβαινα τον αμοιβαίο δισταγμό μας, μια και συμφωνώ ότι νιώθαμε πιότερο σαν αδέλφια. Μην έχεις καμία τύψη, αν κάποια στιγμή αντιληφθείς ότι βρήκες τον άνθρωπο της ζωής σου. Όσο για εμένα, δεν νομίζω ότι θα αποκτήσω άλλες σχέσεις. Η αγάπη μου για εσένα είναι απέραντη και ας μην την αποκαλείς έρωτα. Είσαι ελεύθερος να κάνεις καινούργιες σχέσεις, να αποκτήσεις όσες εμπειρίες σού επιφυλάσσει η ζωή και να γνωρίσεις την ευτυχία. Μόνο μη με ξεχάσεις ποτέ, όπως δεν θα σε ξεχνώ και εγώ. Ζήσαμε τόσες καλές στιγμές «καλέ μου φίλε». Ας διατηρήσουμε για πάντα τις ευτυχισμένες αναμνήσεις μας»

Ο Οδυσσέας, που δεν τού ξέφευγε τίποτα, έσπευσε να παρηγορήσει την Τάνια.

«Καλή μου Τάνια, καταλαβαίνω την απογοήτευσή σου. Αλλά εκτιμώ και την απόφαση του Άρη να τηρήσει μια ειλικρινή στάση απέναντί σου. Δεν θα ωφελούσε σε τίποτα να κρύβεται ο ένας από τον άλλο και να καλύπτεται από ψευτιές για να δικαιολογήσει τις ενδεχόμενες απιστίες του. Κακά τα ψέματα, είσαστε και οι δύο πολύ νέοι τα αίματά σας κοχλάζουν. Η απόσταση που θα σάς χωρίζει δεν θα επιτρέψει να ζήσετε με χίμαιρες. Στη ζωή πρέπει να παίρνουμε τα πράγματα όπως μάς έρχονται. Ζήστε τη ζωή σας και χαρείτε τα νιάτα σας. Εμείς οι μεγαλύτεροι ζήσαμε μέσα στην υποκρισία. Μην το επαναλάβετε και εσείς

Αποχαιρετιστήκανε με μεγάλη συγκίνηση. Για πολύ διάστημα η Τάνια ένιωθε μια βαθιά μελαγχολία και ένα τεράστιο κενό μέσα της. Ο Άρης προσπαθούσε να διασκεδάζει τις τύψεις του πέφτοντας με τα μούτρα στη δουλειά… Τον είχαν συναρπάσει τα νέα του καθήκοντα και συχνά ξενυχτούσε στο γραφείο του.

~ ~

34. ΑΡΗΣ – ΑΠΟΛΑΜΒΑΝΟΝΤΑΣ ΜΙΑ ΠΡΟΣΚΑΙΡΗ ΕΥΤΥΧΙΑ

Ο Άρης βρέθηκε σε μία αποστολή στη Γενεύη, όταν κάποιο βράδυ άκουσε με χαρά να τον ζητά ο Ελιέζερ στο τηλέφωνο.

«Τί γίνεσαι, παλιόφιλε, γιατί χάθηκες. Η πολλή δουλειά τρώει το αφέντη. Σε επιθύμησα. Τί λες για ένα καφέ αύριο το μεσημέρι στο Μέβεν Πικ. Ο Άρης δέχτηκε με χαρά. Η μοναξιά είχε αρχίσει να του την δίνει. Συναντήθηκαν στον τόπο του ραντεβού τους και με έκπληξη διαπίστωσε ότι ο Ελιέζερ δεν ήτανε μόνος του. Τον συνόδευαν οι παλιές γνωριμίες, η Ραχήλ και η Χάνα, που δεν έκρυψαν τη χαρά τους για τη συνάντηση. Η καφετέρια ήτανε γεμάτη από κόσμο. Όμορφες και περιποιημένες κοπέλες, που δούλευαν στις διάφορες διεθνείς επιτροπές, φοιτητές και φοιτήτριες, που φλυαρούσαν και γελούσαν ακατάπαυστα, κουστουμαρισμένα και σοβαροφανή στελέχη επιχειρήσεων, απολάμβαναν όλοι τον καφέ τους μέσα σε μία ανάλαφρη και ξένοιαστη ατμόσφαιρα.

«'Άρη, τί χαρά να σε ξαναβλέπουμε. Έχουμε και εμείς αποσπαστεί στη Γενεύη και θα έχουμε την ευκαιρία να τα λέμε συχνά». Η Ραχήλ γλυκοκοίταζε και χαμογελούσε στον Άρη, ενώ εκείνος ανταπέδιδε χωρίς να κρύβει την ικανοποίησή του. Παραγγείλανε τους καφέδες τους και έπιασαν την ψιλοκουβέντα.

«Πώς σού φαίνεται η Γενεύη ύστερα από τόσο καιρό», ενδιαφέρθηκε να μάθει ο Ελιέζερ.

«Η Γενεύη είναι πάντοτε Γενεύη, διατηρεί την αρχοντιά της, μόνο που παρατηρώ ότι έχει κατακλυστεί από το αραβικό στοιχείο, γεγονός που δεν μπορώ να πω ότι με ενθουσιάζει. Με ξενίζει το θέαμα με τις μπούργκες που κρύβουν πίσω τους πολλές φορές πανέμορφες υπάρξεις. Βλέπω να τις συνοδεύουν άντρες ντυμένοι ανάλαφρα με τα σπορ μπλουζάκια τους και απορώ πώς ανέχονται αυτή την κατάσταση. Βέβαια, τις αποζημιώνουν αφήνοντας τες να κάνουν πανάκριβα ψώνια και να κυκλοφορούν με πολυτελέστατα αυτοκίνητα. Απορώ πώς ανέχονται αυτή την κατάσταση».

«Όλα τα πράγματα έχουν το τίμημά τους», πετάχτηκε ο Ελιέζερ. Οι Άραβες έχουν τώρα το χρήμα που τους δίνει ισχύ. Οι Ευρωπαίοι κάνουν τα στραβά μάτια, μια και αυτοί επωφελούνται με επενδύσεις από τον πακτωλό των κεφαλαίων που έχουν πλημμυρίσει την Ελβετία. Κατά τα άλλα αδιαφορούν για το αντιαισθητικό θέαμα και... η ζωή συνεχίζεται. Κακά τα ψέματα, το χρήμα όλοι το προσκυνούν cest la vie !»

Συνέχισαν για ώρα την ευχάριστη φλυαρία τους μέχρις ότου ο Ελιέζερ σηκώθηκε να φύγει συνοδευόμενος από τη Χάνα.

«Εμάς να μάς συγχωρείτε», ανακοίνωσε. Έχουμε ένα γεύμα εργασίας και ΉτανεΠαρασκευή μεσημέρι και ο Άρης είχε ελεύθερο το Σαββατοκύριακο. Σουλατσάρανε με τη Ραχήλ χαζεύοντας τις βιτρίνες και φτάσανε μέχρι το περίφημο σιντριβάνι, το σήμα κατατεθέν της Γενεύης. Εκεί ο Άρης πήρε το θάρρος να κάνει μια πρόταση στη Ραχήλ.

«Τί θα' λεγες, Ραχήλ, να κάνουμε μια μικρή εκδρομή το Σαββατοκύριακο μέχρι το Σαμονί; Είναι ένα υπέροχο μέρος. Είμαι σίγουρος ότι θα σού αρέσει πολύ».

Η Ραχήλ χαμογέλασε όλο νόημα. «Και ό,τι ήθελεν προκύψει». Έτσι δεν το λέτε στην πατρίδα σου, Αρούλη;»

Δεν έχασαν καιρό, μαζέψανε τα πράγματά τους από το ξενοδοχείο και με τη χαρά αποτυπωμένη στα πρόσωπά τους πήραν το δρόμο για το Σαμονί. Έφτασαν εκεί σε κάποιες ώρες και ο Άρης άρχισε να συμβουλεύεται τον τουριστικό οδηγό για να βρουν μέρος να διανυκτερεύσουν.

«Μην σκοτίζεσαι, Άρη. Θα σε πάω εγώ σε μια πανέμορφη πανσιόν. Είμαι σίγουρη ότι θα σού αρέσει».

«Παμπόνηρη, Ραχήλ! Έχεις ξανάρθει εδώ και μού το έκρυβες τόσην ώρα. Πάμε να μού δείξεις την περίφημη πανσιόν. Φυσικά και θα μού αρέσει, αφού την συστήνεις εσύ».

Ανηφόρισαν λίγο έξω από τη μικρή πόλη ακολουθώντας ένα ποταμάκι που τους συνόδευε τραγουδιστά. Η πανσιόν ήτανε πράγματι πανέμορφη. Η ματρώνα τούς υποδέχθηκε με εγκάρδιο χαμόγελο και τους οδήγησε σε ένα κουκλίστικο δωμάτιο από όπου απολάμβαναν το μεγαλοπρεπές θέαμα των Άλπεων. Ο Άρης έπλεε σε πελάγη ευτυχίας. «Τί ωραία που είναι η πουτάνα η ζωή, όταν θέλει», αναλογιζότανε. Κάνανε μια ωραία βόλτα στο λιβάδι γύρω τους και μαζεύανε αγριολούλουδα, ενώ η Ραχήλ σιγοτραγουδούσε μην κρύβοντας τη χαρά της. Το βράδυ απολαύσανε μία θεσπέσια Fondue στο μικρό εστιατόριο της πανσιόν υπό το φώς των κεριών, καταναλώσανε ένα ολόκληρο μπουκάλι κρασί πιασμένοι χέρι - χέρι και ανταλλάσσοντας τρυφερά βλέμματα, χωρίς καθυστέρηση αποσύρθηκαν στο δωμάτιό τους. Ούτε για ένα λεπτό δεν νιώσανε αμηχανία. Η Ραχήλ βγήκε από το ντους τυλιγμένη στο μπουρνούζι της. Οδήγησε τον Άρη στο κρεβάτι με αποφασιστικό βήμα και με μία απότομη κίνηση πέταξε το μπουρνούζι από πάνω της αποκαλύπτοντας το καλλίγραμμο και αθλητικό κορμί της. Το ηλιοκαμένο δέρμα της αντιφέγγιζε στο φως της πανσέληνου, που έμπαινε από το παράθυρο. Ο Άρης την αγκάλιασε τρυφερά και τώρα αγκαλισμένοι πέσανε στο κρεβάτι. Το απωθημένο όνειρο του Άρη γινότανε τώρα πραγματικότητα. Δεν περίσσεψε ώρα για ύπνο. Όλο το βράδυ απολαμβάνανε ο ένας το κορμί του άλλου. Η Ραχήλ αποδείχτηκε ότι ήξερε καλά την... τέχνη. Ήτανε ακαταμάχητη. Άλλοτε τρυφερή, σα γατούλα, και άλλοτε άγρια, σαν τίγρης. Κάνανε κάποια διαλείμματα απολαμβάνοντας την ησυχία και πίνοντας τη σαμπάνια – δώρο της ματρώνας - και συνεχίζοντας με καινούργιες δυνάμεις την απόλαυσή τους.

Ξημέρωσε για τα καλά και ο Άρης ξύπνησε με το φως της ημέρας. Στο τραπεζάκι τον περίμενε ένα πλούσιο πρωινό, αλλά και ένα σημείωμα.

«Αρούλη, ως εδώ ήτανε. Τίποτα από τα ωραία πράγματα στη ζωή δεν κρατά για πολύ. Πρέπει να ξέρουμε να σταματάμε έγκαιρα, ώστε να διατηρήσουμε τις ευχάριστες αναμνήσεις μας. Φεύγω τώρα μια και σιχαίνομαι του αποχαιρετισμούς. Δεν σε αποχωρίζομαι, θα τα λέμε συχνά. Δεν μού αρέσουν τα παχιά λόγια, αλλά και δεν αντέχω στον πειρασμό να μη σου πω πόσο σε αγάπησα, όσο βρεθήκαμε μαζί. Φιλάκια!».

Ο Άρης απόλαυσε το πρωινό του μονάχος και εντυπωσιασμένος.

«Με έχεις εντυπωσιάσει, Ραχήλ. Ξέρεις να απολαμβάνεις τη ζωή χωρίς να παύεις να είσαι ρεαλίστρια. Απογειώνεσαι αφήνοντας τον εαυτό σου να απολαύσει τις ηδονικές στιγμές χωρίς ταμπού, αλλά ξέρεις και να αποφεύγεις τις ανώμαλες προσγειώσεις. Δεν στο κρύβω, καλή μου. Με έχεις γοητεύσει σαν χαρακτήρας».

Έμεινε κάμποσο βυθισμένος στις σκέψεις του και αναπολώντας τις ωραίες στιγμές που είχε απολαύσει με τη Ραχήλ μέχρις ότου σηκώθηκε αποφασιστικά και αποχαιρετώντας τη ματρώνα πήρε το δρόμο της επιστροφής σιγοσφυρίζοντας χαρούμενα.

~ ~

35. ΟΙ ΤΟΥΡΚΟΙ ΑΝΑΔΙΠΛΩΝΟΝΤΑΙ

Ο υπουργός ήτανε φανερά εκνευρισμένος μέχρι που είχε εξαφανιστεί από το πρόσωπό του και το αλεπουδίσιο χαμόγελο. Ξέσπασε πάνω στον ταλαίπωρο Αχμέτ.

«Αχμέτ, εφέντη, οι Ρωμιοί μάς την έφεραν, πράγμα για το οποίο δεν είμαι συνηθισμένος. Αυτός ο δαιμόνιος ο φίλος σου, ο Άρης, ενώ σε είχε παρασύρει σε μία χίμαιρα περί ελληνοτουρκικής φιλίας, μάς πούλησε με την πρώτη ευκαιρία και συνέπραξε με το Ισραήλ στο θέμα των υδρογονανθράκων του Αιγαίου, αφήνοντάς μας έξω από το παιχνίδι. Βέβαια, και εμείς δεν μείναμε με σταυρωτά χέρια. Κατορθώσαμε την τελευταία στιγμή μέσω μιας πολυεθνικής μας να συμμετάσχουμε με κάποιο μερίδιο στο Project. Όχι πως είναι το ίδιο, σα να είχαμε κάνει μία διμερή συμφωνία, όπου εμείς θα είχαμε το επάνω χέρι, αλλά κάτι είναι και αυτό. Ωστόσο, καταστρώσαμε και ένα Plan B΄ στα πρότυπα του ακήρυκτου πολέμου των Γερμανών και θα προχωρήσουμε στην οικονομική κατάκτηση των νησιών του Αιγαίου, ώστε, όταν αντληθούν οι υδρογονάνθρακες, να έχουμε εξαγοράσει και να εκμεταλλευτούμε τις υποδομές των νησιών για δικό μας όφελος. Η κυβέρνηση σού αναθέτει και αυτό το έργο με την ελπίδα ότι θα το διεκπεραιώσεις με κάθε μυστικότητα. Θα ξεκινήσουμε πολλαπλασιάζοντας τις επισκέψεις Τούρκων τουριστών στη Μυτιλήνη, ώστε να τονώσουμε την «αδελφοσύνη» των λαών. Μία σειρά από αφανείς πολυεθνικές θα αρχίσει να εξαγοράζει τα ξενοδοχεία τους τώρα που η τιμή τους είναι σχεδόν μηδαμινή. Παράλληλα θα αποκτήσουμε την εκμετάλλευση της μαρίνας τους και θα κατασκευάσουμε και άλλες δύο μαρίνες, μία στον Μόλυβο και την άλλη στο Πλωμάρι. Οι τεχνικές μας εταιρίες θα κάνουν δελεαστικές προσφορές για την κατασκευή λιμανιών για κρουαζερόπλοια, ενώ συγχρόνως θα αξιοποιήσουμε τις ανεκμετάλλευτες ιαματικές τους πηγές. Με άλλα λόγια θα αποκτήσουμε τον πλήρη έλεγχο της οικονομίας του νησιού και κατόπιν θα επεκταθούμε και στα άλλα νησιά. Τελικός μας στόχος θα είναι η Ρόδος, που είναι ήδη αρκετά αξιοποιημένη. Περιμένω το σχέδιο δράσης που θα καταστρώσετε μαζί με τον οικονομικό προϋπολογισμό. Έχεις ένα μήνα καιρό για να μου υποβάλεις τις προτάσεις σου. Διάλεξε ένα επιτελείο από ικανά στελέχη και προχώρα άμεσα».

Ο Αχμέτ, αφού ευχαρίστησε τον υπουργό για την εμπιστοσύνη του, έπεσε με τα μούτρα στη δουλειά. Δίπλα του η απαραίτητη Τζεμιλέ και ο Μουσταφά, ένας ικανός επιστήμονας σπουδασμένος στο Χάρβαρντ, άνθρωπος με φαντασία και όρεξη για δουλειά. Η οικονομική κατάκτηση της Μυτιλήνης μπήκε μπρος.

Νοικιάσανε ένα αναπαλαιωμένο αρχοντικό στο Αϊβαλί και πέσανε με τα μούτρα στη δουλειά. Πρώτη τους ενέργεια ήτανε η μακροχρόνια μίσθωση και αξιοποίηση της μαρίνας Μυτιλήνης, έργο που είχε τελειώσει, αλλά η γραφειοκρατία το είχε καταδικάσει σε παρακμή. Αναθέσανε το management στην Τάνια, για να ρίξουνε στάχτη στα μάτια του κόσμου, κάτω από την αυστηρή επίβλεψη του Μουσταφά, πράγμα που εκείνη ανέλαβε με ενθουσιασμό. Η Τάνια, παρόλο που ένιωθε ότι ο δεσμός της με τον Άρη είχε φτάσει στο τέλος του, δεν αισθανόταν καμία διάθεση για έρωτες. Ένιωθε μία απέραντη μοναξιά ανάμεικτη με μελαγχολία και είχε ριχτεί με τα μούτρα στη δουλειά ψάχνοντας να βρει μία παρηγοριά. Η συνεργασία της με τον Μουσταφά πήγαινε θαυμάσια και είχε αναπτυχθεί ανάμεσά τους ένα κλίμα εμπιστοσύνης και αλληλοεκτίμησης. Ο Μουσταφά από τη μεριά του την αντιμετώπιζε με τρυφερότητα και ευγένεια. Συχνά, όταν τελειώνανε τη δουλειά τους, συνόδευε την Τάνια με μακρινές βόλτες και απολάμβανε τη συζήτηση μαζί της θαυμάζοντας τις γνώσεις της σε μια σειρά από θέματα και κυρίως διάφορα παγκόσμια προβλήματα (λαθρομετανάστευση – παγκόσμια οικονομική κρίση, επαναστάσεις των λαών της Μεσογείου) και καταλήγοντας στην ψυχολογία, τη μουσική και τις καλές τέχνες. Τον ξεναγούσε στο μουσείο του Τεριάντ αναλύοντάς του την προσωπικότητα του Λαϊκού Ζωγράφου, του Θεόφιλου, ή θαυμάζοντας τα έργα του Τσαρούχη και των άλλων καλλιτεχνών της σπουδαίας συλλογής που είχε δωρίσει ο συλλέκτης στο θαυμάσιο μουσείο του. Συνήθως κατέληγαν στο λόφο του Καγιανιού, όπου συνέχιζαν τις συζητήσεις τους απολαμβάνοντας τη θέα και τα μεζεδάκια στο ταβερνάκι του Αντώνη. Μοιραία η φιλία τους είχε αρχίσει να εξελίσσεται σε κάτι βαθύτερο, παρά τους δισταγμούς της Τάνιας να επιτρέψει στον πληγωμένο εαυτό της να κάνει το επόμενο βήμα.

~ ~

36. Η ΕΛΛΗΝΙΚΗ ΑΝΤΙΔΡΑΣΗ

Το τηλεφώνημα της Ραχήλ αναστάτωσε τον Άρη.

«Πρόσεχε, Άρη. Οι φίλοι σας οι Τούρκοι κάτι πονηρό μαγειρεύουν στην πατρίδα σου τη Μυτιλήνη. Η φιλεναδίτσα σου η Τάνια κινδυνεύει να παρασυρθεί με την αφέλειά της και να κάνει ζημιά στο νησί. Πάρε τα μέτρα σου. Πρέπει να αντιδράσεις αστραπιαία. Φοβού τους Δαναούς!».

Χωρίς να διστάσει ούτε λεπτό ο Άρης έκλεισε θέση για τη Μυτιλήνη. Κυριαρχούσε μέσα του ένας μεγάλος θυμός, θυμός για τους Τούρκους και τα σχέδιά τους, θυμός για την Τάνια, που έδειχνε να συνεργάζεται μαζί τους, θυμός, τέλος, με τον εαυτό του και το άδικο φέρσιμό του προς την παλιά αδελφική του αγάπη. Την ώρα που ο Άρης κατευθυνόταν προς το αεροδρόμιο, η Τάνια έφτανε στο σπίτι της με ανάμεικτα αισθήματα. Η μορφή του Άρη κυριαρχούσε μέσα της.

«Ήρθε ο καιρός να σού ξεπληρώσω τον εγωισμό σου, κύριε Άρη. Μήπως φαντάστηκες ότι είσαι ο τελευταίος άντρας στον κόσμο; Μήπως θέλησες να αποκτήσεις την ελευθερία σου ποντάροντας ότι εγώ θα σε περίμενα να γυρίσεις κάποτε σαν πιστή Πηνελόπη; Κάνεις μεγάλο λάθος. Είμαι και εγώ ελεύθερη να κυμαντάρω τη ζωή μου. «Είναι κι αλλού πορτοκαλιές που κάνουν πορτοκάλια, Άρη μου». Αυτές ήτανε σκέψεις που κυριαρχούσαν μέσα της πιότερο για να διασκεδάσει τις τύψεις της παρά γιατί τις πίστευε.

Η Νατάσα την υποδέχθηκε με επικριτικό ύφος.

«Ντροπή σου, Τάνια. Τί πας να κάνεις με αυτό τον Τούρκο. Είπαμε καλή η ελληνοτουρκική φιλία, αλλά έχει και αυτή τα όριά της. Μην είσαι τόσο επιπόλαια και πιστέψεις στην ειλικρίνεια των αισθημάτων των Τούρκων. Κυρίως μην πιστέψεις ότι έτσι τιμωρείς τον Άρη. Μη γελιέσαι. Τον εαυτό σου και την πατρίδα σου τιμωρείς. Πρόσεξε μη βρεθείς να φοράς φερετζέ και μπούργκα, μη σού φορέσουν τη μαντήλα και σε κάνουν να απαρνηθείς τον Χριστό μας. Είμαι πολύ ανήσυχη για σένα κορούλα μου. Είσαι λογική και ενήλικη. Άφησε τις ανοησίες…».

«Μανούλα, γιατί προσπαθείς να με προσβάλεις με τις υπερβολές σου. Δεν μού φτάνει το φέρσιμο του Άρη. Τώρα πας να προστεθείς και εσύ. Θα περίμενα περισσότερη κατανόηση από μία μητέρα, πολύ περισσότερο όταν με χαρακτηρίζει λογική και ενήλικη. Μη με αναγκάζεις να ανατρέξω στο παρελθόν σου, που κάθε άλλο παρά άμεμπτο ήτανε. Εγώ δεν έχω να ντραπώ για τίποτα, σε αντίθεση με εσένα. Κατάλαβέ το καλά».

Κλειστήκανε και οι δύο στα δωμάτιά τους πνιγμένες στα δάκρυα. Το πρωί κατέφτασε και ο Άρης αμήχανος και καταστενοχωρημένος. Ένα ψυχρό αγκάλιασμα και στιγμές μεγάλης αμηχανίας μέχρις ότου πήρε μια βαθιά ανάσα και άρχισε να μιλάει με σοβαρό ύφος.

«Τάνια, καλή μου. Είμαι ο τελευταίος που έχει το δικαίωμα να παρέμβει στη ζωή σου, αφού εγώ πρώτος σού έδωσα την ελευθερία σου. Όμως δεν είναι αυτό το θέμα. Ξέρεις ότι θέλω την ευτυχία σου, όμως έχω και το καθήκον να σε προφυλάξω από το στραβό δρόμο που κινδυνεύεις να πάρεις. Αναρωτήθηκες τί πας να κάνεις, εσύ μια αγνή πατριώτισσα Ελληνίδα, μια πιστή Χριστιανή; Είναι καιρός να συνέλθεις, Τάνια μου».

Στη συνέχεια, εξιστόρησε με λεπτομέρειες τα σχέδια των Τούρκων, όπως τα είχε αναλύσει στον Άρη η Ραχήλ.

«Μας πολεμάνε οι Τούρκοι, Τάνια. Με έναν πόλεμο ύπουλο στα πρότυπα του Γερμανικού οικονομικού πολέμου. Σού πουλάνε τάχα αίσθημα για να σε μετατρέψουνε σε ένα πιόνι για τα σχέδιά τους. Πρόσεξε καλά, Τάνια μου. Μην προδώσεις την πατρίδα. Στάσου στο πλευρό μας, Έχεις να παίξεις ένα πολύτιμο ρόλο».

«Τί μού προτείνεις να κάνω, εκτός από το να θυσιάσω την προσωπική μου ζωή, Άρη;».

«Η πατρίδα έχει την απαίτηση να βοηθήσεις, Τάνια. Άφησε τα προσωπικά σου κατά μέρος και στρατεύσου στον ιερό αυτό σκοπό. Πρέπει να παραμείνεις στη θέση σου, στη Μαρίνα, και να έχεις τα μάτια και τα αυτιά σου ανοιχτά. Χρειαζόμαστε πληροφορίες που μόνο εσύ μπορείς να μάς μεταδώσεις. Ο κυριούλης, που έπεσε δίπλα σου, γνωρίζει πολλά μυστικά. Είναι στο χέρι σου να τα μαθαίνεις. Παίξε την καλή, συνέχισε να τον συναναστρέφεσαι, αλλά προσπάθησε να μην ενδώσεις στις... προτάσεις του. Ούτε αυτός θα επιμείνει. Δεν είναι αυτός ο σκοπός του άλλωστε!»

«Με άλλα λόγια μού ζητάς να γίνω διπλή πράκτορας. Μήπως το παρακάνεις, Άρη μου;»

«Τάνια, σκέψου το καλά και αποφάσισε. Όποιος δεν είναι φίλος μας, είναι εχθρός μας. Περιμένω μέχρι αύριο την απόφασή σου».

Για άλλη μία φορά ξενύχτησε η Τάνια. Μια τα έβαζε με τον Άρη, μια με τον εαυτό της και μια με τη ζωή της που είχε ανατραπεί. Στον ύπνο της εμφανίστηκε και ο Οδυσσέας. Κοίταζε με ένα περίλυπο βλέμμα, χωρίς να μιλήσει καθόλου. Μόνο που της φάνηκε ότι κάποια στιγμή είχε δακρύσει. Το πρωί η Τάνια είχε πάρει τις αποφάσεις της.

«Εντάξει, Άρη, θα κάνω ό,τι μου λες».

«Το ήξερα, Τάνια μου, είσαι μια τίμια κοπέλα και μια αγνή πατριώτισσα. Ξεκινάμε, λοιπόν. Θέλουμε να μάθουμε, εκτός από την ανακαίνιση της Μαρίνας, ποιά είναι τα επόμενα σχέδια των... φίλων μας».

Μόλις επέστρεψε ο Άρης στη βάση του έσπευσε να τηλεφωνήσει στη Ραχήλ και να την ενημερώσει.

«Ραχήλ μου, σε σ' ευχαριστώ για τις προειδοποιήσεις σου. Ελπίζω να κανόνισα όλα καλά. Η «φιλεναδίτσα», όπως την αποκάλεσες, θα μάς μεταδίδει από πρώτο χέρι όσες πληροφορίες θα ζητάμε, ώστε να παρεμβαίνουμε εγκαίρως στις επιθετικές τους ενέργειες. Προς το παρόν περιμένω οδηγίες από εσένα και τη... Μοσάντ».

Η Ραχήλ απάντησε αμέσως φανερά οργισμένη.

«Άρη, να μην αναφέρεις ξανά τη Μοσάντ, αν θέλεις να συνεχίσουμε. Δεν καταλαβαίνω πώς σκαρφίστηκες την ανάμειξή της. Μάθε ότι σε λίγες μέρες θα δημοπρατηθούν τα καταστήματα της Μαρίνας. Θα κάνουν έναν εικονικό διαγωνισμό για να τους ανατεθεί η εκμετάλλευσή τους. Πρέπει να μάθουμε εγκαίρως το ύψος των προσφορών τους, ώστε να πλειοδοτήσουμε και να κατακυρωθούν σε εμάς, που θα τις διεκδικήσουμε με τη μορφή μιας οφσορ, πίσω από την οποία θα καλυφθούμε. Περιμένουμε τις πληροφορίες σας».

Η Τάνια, με κίνδυνο να αποκαλυφθεί ο ρόλος της, εισέβαλε μυστικά στο γραφείο της Μαρίνας την ημέρα που ανοίχτηκαν οι προσφορές και κατόρθωσε να αντιγράψει τις προσφορές των Τούρκων. Σχεδόν αμέσως έφθασε ένα email με την προσφορά των Εβραίων και μοιραία η επιτροπή του διαγωνισμού τούς κατακύρωσε την εκμετάλλευση. Πρώτη επιτυχία που αναστάτωσε τους Τούρκους. Ο Μουσταφά έξαλλος από θυμό τα έβαζε με όλους την επομένη, ενώ η Τάνια είχε προβλέψει να έχει άλλοθι έχοντας δηλώσει ασθένεια εδώ και λίγες μέρες. Όταν αντιμετώπισε το θυμό του Μουσταφά, είπε τάχα με αφέλεια.

«Συγχαρητήρια, Μουσταφά, πετύχαμε καλές τιμές για τα καταστήματα. Ελπίζω οι προϊστάμενοι να μείνουν ευχαριστημένοι, μια και με αυτά τα ενοίκια θα μπορέσουμε να καλύψουμε τα έξοδά μας».

Ο Μουσταφά, μη έχοντας αποδείξεις ενοχής για την Τάνια και παρασυρμένος από τον έρωτά του, έδειξε να πείθεται για την αθωότητά της.

~ ~

37. ΑΝΤΙΠΑΛΟΙ ΣΤΟΝ ΑΚΗΡΥΚΤΟ ΠΟΛΕΜΟ

Η Ραχήλ αντιμετώπισε με σοβαρό ύφος τον Άρη στην επόμενή τους συνάντηση. Αυτή τη φορά χωρίς γλύκες και χαρούλες, παρά μόνο με την αυστηρότητα που διακρίνει τους Ισραηλινούς, όταν α στρώνονται κάτω για δουλειά.

«Άρη, έχουμε να αντιμετωπίσουμε έναν καλά οργανωμένο και ισχυρό αντίπαλο. Γνωρίζουμε τα σχέδιά του, είναι με λίγα λόγια η οικονομική επικράτηση στα νησιά του Αιγαίου, με αρχή από τη Μυτιλήνη. Δεν σχεδιάζουν να επιτεθούν με όπλα. Αυτά δεν ταιριάζουν ούτε στις εποχές μας ούτε στις συγκεκριμένες συγκυρίες. Σχεδιάζουν να σάς αγοράσουν, Άρη μου, βασιζόμενοι στην οικονομική σας κρίση, και να εκμεταλλευτούν, για λογαριασμό τους, όλες τις πλουτοπαραγωγικές πηγές του νησιού. Θα εξαγοράσουν σε εξευτελιστικές τιμές όλες τις ξενοδοχειακές σας εγκαταστάσεις, που καταχρεωμένες στις τράπεζες τώρα ψυχορραγούν Θα ανακαινίσουν και θα εκσυγχρονίσουν όλες τις ιαματικές σας πηγές δημιουργώντας εγκαταστάσεις Σπα, θα δημιουργήσουν αεροπορικές, αλλά και σύγχρονες θαλάσσιες συγκοινωνίες ανάμεσα στα νησιά και στα παράλιά τους, δημιουργώντας καινούργια αεροδρόμια και λιμάνια. Σε ένα επόμενο στάδιο θα εκμεταλλευτούν και τον ορυκτό σας πλούτο. Όταν αντληθούν τα πετρέλαια στο Αιγαίο και σπεύσουν εκεί οι πολυεθνικές εταιρίες και οι τουρίστες, εκείνοι θα είναι προετοιμασμένοι να εκμεταλλευτούν όλον τον πλούτο που θα εισρεύσει, ενώ εσείς θα περιοριστείτε στο ρόλο του κακά αμειβόμενου κατωτέρου προσωπικού, που θα δουλεύει με τους δικούς τους όρους.

Εμείς όμως είμαστε προετοιμασμένοι να τους αντιμετωπίσουμε. Αρχίσαμε κερδίζοντας την εκμετάλλευση των καταστημάτων της Μαρίνας. Θα συνεχίσουμε πλειοδοτώντας στην εξαγορά ξενοδοχείων. Θα παρέμβουμε στην κατασκευή και εκμετάλλευση των λιμανιών και των αεροδρομίων. Με λίγα λόγια, θα μάς βρίσκουν συνέχεια μπροστά τους, ώστε να πάρουμε τελικά την κατάσταση στα χέρια μας. Ο αγώνας αρχίζει τώρα. Κάναμε μία μικρή, αλλά καλή αρχή, και βασιζόμαστε στη συνεργασία σας για να επικρατήσουμε. Εύχομαι καλή επιτυχία».

Έτσι άρχισε αυτός ο ακήρυχτος πόλεμος. Η Μυτιλήνη σιγά - σιγά άλλα-ζε μορφή. Άρχισε να εξελίσσεται σε ένα άριστα εξοπλισμένο τουριστικό νησί. Η Τάνια βοηθούσε με όλες της τις δυνάμεις να μην επικρατήσουν οι Τούρκοι.

~ ~

38. ΤΑ ΠΛΩΤΑ ΓΕΩΤΡΥΠΑΝΑ ΜΟΛΥΝΟΥΝ ΤΟ ΑΙΓΑΙΟ

Τα πρώτα πλωτά γεωτρύπανα έκαναν την εμφάνισή τους στο Αιγαίο και σχεδόν αμέσως η τούρκικη προπαγάνδα ανέλαβε δράση. Ο κόσμος βομβαρδιζότανε από εκπομπές στην τηλεόραση και το ραδιόφωνο με συνθήματα για την καταστροφή του περιβάλλοντος και εικόνες από παλιά ναυάγια με ακτές μολυσμένες από πετρέλαια, θαλασσοπούλια να πεθαίνουν βουτηγμένα στο πετρέλαιο, χιλιάδες ψάρια να επιπλέουν νεκρά στη θάλασσα. Το κύριο σύνθημα ήτανε να ξεσηκωθεί ο κόσμος και από τις δύο μεριές των παραλίων.

«Αιγαιοπελαγίτες, η παραδεισένια περιοχή σας σε λίγο θα μετατραπεί σε κόλαση. Τα καταγάλανα νερά σας θα μετατραπούν σε βούρκο πλημμυρισμένο από απόβλητα. Οι τουρίστες θα σάς εγκαταλείψουν, θα βρουν άλλες αμόλυντες θάλασσες. Τα νησιά του Αιγαίου θα μαραζώσουν πνιγμένα στο πετρέλαιο. Αντισταθείτε στην καταστροφή του περιβάλλοντος που θα ωφελήσει μόνο τους κερδοσκόπους και τις πολυεθνικές τους».

Ο κόσμος στη Μυτιλήνη ταράχτηκε από τα νέα. Οι διάφορες οργανώσεις διοργάνωσαν πορείες διαμαρτυρίας, Έλληνες και Τούρκοι ενώσανε τις φωνές τους ενάντια στην καταστροφή. Η Τάνια ένιωσε άλλη μία φορά να την κατακλύζουν οι τύψεις. Ξάφνου, ήρθε σε επαφή μαζί της και η Τζεμιλέ.

«Τάνια, έλα να δώσουμε τα χέρια μπροστά στην καταστροφή που μας απειλεί. Προτείνω να ξαναρχίσουμε τις εκπομπές του ραδιοφωνικού σταθμού μας, να ενημερώσουμε τον κόσμο, να πάρουμε συνεντεύξεις από τις αρχές, αλλά και από τους απλούς πολίτες, να σώσουμε τις πατρίδες μας από τον οικολογικό όλεθρο». Η Τάνια δεν δίστασε ούτε λεπτό.

«Τζεμιλέ, χαίρομαι που αποκαταστήσαμε την επαφή μας ύστερα από τόσο καιρό. Θυμάμαι την αντίδρασή σου τότε που φώναζες να μην καταστραφεί το Λεπέτυμνο από τα ορυχεία. Ξέρω ότι είναι ειλικρινής η στάση σου και συμφωνώ να συνεργαστούμε εγκαινιάζοντας μία καινούργια περίοδο εκπομπών. Ας οργανωθούμε να ξεσηκώσουμε τον κόσμο».

Οι πετρελαϊκές εταιρίες αντέδρασαν αστραπιαία. Με πληρωμένες ολοσέλιδες καταχωρήσεις στις τοπικές εφημερίδες προπαγάνδιζαν τα οικονομικά πλεονεκτήματα από την άντληση πετρελαίων στην περιοχή. Προσπάθησαν να πείσουν τον κόσμο ότι θα έπαιρναν όλα τα μέτρα ώστε να προλάβουν την οικολογική καταστροφή.

«Πάρτε σαν παράδειγμα τη Νορβηγία», βροντοφώναζαν με τις καταχωρήσεις τους. «Από ένα ταπεινό ψαροχώρι με φτωχούς ψαράδες και πεινασμένους καλλιεργητές, έχει μετατραπεί σε ένα από τα πλουσιότερα κράτη. Οι θάλασσές της – χάρη στα μέτρα που ελήφθησαν – έχουν παραμείνει πεντακάθαρες και ο θαλάσσιος πλούτος είναι ανέπαφος. Χάρη στην πρόοδο της επιστήμης και την αυστηρή τήρηση των κανόνων ασφαλείας δεν συνέβη καμία οικολογική καταστροφή. Το ίδιο θα φροντίσουμε να ισχύσει και για το Αιγαίο».

Ωστόσο, ο κόσμος δεν έδειξε να πείθεται.

«Εδώ είναι Βαλκάνια», μονολογούσαν οι σκεπτικιστές. «Οι πετρελαιάδες θα φροντίσουν να κάνουν οικονομίες για το συμφέρον τους και θα αγνοήσουν το καλό του τόπου. Αιγαιοπελαγίτες, αγρυπνείτε!»

Διάφορες οικολογικές οργανώσεις ήρθαν σε επαφή με τα κορίτσια. Προμήθευσαν άφθονο υλικό σχετικό με τις καταστροφές του θαλάσσιου περιβάλλοντος, το οποίο έσπευσε να αναμεταδώσει ο ραδιοφωνικός τους σταθμός. Το Πανεπιστήμιο Αιγαίου άρχισε να εκδίδει επιστημονικές μελέτες σχετικές με την καταστροφή της θαλάσσιας πανίδας, ενώ οι φοιτητές του αντιδρούσαν μαυροφορεμένοι στις πλατείες. Στο λιμάνι κατέφθασαν μερικά φουσκωτά με πλήρωμα από αγόρια και κορίτσια έτοιμα να εμποδίσουν τη συναρμολόγηση των πλωτών εγκαταστάσεων ακόμα και με θυσία της ζωής τους.

Ο αρχηγός τούς έδωσε μία διάλεξη στο κατάμεστο από κόσμο Δημοτικό Θέατρο της Μυτιλήνης.

«Αγαπητοί Αιγαιοπελαγίτες. Ήρθαμε εδώ για να σάς ενημερώσουμε για τους κινδύνους που διατρέχετε σαν άτομα, σαν περιβάλλον και σαν οικονομία από τις θαλάσσιες γεωτρήσεις. Οι κίνδυνοι από τις διαρροές των πετρελαίων, αλλά και των χημικών που χρησιμοποιούνται – αποβαλλόμενα υλικά αντλήσεως γνωστά ως drilling muds, λιπαντικά των γεωτρύπανων κλπ - είναι τεράστιοι και πολλές φορές ύπουλοι και καταστροφικοί για πολύ μεγάλο χρονικό διάστημα. Ακόμα και η προοδευτική φθορά των εγκαταστάσεων είναι ένας παράγων μόλυνσης που δεν πρέπει να αγνοείται. Η μόλυνση της θάλασσας μεταφέρεται στα ψάρια και η κατανάλωσή τους θα δηλητηριάζει τον κόσμο. Κατά την άντληση των πετρελαίων υπάρχει μεγάλος κίνδυνος - είτε λόγω ανθρώπινου λάθους, είτε λόγω φυσικών ή καιρικών φαινομένων, όπως σεισμοί, καταιγίδες κλπ. – να διαφύγουν τεράστιες ποσότητες πετρελαίου στη θάλασσα με τα γνωστά καταστροφικά αποτελέσματα (κοινωνικά, λόγω της καταστροφής των ακτών και των τουριστικών εγκαταστάσεων και υγειονομικά, λόγω της εισπνοής των πετρελαϊκών αναθυμιάσεων και της κατανάλωσης μολυσμένων θαλασσινών). Δεν τολμώ να αναφερθώ στις τεράστιες διαρροές πετρελαίων που προκαλούνται είτε από τους υποθαλάσσιους αγωγούς μεταφοράς είτε από τα ναυάγια των πετρελαιοφόρων πλοίων. Υπάρχουν χιλιάδες παραδείγματα τέτοιων ατυχημάτων. Πολλά από αυτά τα γνωρίζετε όλοι σας. Θα αναφέρω μόνο τις διαρροές αγωγών που συνέβησαν στις ακτές της Βραζιλίας το 2000, όπου χύθηκαν στη θάλασσα χίλιοι τριακόσιοι τόνοι πετρελαίου, ή ακόμα τις διαρροές στις ακτές της Νιγηρίας το 1998, όπου μολύνανε τη θάλασσα δέκα τέσσερις χιλιάδες τόνοι πετρελαίου. Φανταστείτε τί καταστροφή θα επέφεραν στο Αιγαίο παρόμοια ατυχήματα. Τέλος, θα αναφερθώ στα απόβλητα των γεωτρήσεων, τα αποκαλούμενα Drilling muds, τα οποία εμπεριέχουν ποσοστά πετρελαίου ικανά να μολύνουν τη θάλασσα για τα επόμενα είκοσι χρόνια, χωρίς να υπάρχει ακόμα τεχνολογία για την εξουδετέρωσή τους. Είναι ένας κίνδυνος που αφορά και τις θάλασσες της Νορβηγίας και φυσικά αποσιωπάται από τα διάφορα συμφέροντα που τολμούν να τονίζουν υποκριτικά την «καθαρότητα» των θαλασσών της Νορβηγίας.

Θαυμάζουμε την ομορφιά του Αιγαίου πελάγους και σάς καλούμε να αντισταθείτε στην καταστροφή του. Είμαστε εδώ για να βοηθήσουμε και ζητάμε τη συμπαράστασή σας».

Η Τάνια μαγνητοφώνησε τη διάλεξη και η Τζεμιλέ τη μετέφρασε στα τουρκικά, ώστε να αναμεταδοθεί από το ραδιοφωνικό σταθμό. Το βράδυ καλέσανε τα παλληκάρια της GreenPeace στο ταβερνάκι του Ηλία να δείξουνε την ευγνωμοσύνη τους και να γευτούνε τα ακόμα αμόλυντα ψαράκια του Αιγαίου. Πριν καλά - καλά χαράξει, η μέρα τα φουσκωτά ξεκινήσανε με τα θαρραλέα παλληκάρια να αρχίσουνε το τολμηρό έργο τους...

~ ~

39. ΤΟ ΤΡΑΓΙΚΟ ΤΕΛΟΣ ΤΗΣ ΤΖΕΜΙΛΕ

Την τελευταία στιγμή είδανε με έκπληξή τους να πηδάνε στο φουσκωτό και τα δύο κορίτσια, η Τάνια και η Τζεμιλέ. Προς στιγμήν σκέφθηκαν να τις απωθήσουν, αλλά παρενέβη ο αρχηγός.

«Αφήστε τα κορίτσια να έρθουν μαζί μας να δουν πώς παλεύουμε. Ίσως προσχωρήσουν και αυτές στο κίνημά μας και γίνουνε και αυτές μέλη της Greenpeace».

Οι μηχανές μούγκρισαν ζωηρά και τα σκάφη άρχισαν κυριολεκτικά να πετάνε πάνω στα αφρισμένα κύματα. Το πλήρωμα τραγουδούσε με ενθουσιασμό, ανταλλάσσανε αστεία και γέλια. Δεν άργησε να φανεί μέσα στην ομίχλη η πρώτη πλατφόρμα, ίδιο τέρας της αποκάλυψης. Σβήσανε τις μηχανές και πλησιάσανε αθόρυβα. Μόλις πλησιάσανε πέταξαν γάντζους και οι πιο τολμηροί άρχισαν να σκαρφαλώνουν. Από κοντά και τα δύο κορίτσια. Κουβαλούσαν μαζί τους τεράστια πανό με οικολογικά συνθήματα που προσπάθησαν να τα δέσουν πάνω στις πλατφόρμες. Από τα φουσκωτά οι άλλοι γύριζαν σε βίντεο τις σκηνές να τις προβάλουν μέσω Ιντερνετ σε όλη την υφήλιο.

Από το ύψος της πλατφόρμας ακούστηκαν άγριες φωνές από τον τηλεβόα.

«Φύγετε αμέσως, αν δεν θέλετε να έχετε θύματα. Αυτή είναι η τελευταία μας προειδοποίηση».

Τα παλληκάρια απάντησαν φωνάζοντας και αυτά

«Βάνδαλοι, εσείς να τα μαζέψετε και να εξαφανιστείτε. Δεν πρόκειται να σας αφήσουμε να καταστρέψετε και το Αιγαίο. Αρκετές καταστροφές έχετε κάνει ως τώρα».

Ακολούθησε πανδαιμόνιο. Τώρα και οι δύο πλευρές ανταλλάσσανε συνθήματα και βρισιές. Τα πρώτα παλληκάρια κατόρθωσαν να ανέβουν στην πλατφόρμα. Η Τζεμιλέ τούς ακολούθησε σκαρφαλώνοντας σαν αίλουρος και εκείνη. Οι αντίπαλοι άρχισαν να εκτοξεύουν με σωλήνες νερό με πίεση. Οι δικοί μας πάλευαν να δέσουν τα πανό με υπεράνθρωπες προσπάθειες. Τα κορίτσια προσπαθούσαν και αυτά να βοηθήσουν με όλες τους τις δυνάμεις. Η Τζεμιλέ προσπάθησε απελπισμένα να αντισταθεί, όταν εκτοξεύθηκε το νερό απάνω της. Δεν τα κατάφερε. Το νερό την παρέσυρε, οπισθοχώρησε και βρέθηκε στο κενό. Πέφτοντας έβγαλε μία κραυγή την ώρα που προσέκρουε στα σίδερα της πλατφόρμας και στη συνέχεια βυθί-στηκε στο πέλαγος. Η Τάνια δεν έχασε καιρό. Με ένα θαρραλέο πήδημα βρέθηκε και αυτή στο νερό, πλησίασε τη φίλη της, την πήρε στην αγκαλιά της και προσπάθησε να πλησιάσει το φουσκωτό. Με φρίκη διαπίστωσε ότι η Τζεμιλέ ήτανε πια ένα άψυχο σώμα. Η Τάνια, μόλις διαπίστωσε το τραγικό τέλος της φίλης της, έπαθε νευρική κρίση. Έκλαιγε και χτυπιό-τανε όλη την ώρα της επιστροφής αρνούμενη να παραδεχτεί την τραγική πραγματικότητα.

Ο Αχμέτ κατέφτασε και αυτός στη Μυτιλήνη μόλις τον πληροφορήσανε για το μοιραίο. Μόλις που χαιρέτησε ψυχρά, σχεδόν εχθρικά, την Τάνια. Αμέσως μετά παρέλαβε απαρηγόρητος το άψυχο κορμί της Τζεμιλέ και ξεκίνησε να το θάψει στα χώματα της πατρίδας του.

Ο κόσμος στη Μυτιλήνη είχε ξεσηκωθεί για τα καλά. Περίεργη ράτσα αυτοί οι Μυτιληνιοί. Συνήθως αδιάφοροι και απαθείς κλεισμένοι στο δικό τους κόσμο, αδιάφοροι για τα τεκταινόμενα γύρω τους, αντιδρούν μόνο όταν νιώσουν να θίγονται τα προσωπικά τους συμφέροντα. Όμως αυτή τη φορά έγινε η μεγάλη εξαίρεση. Το ποτήρι είχε ξεχειλίσει! Οι δρόμοι και οι πλατείες πλημμύρισαν από αγανακτισμένους πολίτες. Τους έπιασε μανία καταστροφής. Κραυγάζανε και κατέστρεφαν ό,τι έβρισκαν μπροστά τους. Η Αστυνομία δεν μπόρεσε να τους συγκρατήσει. Ακολούθησαν επεισό-δια, ξυλοδαρμοί και συλλήψεις. Κανείς δεν ήθελε πια να ακούσει για γεω-τρήσεις και πετρέλαια, για γρήγορα πλούτη και οικολογικές καταστροφές. «Αφήστε μας στην ησυχία μας», βροντοφωνάζανε. «Δεν θέλουμε κανέναν σας. Μαζέψτε τα και εξαφανιστείτε».

Στο λιμανάκι της Συκαμιάς οι αγαθοί ψαράδες έβαψαν ένα μαύρο ζωνάρι περιμετρικά από το εκκλησάκι της Παναγιάς της Γοργόνας να πενθήσουν και αυτοί με τον τρόπο τους για την αδικοχαμένη καλή τους φίλη και για την καταστροφή που απειλούσε τη θάλασσά τους και την ίδια τους τη ζωή.

~ ~

40. Η ΑΜΗΧΑΝΙΑ ΤΟΥ ΑΡΗ

Η Ραχήλ έσπευσε να ενημερώσει τον Άρη για τα συμβάντα στη Μυτιλήνη. Κανόνισαν να συναντηθούν αμέσως για να καθορίσουν την πορεία τους. Ο Άρης, βαθιά προβληματισμένος με το άδοξο τέλος της Τζεμιλέ αλλά και με τις αντιδράσεις των κατοίκων της Μυτιλήνης, βρέθηκε σε μεγάλη αμηχανία, μια και δεν μπορούσε να αποφασίσει τίνος το μέρος να πάρει. Από τη μία μεριά έβλεπε τα σχέδια για την οικονομική ανόρθωση της πατρίδας του να ματαιώνονται, αλλά και από την άλλη δεν του πήγαινε καθόλου να συμπράξει στην οικολογική καταστροφή της αγαπημένης του θάλασσας. Μία νεκρή θάλασσα, μολυσμένες από πετρέλαιο ακτές με τους τουρίστες να τις εγκαταλείπουν, ψάρια και θαλασσινά γεμάτα δηλητήριο, η εφιαλτική εικόνα κυριαρχούσε μέσα του. Όλα αυτά για να θησαυρίσουν οι πολυεθνικές των πετρελαίων, έστω παραχωρώντας κάποια σημαντικά οικονομικά οφέλη και στην Ελλάδα, τα οποία θα έσπευδαν οι σύμμαχοι να συμψηφίσουν με τα χρέη της Ελλάδας. Όμως, ποιό θα ήτανε και το αποτέλεσμα, αν ματαιώνοντας οι έρευνες; Τα νησιά θα εξακολουθούσαν να υποφέρουν οικονομικά, οι γείτονες θα συνέχιζαν τις προσπάθειες για την εξαγορά τους, ο κόσμος δεν θα έβλεπε άσπρη μέρα. Μπρος γκρεμός και πίσω ρέμα και ο Άρης δεν μπορούσε να βρει τη σωστή λύση.

Ανέπτυξε τους προβληματισμούς του στη Ραχήλ, η οποία άκουγε με ψυχρό ύφος.

«Το περίμενα, Άρη να έχεις οικολογικούς προβληματισμούς. Το περίμενα να σε επηρεάσουν οι κουλτουριάρηδες οικολόγοι με τις υπερβολές τους. Ο κοσμάκης είναι φυσικό να επηρεαστεί με την προπαγάνδα τους. Ποιος ξέρει τίνος τα συμφέροντα εξυπηρετούν αυτοί οι «αγνοί ιδεολόγοι». Φυσικό είναι οι κάτοικοι να πανικοβληθούν από τα επιχειρήματά τους, αλλά εσύ, ένας σκεπτόμενος τεχνοκράτης, πώς είναι δυνατόν να προβληματίζεσαι με τις απόψεις τους. Δεν φαντάζομαι να αφήσεις όλες μας τις προσπάθειες να πάνε χαμένες χάρη στις εξωπραγματικές τους θεωρίες. Ο κόσμος πάει μπροστά, δεν γυρίζει πίσω. Η επιστήμη έχει προοδεύσει και μπορεί να προλαβαίνει τις οικολογικές καταστροφές. Στο κάτω – κάτω, προηγείται η ευημερία των λαών έστω και εις βάρος των... ψαριών. Δεν νομίζεις;».

«Σέβομαι τις θεωρίες σου, Ραχήλ, αλλά θα μού επιτρέψεις να μην τις ασπάζομαι. Έχεις μεγαλώσει σε ένα περιβάλλον, όπου το χρήμα έχει τον πρωτεύοντα ρόλο στη ζωή, ενώ για εμάς υπάρχουν και άλλες προτεραιότητες. Ο άνθρωπος είναι η μεγαλύτερη προτεραιότητά μας. Μπορεί όσοι έχουν οικονομική άνεση να ζουν κάτω από συνθήκες ευημερίας, αλλά αυτοί αποτελούν την εξαίρεση. Σκέψου τη μεγάλη πλειοψηφία του κόσμου, που υποφέρει από τις συνθήκες που έχουν δημιουργηθεί με την καταστροφή του περιβάλλοντος. Αυτούς που ασφυκτιούν στις πόλεις με τη μολυσμένη ατμόσφαιρα, αυτούς που βλέπουν τις περιουσίες τους να καταστρέφονται από τους τυφώνες και τις πλημμύρες, αυτούς που αντιμετωπίζουν τη δίψα και την πείνα, όσους χάνουν την υγεία τους με τις κλιματικές αλλαγές. Βρίσκω ότι έχουν κάθε δίκιο να επαναστατούν και να μην θέλουν ένα τέτοιο Αιγαίο. Όσον αφορά στην επιστήμη, που υποστηρίζεις ότι μπορεί να προλαβαίνει τις οικολογικές καταστροφές, διατηρώ τις αμφιβολίες μου παρατηρώντας τί έχει συμβεί γύρω μας. Ο άνθρωπος δεν έχει καταφέρει να παρεμβαίνει στη φύση χωρίς να υφίσταται τις τραγικές συνέπειες. Θα με ρωτήσεις, βέβαια, τί πρέπει να κάνουμε εδώ που έχουν φτάσει τα πράγματα. Η μόνη μου απάντηση είναι να αφήσουμε τον κοσμάκη να αποφασίσει μόνος του για τη μοίρα του».

Όπως ήτανε φυσικό, η αντίδραση του κόσμου είχε αρχίσει να προβληματίζει τις εταιρίες πετρελαίων. Συνεδριάζανε συνεχώς για να βρούνε τρόπους να μετριάσουνε το αρνητικό κλίμα. Δεν πήρε πολύ καιρό να πάρουνε τις αποφάσεις τους και να καταλήξουνε στην κλασική λύση.

«Να ρίξουμε χρήμα στις αγορές και να κάνουμε ενημερωτικές καμπάνιες που να υποστηρίζουν τις θέσεις μας. Το χρήμα και η προπαγάνδα θα κάνουν τους περισσότερους να «ξεχάσουν» τις οικολογικές τους ανησυχίες. Δεν άργησαν να φανούν τα πρώτα αποτελέσματα. Δωρεές για ίδρυση και εξοπλισμό νοσοκομείων και σχολείων, δημόσια έργα που απορροφούσαν χιλιάδες θέσεις εργασίας, αποστολή χιλιάδων τουριστών, οι συνθήκες ζωής θα άλλαζαν ριζικά κάνοντας τους πολλούς να αλλάζουν ιδέες. Μία μεγάλη καμπάνια στις εφημερίδες και τις τηλεοράσεις με συνεντεύξεις επιστημόνων και «ειδικών» στην πρόληψη των οικολογικών «ατυχημάτων» κατόρθωσε να επηρεάσει την κοινή γνώμη. Βοήθησε, βέβαια, και η εξαγορά συνειδήσεων των διαφόρων πολιτικάντηδων που διαπίστωσαν ξαφνικά ότι φούσκωναν οι τραπεζικοί τους λογαριασμοί. Όσοι, οι λίγοι που απέμειναν να διατηρούν τις ανησυχίες τους, βαφτίστηκαν αντιδραστικοί και κουλτουριάρηδες, που υποστήριζαν ξεπερασμένες και αναχρονιστικές θεωρίες. Την κατάλληλη στιγμή διοργανώθηκε και ένα δημοψήφισμα να δημιουργήσει τετελεσμένο γεγονός στις αντιδράσεις των ολίγων.

Η Ραχήλ αντιμετώπιζε τώρα τον Άρη με υπεροπτικό ύφος.

«Ιδού τα αποτελέσματα των ρομαντικών σου ανησυχιών, φίλε Άρη. Είναι καιρός να ανακαλέσεις τους υπαινιγμούς σου για την αδυναμία των δικών μου στο χρήμα. Είτε το θέλουμε είτε όχι αυτό μάς κυβερνά όλους. Είσαι έξυπνος άνθρωπος, μην κάνεις ότι δεν καταλαβαίνεις!».

«Ευτυχώς που δεν θα ζήσουμε αρκετά, ώστε να δούμε την αυτοκαταστροφή της ανθρωπότητας, που κυβερνιέται βάσει των θεωριών σας. Λυπάμαι αφάνταστα, Ραχήλ μου, όταν είναι φορές που αναγκάζομαι να δικαιώνω τα καθάρματα που κάποτε σάς πολεμήσανε και που πολλοί ακόμα σάς εχθρεύονται...» Ο Άρης μετάνιωσε αμέσως για τα σκληρά του λόγια και έσπευσε να ζητήσει συγνώμη. Όμως η Ραχήλ είχε ήδη σηκωθεί και αναχωρούσε κατασυγχυσμένη...

~ ~

41. Η ΑΝΑΤΡΟΠΗ

Οι έρευνες στο Αιγαίο συνεχίστηκαν κανονικά. Τα κοιτάσματα που ανακαλύπτονταν ήτανε πέραν κάθε προσδοκίας. Κατά τους επιστήμονες ερευνητές είχανε τέτοιο μέγεθος, ώστε θα μπορούσαν να καλύπτουν τις περισσότερες ανάγκες σε αέριο και πετρέλαια του μεγαλύτερου μέρους της Ευρώπης. Αυτό το γεγονός επέφερε μεγάλη αναστάτωση στις εταιρίες πετρελαίων και στα πετρελαιοπαραγωγά κράτη. Η μεγάλη προσφορά θα επέφερε μοιραία δραματική μείωση της τιμής τους με άγνωστα αποτελέσματα. Όλα τα ενδιαφερόμενα μέρη εν όψει αυτού του κινδύνου ξεχάσανε το συναγωνισμό τους και συμμαχήσαμε προσωρινά ψάχνοντας να βρούνε μία λύση.

Το πρόσωπο του ηγέτη της σχεδόν μισής υφηλίου έδειχνε ακόμα πιο σκληρό από,τι συνήθως. Τα μικρά όλο κακία αγέλαστα χείλη του, τα γαλανά ανέκφραστα μάτια του με το φιδίσιο βλέμμα, η χαμηλή απειλητική, όλο κακία, φωνή του, όλα πρόδιδαν το θυμό που δύσκολα συγκρατούσε. Μπροστά του στεκότανε σε στάση προσοχής ο κατά τα άλλα πανίσχυρος δερβέναγας της Gasprome, του πανίσχυρου κρατικού γίγαντα των πετρελαιοειδών της Ρωσίας.

«Σού εμπιστεύτηκα το πρόβλημα των πετρελαίων του Αιγαίου και εσύ δεν έκανες τίποτα να το αντιμετωπίσεις. Να, λοιπόν, που βρεθήκαμε εκτός παιχνιδιού και αντιμετωπίζουμε τώρα μια πολύ επικίνδυνη κατάσταση. Εάν αντληθούν τα τεράστια αποθέματα που ανακαλύφθηκαν στο Αιγαίο, εμείς θα χάσουμε το μονοπωλιακό μας ρόλο στην πώληση δικών μας προϊόντων που έχουμε εξασφαλίσει προμηθεύοντας όλη την Ευρώπη. Οι αγωγοί μεταφοράς αερίων, που έχουμε με τόσα έξοδα εγκαταστήσει, χάνουν πια τη σημασία τους. Η Ευρώπη θα προμηθεύεται τα προϊόντα του Αιγαίου, που θα στοιχίζουν φθηνότερα, λόγω της μικρότερης απόστασης. Εμείς θα μείνουμε έξω από το χορό χάρη στη δική σου αμέλεια. Έβλαψες την οικονομία της πατρίδας σου και θα το πληρώσεις ακριβά».

Ο συνομιλητής του στεκότανε αμήχανος και προσπαθούσε να ψελλίσει κάποιες δικαιολογίες.

«Σεβαστέ, κύριε πρόεδρε. Το Αιγαίο αποτελεί μεγάλη έκπληξη με τα τεράστια αποθέματά του σε όλο τον πετρελαϊκό κόσμο. Κανείς δεν είχε προβλέψει το μέγεθος των κοιτασμάτων που έκρυβε αυτή η θάλασσα. Έχουμε συμμαχήσει όλοι μπροστά σε αυτόν τον κίνδυνο. Σε λίγες μέρες θα συναντηθούμε για να βρούμε όλοι μαζί μία λύση».

Πράγματι, σχεδόν αμέσως οι ψαράδες στον κόλπο της Καλλονής, στη Μυτιλήνη, αντίκρισαν ένα τεράστιο κρουαζιερόπλοιο να αράζει «αρόδο» στα ήσυχα νερά του περικυκλωμένο από τρεις κανονιοφόρους και ταχύπλοα γεμάτα βατραχανθρώπους. Ένα - ένα άρχισαν να προσγειώνονται στο κατάστρωμά του διάφορα ελικόπτερα που μετέφεραν ηγεμόνες των πετρελαίων από όλες τις πολυεθνικές εταιρίες παραγωγής. Κατέφθασαν οι ηγεμόνες της Σαουδικής Αραβίας ως εκπρόσωποι των πετρελαιάδων του Κόλπου, ακολούθησαν τα αφεντικά από τις αμερικάνικες «Επτά Αδελφές», αντιπρόσωποι των Νορβηγών, των Ισραηλινών καθώς και των Περσών, οι οποίοι φιλοξενήθηκαν σε ένα αυστηρά φρουρούμενο ξεχωριστό τμήμα του πλοίου. Προσκεκλημένοι και οι πρωθυπουργοί της Ελλάδας και της Τουρκίας με τη συνοδεία τους. Επιστήμονες, δημοσιογράφοι, διεθνή τηλεοπτικά κανάλια έδιδαν το «παρών» τους έτοιμοι να ενημερώσουν το διεθνές κοινό για τα αποτελέσματα της σύσκεψης. Η συνεδρίαση άρχισε με την εισήγηση των Αμερικανών επισήμων.

«Αγαπητοί συνάδελφοι», είπε ο αντιπρόσωπος του Λευκού Οίκου. «Τα πρώτα αποτελέσματα των ερευνών στο Αιγαίο μάς έχουν αφήσει όλους έκπληκτους. Εδώ κρύβεται ένας απέραντος θαλάσσιος πλούτος. Εάν αρχίσει η άντλησή του θα έχει ως αποτέλεσμα την ανατροπή της παγκόσμιας ισορροπίας στον τομέα της ενέργειας. Το αποτέλεσμα θα είναι η ραγδαία πτώση της τιμής του αερίου και των πετρελαίων με ανυπολόγιστες ζημίες για όλους μας. Πρέπει πάση θυσία να αντιμετωπίσουμε το πρόβλημα. Περιμένω να ακούσω τις προτάσεις σας».

Ακολούθησε ο πρόεδρος της Gasprome.

«Νομίζω ότι υπερβάλλουμε ως προς τους κινδύνους, αγαπητοί φίλοι. Οι γείτονες στο Αιγαίο δεν διαθέτουν ούτε τα οικονομικά μέσα, ούτε την τεχνολογία, ώστε να αντλήσουν το θησαυρό τους. Εάν εμείς δεν συνδράμουμε, δεν βλέπω πού θα υπάρξει πρόβλημα».

«Μην είστε τόσο σίγουροι ότι θα υπάρξει διεθνής συμφωνία ώστε να ματαιωθεί η άντληση». Ο εκπρόσωπος του Ισραήλ παρενέβη με αποφασιστικό ύφος. Ο πειρασμός είναι μεγάλος, οι ανάγκες για φθηνή ενέργεια αυξάνουν συνεχώς. Υπάρχουν πανίσχυρα κράτη, όπως η Κίνα και οι Ινδίες, που δεν θα συμφωνήσουν. Πρέπει να σκεφτούμε κάποια άλλη λύση. Μήπως έχουν κάτι να μάς προτείνουν τα άμεσα ενδιαφερόμενα έθνη;».

Ο Ελιέζερ έκλεισε το μάτι στον Άρη. Είχε έρθει η ώρα να προτείνουν τη λύση που είχαν επεξεργαστεί μαζί με τον πανούργο Τούρκο υπουργό, ο οποίοςπαρακολουθούσε με το στερεότυπο αλεπουδίσιο χαμόγελο. Στο βήμα ανέβηκαν προς μεγάλη έκπληξη όλων μαζί οι πρωθυπουργοί της Ελλάδας και της Τουρκίας.

Μίλησε πρώτος ο Έλληνας.

> *«Κατανοούμε το μεγάλο πρόβλημα που σάς δημιουργούν τα αποθέματα του Αιγαίου, όπως και ζητάμε να κατανοήσετε κι εσείς τα προβλήματά μας. Είμαστε θύματα του ύπουλου ακήρυκτου οικονομικού πολέμου, που μάς έχουν κηρύξει οι «φίλοι και σύμμαχοί μας». Ο ελληνικός λαός υποφέρει από τα σκληρά μέτρα λιτότητας, τη φτώχεια και την ανεργία και μάς έχουν καταδικάσει. Προς το παρόν υποφέρουμε εμείς οι Έλληνες. Δεν θα αργήσουν να ακολουθήσουν και οι γείτονές μας οι Τούρκοι. Μη μάς ζητάτε άλλες θυσίες, με αποτέλεσμα να πλουτίζετε εις βάρος μας εσείς οι ισχυροί. Ακούστε με προσοχή και κατανόηση τις προτάσεις μας. Η λύση βρίσκεται στα χέρια σας».*

Ακολούθησε σιωπή. Η ένταση είχε φτάσει στο απροχώρητο. Μίλησε και ο Τούρκος πρωθυπουργός. Ανέλυσε τα περιβαλλοντολογικά προβλήματα που συνεπάγεται η άντληση των πετρελαίων για τη θάλασσα που βρέχει τις δύο γειτονικές ακτές.

«Δεν έχουμε καμία διάθεση να υποστούμε αυτές τις συνέπειες. Ας μείνουν τα κοιτάσματα θαμμένα στο βυθό του Αιγαίου. Αρκεί να γίνει αυτό προς κοινήν ωφέλεια».

Το λόγο πήρε και πάλι ο Έλληνας πρωθυπουργός, ενώ το ενδιαφέρον των συνέδρων είχε φτάσει στο αποκορύφωμά του.

«Όπως μάς διδάσκει η παγκόσμια ιστορία, οι μόνες συμφωνίες που έχουν τηρηθεί είναι εκείνες που έλαβαν υπ' όψιν τους τα συμφέροντα όλων των ενδιαφερομένων. Δεν θα επαναλάβω την οικονομική κατάσταση και των δύο κρατών μας, ούτε είμαστε εδώ για να παίξουμε το ρόλο του επαίτη, όπως συχνά μάς λοιδορούν κάποιοι κακόπιστοι δημοσιογράφοι σας. Τα οικονομικά προβλήματα δεν είναι άλυτα, αρκεί να υπάρχει κοινή διάθεση να διευθετηθούν. Θα εισηγηθούν οι ειδικοί μας τη λύση, που έχουμε επεξεργαστεί και απομένει σε εσάς να συμφωνήσετε».

Στο βήμα ανέβηκαν ο Άρης και ο Αχμέτ.

«Αναγνωρίζουμε ότι τα χρέη μας προς τη διεθνή κοινότητα ανέρχονται σε σεβαστά για εμάς ποσά, που είναι σχεδόν αμελητέα μπροστά στη ζημία που θα σάς προξενήσει η άντληση των πετρελαίων μας. Άλλωστε, ποιο έθνος δεν χρωστάει διεθνώς τεράστια κεφάλαια στο άλλο. Τολμάμε να ισχυριστούμε ότι τα χρέη αυτά έχουν καταντήσει να είναι «εικονικά». Κανένα κράτος δεν τολμά να ζητήσει την εξόφλησή τους. Ωστόσο, εμείς θέλουμε να απαλλαγούμε από αυτόν το βραχνά. Προτείνουμε, λοιπόν, να «αγοράσετε» τα αποθέματα του Αιγαίου ιδρύοντας ένα διεθνές κονσόρτσιουμ και με κοινή σας συμφωνία να μην τα εξορύξετε για τα επόμενα εκατό χρόνια. Ας αποφασίσουν αυτοί που θα ζουν τότε για την τύχη τους και τις συνέπειες... Εμείς με τα κεφάλαια αυτά θα εξοφλήσουμε τα χρέη μας, θα ανακηρύξουμε το Αιγαίο το μεγαλύτερο θαλάσσιο πάρκο του κόσμου, έναν οικολογικό παράδεισο που θα χαίρετε όλη η ανθρωπότητα, ενώ στα νησιά μας, που θα αναβαθμίσουμε τουριστικά, θα απολαμβάνουν τον ήλιο και τη θάλασσα όλοι οι υπήκοοί σας. Εάν συμφωνείτε μπορούμε να αναθέσουμε στους οικονομολόγους τη σχετική μελέτη και στους οικολόγους, υπό την επίβλεψη της UNESKO, το έργο της δημιουργίας του θαλάσσιου πάρκου».

Ακολούθησαν τα πρώτα δειλά χειροκροτήματα, απόδειξη ότι κανείς δεν απέρριπτε αυτές τις προτάσεις. Οι οικονομικές και οικολογικές επιτροπές έπεσαν με τα μούτρα στη δουλειά, ενώ οι επίσημοι άρχισαν ικανοποιημένοι να αποχωρούν σιγά σιγά...

Ο Άρης ορκίστηκε σε λίγο καιρό υπουργός Αιγαίου, ενώ ο Αχμέτ ανέλαβε καθήκοντα γενικού διοικητή στα τουρκικά παράλια. Η συνεργασία τους ήτανε εγκάρδια και ειλικρινής. Ανταλλάσσανε συχνά επισκέψεις και λύνανε μόνοι τους όσα προβλήματα προέκυπταν.

Εκεί στο ταβερνάκι του Ηλία, ύστερα από μια γενναία ουζοποσία, αγκαλιάστηκαν αυθόρμητα μία μέρα οι παλιοί γνωστοί και οι σημερινοί φίλοι.

«Είμαστε καταδικασμένοι να παραμείνουμε φίλοι, Άρη μου. Ας το χωνέψουμε καλά». Οι δύο φίλοι γλέντησαν σκασμένοι στα γέλια. Απέναντί τους ορθωνότανε μία τελευταία πλατφόρμα στο στάδιο της αποσυναρμολόγησης. Επάνω της διακρινότανε ένα γιγαντιαίο πανό που έγραφε.

«ΤΟ ΑΙΓΑΙΟ ΑΝΗΚΕΙ ΣΤΑ... ΨΑΡΙΑ ΤΟΥ»

~ ~

42. ΑΡΗΣ, ΤΑΝΙΑ – ΕΠΕΙΓΟΥΣΑ ΕΠΙΣΤΡΟΦΗ

Την καλή τους διάθεση διέκοψε ένα τηλεφώνημα. Η Νατάσα τούς καλούσε με φωνή γεμάτη αγωνία.

«Παιδιά, ελάτε γρήγορα στο σπίτι. Ο παππούς δεν είναι καλά. Είναι πολύ ταραγμένος και συνέχεια καλεί να γυρίσετε πίσω. Φωνάζει μέσα στο παραλήρημά του τα βράδια. Τον ακούω να λέει γεμάτος πανικό:

«Ο Αχιλλέας είναι πολύ ανήσυχος. Φοβάται ότι οι Τούρκοι θα σάς εξορίσουν σε εκείνα τα φριχτά τάγματα εργασίας. Έρχεται κάθε βράδυ κοντά μου και δείχνει πολύ συγχυσμένος. Πες τους να αφήσουν, επιτέλους, την τουρκολαγνεία και να επιστρέψουν στην πατρίδα. Μην παρασύρονται από τις δήθεν φιλίες των Τούρκων. Είναι άτιμη ράτσα. Κάτι ξέρουμε εμείς που τούς πολεμήσαμε», επαναλαμβάνει συνεχώς.

Δεν τρώει, δεν κοιμάται και διαρκώς προγραμματίζει να νοικιάσει το καΐκι του πεθαμένου από χρόνια καπετάν Χαράλαμπου και να πεταχτούν στη Σμύρνη να σάς περιμαζέψουν. Είναι βράδια που το σκάει, περιφέρεται στο μόλο του Ναυτικού Ομίλου και «προσπαθεί να πείσει» τον πεθαμένο καπετάνιο να ετοιμάσει το καΐκι για αναχώρηση. Γυρίστε πίσω, παιδιά. Τον χάνουμε τον παππού».

Δεν αργήσαμε να συγκεντρωθούμε όλοι στο σπίτι γεμάτοι ανησυχία

«Αργήσατε και θα κρυώσει το φαγητό», είπε ο Οδυσσέας έχοντας ξεχάσει τις μέχρι τότε ανησυχίες του. Η Νατάσα είχε δακρύσει, έδειχνε απελπισμένη. Είχε φωνάξει το γιατρό που διέγνωσε έναρξη γεροντικής άνοιας.

«Υπομονή και προπαντός μην προσπαθείτε να τον πείθετε ότι λέει ασυναρτησίες. Δείξτε του αγάπη και κατανόηση, είναι ο μόνος τρόπος να μη χειροτερεύσει», τόνισε ο γιατρός.

Αγκάλιασαν και φίλησαν τρυφερά τον παππού και ύστερα κάθισαν στο τραπέζι μαζί του. Ο Οδυσσέας έδειχνε τώρα ευδιάθετος Έτρωγε με όρεξη και με μια ακατάσχετη φλυαρία άρχισε πάλι να διηγείται τις γνωστές ιστορίες: «Ο Αχιλλέας, η καταστροφή της Σμύρνης, οι προδότες του αγώνα, ο Βενιζέλος κλπ κλπ.». Άκουγαν αυτά όλοι σιωπηλοί και θλιμμένοι. Έπρεπε να το πάρουν απόφαση ότι ο Οδυσσέας είχε αρχίσει το μακρινό του ταξίδι... Το επόμενο πρωινό είδαν τον Οδυσσέα να σηκώνεται ορεξάτος και πάντα με τη συνοδεία του Άργου να παίρνει την ανηφόρα για την εκκλησία της Παναγίας.

«Πάω επίσκεψη στους δικούς μου, αν αργήσω εσείς φάτε».

Η Τάνια πιστή στις οδηγίες του γιατρού ακολούθησε διακριτικά τον Οδυσσέα. Ο Άργος δεν μπορούσε να καταλάβει τί συμβαίνει. Έτρεχε μπρός πίσω, μια στον παππού και μια στην Τάνια. Ο γέρος δεν άργησε να την πάρει είδηση.

«Έλα, Τάνια, πάμε να σου συστήσω τον Αχιλλέα. Θέλει από καιρό να σε γνωρίσει. Θέλω και εγώ να δείξω το καινούργιο σπίτι μου που μού παρεχώρησε ο φίλος μου ο παπάς».

Ανηφόριζε τώρα λαχανιασμένος, στηριγμένος από τη μια στο μπαστούνι του και από την άλλη στο χέρι της Τάνιας. Το Ακλειδιού, όπου δέσποζε η Παναγίτσα, ήτανε στις μεγάλες του ομορφιές. Τα γιασεμιά και οι πασχαλιές μοσχομύριζαν μεθυστικά. Η γη είχε γεμίσει χαμομήλια, μερικές παπαρούνες πρόβαλαν δειλά - δειλά από το χώμα. Η θέα από εκεί επάνω ήτανε φανταστική. Στα πόδια τους απλωνότανε το λιμάνι σαν κλειστή κουλούρα. Διακρίνανε το κάστρο, τη Σουράδα, τη γειτονιά τους. Ακόμα και το κυπαρίσσι του σπιτιού ξεχώρισε ο παππούς με ένα επιφώνημα χαράς. Η ατμόσφαιρα ήτανε πεντακάθαρη τόσο που φαίνονταν καθαρά εκεί απέναντι πέρα από τη θάλασσα το Αϊβαλί και τα βουνά της Ανατολής. Η Τάνια κοίταζε όλα αυτά συγκινημένη. Τώρα που είχε γνωρίσει την Ανατολή από κοντά ένιωθε για τα πολύπαθα αυτά χώματα μια στοργική αγάπη.

«Δεν θα ξαναγίνουνε ποτέ δικά μας, συλλογιζότανε. Ας μοιραστούμε ειρηνικά τουλάχιστον τις ομορφιές τους με τους γείτονές μας. Ας ξεχάσουμε το αμαρτωλό παρελθόν, ας προσευχηθούμε «Ποτέ πιά...»

Η παπαδιά έφερε τα κλασικά κεράσματα, το γλυκό του κουταλιού, τη βυσσινάδα «από τα χεράκια μου» και το γλυκύ βραστό του παππού.

«Παππούλη, ευχαριστώ που φυλάς το σπίτι με τους δικούς μου εδώ πάνω. Πες τους ότι σύντομα θα έρθω κοντά τους».

Ο αγαθός ιερωμένος έριξε μια θλιμμένη όλο νόημα ματιά στην Τάνια.

«Να είσαι ήσυχος, Οδυσσέα φίλε μου. Όλα τα φροντίζω όταν είναι να γίνει το θέλημα του Πανάγαθου».

~ ~

43. ΟΔΥΣΣΕΑΣ – ΤΟ ΤΑΞΙΔΙ ΧΩΡΙΣ ΕΠΙΣΤΡΟΦΗ

Ο λεβάντες, που φύσαγε ως τότε απαλά, υποχώρησε μπροστά στην τρελή μανία του νοτιά. Ο ουρανός σκεπάστηκε από βαριά σύννεφα. Τα αρώματα των λουλουδιών σκορπιστήκανε μεθυστικά. «Ώρα να πηγαίνουμε, παππού, μην μας πιάσει στο δρόμο η καταιγίδα». Ο Οδυσσέας σηκώθηκε απρόθυμα ο Άργος πετάχτηκε από τον υπνάκο που είχε πάρει, η Τάνια πήρε πάλι τον παππού από το χέρι και τώρα όλοι μαζί κατηφορίζανε βιαστικά. Μόλις που προλάβανε τη βροχή την ώρα που το κυπαρίσσι και τα πεύκα τους υποδεχόντουσαν με ευλαβικές υποκλίσεις στη μανία του αέρα. Σκοτείνιασε, έπεσε η νύχτα ταραγμένη από το αδιάκοπο σφυροκόπημα του αέρα. Δεν άργησε να έρθει και η πρώτη μπόρα να συμπληρώσει το κακό. Πάνω από τα βουνά της Ανατολής άρχισαν να πέφτουν κεραυνοί, η θάλασσα φεγγοβολούσε από τις αστραπές. Ο Οδυσσέας, κουρασμένος από τις συγκινήσεις της ημέρας, έπεσε νωρίς για ύπνο. Δεν άργησαν να τον ακολουθήσουν και οι υπόλοιποι. Κανείς δεν είχε όρεξη για φλυαρία και ξενύχτια.

Ο ύπνος του Οδυσσέα ήτανε πολύ ταραγμένος. Άκουγε – ή έτσι νόμιζε - το αγαπημένο του κυπαρίσσι να βγάζει απελπισμένα βογγητά, καθώς ο νοτιάς το ταρακουνούσε χωρίς σταματημό. Έτριζαν τα κλαδιά του και χτυπούσαν στα παραθυρόφυλλα ζητώντας βοήθεια. Το κακό επιδεινώθηκε μέχρις ότου ένας υπόκωφος γδούπος τράνταξε όλο το σπίτι και έκανε τον Οδυσσέα να πεταχτεί έντρομος από το κρεβάτι. Έτρεξε έτσι όπως ήτανε με τις πιτζάμες στην αυλή, όπου με φρίκη αντίκρισε το κυπαρίσσι να έχει γύρει πάνω στα πεύκα, σα να ζητούσε να το βοηθήσουν στηρίζοντάς το. Εκείνος αγκάλιασε τον κορμό από τη βάση του προσπαθώντας να το επαναφέρει σε ίσια θέση. Τώρα κουνιότανε και αυτός αγκαλιασμένος με το κυπαρίσσι του, έρμαιοι και οι δύο τους στα κέφια της τρελονοτιάς. Το κακό δεν κράτησε για πολύ. Το κλαδί του πεύκου που συγκρατούσε το ξεριζωμένο κυπαρίσσι έσπασε και αυτό με ένα ανατριχιαστικό τρίξιμο και το κυπαρίσσι έπεσε πάνω στο σπίτι σφηνώνοντας τον άτυχο Οδυσσέα ανάμεσα στον τοίχο του σπιτιού και στο χοντρό κορμό του. Ο Οδυσσέας έβγαλε μια κραυγή πόνου που όμως δεν κράτησε πολύ. Ένιωσε τα κόκκαλα του να υποχωρούν από το βάρος και να σπάζουν, ενώ σχεδόν αμέσως τον εγκατέλειψαν και οι αισθήσεις του. Τα παιδιά, που έτρεξαν να βοηθήσουν, με το ζόρι κατάφεραν να τον αποτραβήξουν από τη θανάσιμη αγκαλιά. Μεταφέρανε τον Οδυσσέα ξέπνοο στο κρεβάτι του με τη συνοδεία της Νατάσας που έβγαζε κραυγές απελπισίας. Συντροφέψανε βουβοί τον Οδυσσέα όλη την υπόλοιπη νύχτα μέχρι που άρχισε να γλυκοχαράζει στις ακτές της ανατολής. Τώρα άρχισε και ο νοτιάς να υποχωρεί σφυρίζοντας μαλακά σα να αποχαιρετούσε τον παλιό του φίλο.

Έτσι γαλήνια και ειρηνικά τελείωσαν οι μέρες του Οδυσσέα που «δεν θα ξαναταξιδέψει πια».

Τον έθαψαν κλαίγοντας ασταμάτητα ο φίλος του, ο παπάς και οι αγαπημένοι του στο μικρό κοιμητήρι του Ακλειδιού, εκεί όπου είχε διαλέξει να είναι η τελευταία του κατοικία. Η Νατάσα, η καλή του σύντροφος, φρόντιζε σχεδόν καθημερινά το ταπεινό κοιμητήριτου, άναβε το καντήλι και το στόλιζε με λουλούδια του αγρού.

Ενώ γυρίζανε όλοι τους συντετριμμένοι από το ταπεινό κοιμητήρι, τον Άρη είχαν κατακλύσει μαύρες σκέψεις.

«Γιατί, άραγε, πασχίζουμε και αγωνιζόμαστε μια ολόκληρη ζωή. Σα να μην ξέρουμε ότι γεννιόμαστε για να πεθάνουμε. Γιατί είναι στη φύση μας να ελπίζουμε σε ένα happy end, ενώ είμαστε σίγουροι ότι αυτό δεν είναι τίποτα περισσότερο από μία χίμαιρα;»

~ ΤΕΛΟΣ ~